U0074165

知識工場
Knowledge is everything！

知識工場
Knowledge is everything！

英語生存力 UP UP !!

獨家收錄關鍵日常英單　爆量收入超實用必學字

超圖解！
破英單的
圖像自療法

每日一小篇，養好你的英文體質！

'HEAL' YOUR BROKEN ENGLISH IMMEDIATELY

張翔 / 編著

隨書附贈 MP3
輕鬆記發音

使·用·說·明
User's Guide

英文素人變達人，
就從日常生活開始做起！

Step 1

準備好耳機，利用瑣碎時間聽MP3

特邀美籍專業錄音人員錄製MP3，跟著道地口音學單字發音，通勤等瑣碎時間正好用來練英文！

Step 2

看情境圖配單字，記憶刻入腦中

先以情境圖介紹每單元的必備單字，用圖像記憶開啟你的英單力、啟動左右腦，不知不覺就記住這些最常用的單字！

Unit 03 在家自己當大廚
I Can Be a Chef at Home

Part 1 閒話家常 Casual Conversation

❶ seasoning [ˈsiznɪŋ] ⑧ 調味料
❷ recipe [ˈrɛsəpɪ] ⑧ 食譜
❸ pressure cooker ⑪ 壓力鍋
❹ boil [bɔɪl] ⑩ (水等) 沸騰
❺ culinary skill ⑪ 烹飪技術
❻ utensil [juˈtɛnsl] ⑧ 餐具
❼ pastry [ˈpestrɪ] ⑧ 酥皮點心
❽ desert [dɪˈzɝt] ⑧ 甜點
❾ egg whisk ⑧ 打蛋器
❿ gourmet [ˈɡurme] ⑧ 美食家
⓫ fridge [frɪdʒ] ⑧ 電冰箱
⓬ freezer [ˈfrizɚ] ⑧ 冷藏室

故事記憶 Scenario ～看小故事記生難字，讓文字活起來！

Alice worked late last night and she decided to sleep in on the weekend. It's almost noon when she wakes up, and she does not feel like going out to have lunch. Instead, she uses whatever ingredients available in the fridge and makes delicious pasta. Alice enjoys her meal and the rest of the afternoon.

愛麗絲昨天工作到很晚，便決定周末要睡個懶覺。當她醒來時，雖然已經中午了，但她又不太想出門吃午飯，於是她便運用冰箱中現有的材料製作義大利麵，好好享受了這頓美味的午餐以及下午的時間。

020

Step 3

運用故事連結，讓文字活起來

每張情境圖都會搭配一小段落描述情境，讓你用故事加深印象，還能學會如何表達、詳細敘述所見！

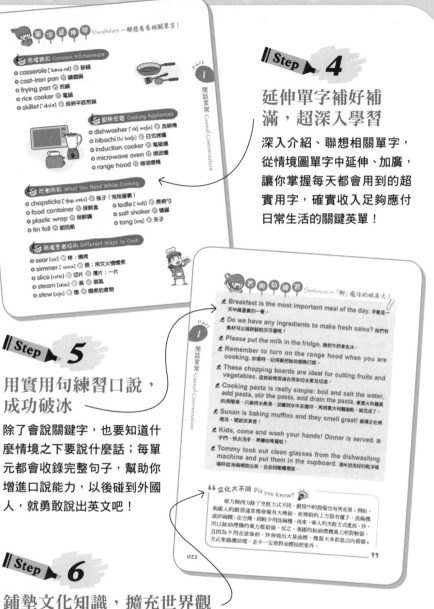

學字延伸眼 Vocabulary～聯想看看相關單字！

名廚器具 Common Kitchenware
- casserole [ˋkæsə.rol] 砂鍋
- cast-iron pan 鑄鐵鍋
- frying pan 煎鍋
- rice cooker 電鍋
- skillet [ˋskɪlɪt] 長柄平底煎鍋

廚房家電 Cooking Appliances
- dishwasher [ˋdɪʃ.waʃə] 洗碗機
- hibachi [hɪˋbɑtʃi] 日式烤爐
- induction cooker 電磁爐
- microwave oven 微波爐
- range hood 抽油煙機

炊煮用具 What You Need While Cooking
- chopsticks [ˋtʃɑp.stɪks] 筷子（常用複數）
- food container 保鮮盒
- plastic wrap 保鮮膜
- tin foil 鋁箔紙
- ladle [ˋled]] 長柄勺
- salt shaker 鹽罐
- tong [tɑŋ] 夾子

各種烹煮技術 Different Ways to Cook
- sear [sɪr] 烤；燒烤
- simmer [ˋsɪmə] 燉；用文火燜慢煮
- slice [slaɪs] 切片 薄片；一片
- steam [stim] 蒸 蒸氣
- stew [stju] 燉 燉煮的食物

Step ▶ 4

延伸單字補好補滿，超深入學習

深入介紹、聯想相關單字，從情境圖單字中延伸、加廣，讓你掌握每天都會用到的超實用字，確實收入足夠應付日常生活的關鍵英單！

Step ▶ 5

用實用句練習口說，成功破冰

除了會說關鍵字，也要知道什麼情境之下要說什麼話；每單元都會收錄完整句子，幫助你增進口說能力，以後碰到外國人，就勇敢說出英文吧！

實用句練習 Sentences～「聊」癒你的破英文！

- Breakfast is the most important meal of the day. 早餐是一天中最重要的一餐。
- Do we have any ingredients to make fresh salsa? 我們有食材可以做新鮮的莎莎醬嗎？
- Please put the milk in the fridge. 請把牛奶拿去冰。
- Remember to turn on the range hood when you are cooking. 炒菜時，記得要把抽油煙機打開。
- These chopping boards are ideal for cutting fruits and vegetables. 這些砧板都適合用來切水果及切菜。
- Cooking pasta is really simple: boil and salt the water, add pasta, stir the pasta, and drain the pasta. 煮義大利麵真的很簡單，只要把水煮滾、加鹽到水中並攪拌、再將義大利麵瀝乾，就完成了。
- Susan is baking muffins and they smell great! 蘇珊正在烤瑪芬，聞起來真香。
- Kids, come and wash your hands! Dinner is served. 孩子們，快去洗手，準備吃晚餐囉！
- Tommy took out clean glasses from the dishwashing machine and put them in the cupboard. 湯米把洗淨的乾淨玻璃杯從洗碗機取出來，並放回櫥櫃裡。

文化大不同 Did you know?

東方與西方除了烹飪方式不同，廚房中的設備也有差異；例如，美國人的廚房通常都會備有大烤箱、麵烤箱的上方設有層子、洗碗機或烘碗機；在台灣，則較少用洗碗機，再來，華人的烹飪方式重煎、炒，所以抽油煙機的風力都很強，反之，美國的抽油煙機風力相對較弱，且因為不用在意煎煮，炒會送出大量油煙，機器大多都是以內循環，方式來過濾油煙，並不一定會將油煙抽到室外。

Step ▶ 6

鋪墊文化知識，擴充世界觀

各國文化大不同，但你確定你都知道哪裡不一樣？關鍵單字、句子學完了，不妨窺看一下世界各地有趣的文化，在學英文的同時，也能獲取新知！

每天花一點時間，就能「自我治療」破英文！

　　從小學到大學，相信大家都背了不少「用來應付考試的單字」，也難怪常常有學生在出國旅遊或是留遊學後，便反映因為說不出單字、害怕溝通不良，導致他們不敢提出問題、反應意見，甚至不敢去剪頭髮、到銀行或其他不熟悉的地方處理事情時也很害怕；不過，英文其實沒有這麼可怕，因為從日常生活中，就能把這些學校不教、教科書也找不到的單字學起來！

　　本書嚴選生活中常見的單字，每單元將先用情境圖帶入、說明重點單字，後面接著有「情境說明」，不只能學到單字，還能學習怎樣敘述所見、用故事加深印象；再來，將從主要單字中延伸出更多必學字，深入認識更詳細的物品種類等等單字，英文不再只是學個皮毛；學完單字之後，每單元更列出適用在各個情境下的實用句子，當你學完單字之餘，也掌握用英文溝通的技巧；最後，還收錄有關國外文化的新知，就算是自己一人出國，也不用怕踩到任何地雷！

　　給就算背了許多單字、但碰到日常生活卻常常腦中一片空白的你，希望本書能成為日常生活的指南，讓你到國外生活、旅遊、工作、遊學，全部都沒有問題。而英文想要有效進步的話，不妨就從每天開始練習！

張翔

Part 1 閒話家常
Casual Conversation

Part 2 口腹之慾大滿足
Bon Appetite!

Part 3　穿搭出自我風格
Creating Your Own Style

Part 4 交通樂遊好方便
Transportation

Part 5 出入公眾場所
Public Places

Part 6 旅遊與娛樂
Travel and Entertainment

目錄 Contents

Part 7 節日節慶與特殊日子
Holidays and Special Days

Part 8 培養運動習慣與新嗜好
Sports and Hobbies

目錄 Contents

Part 9 周遭環境認識

Getting to Know Our Surroundings

Part 1

閒話家常
Casual Conversation

英文再破也沒關係，就從自己身邊開始學英單！

Let's start from what's around you!

名 名詞　動 動詞　形 形容詞　副 副詞　縮 縮寫　片 片語

參觀我的溫馨小窩
Home Sweet Home

Part 1 閒話家常 Casual Conversation

❶ **balcony** [`bælkənɪ] 名 陽台　　❷ **screen door** 片 紗門

❸ **bedstead** [`bɛd,stɛd] 名 床架　❹ **mattress** [`mætrɪs] 名 床墊

❺ **pillow** [`pɪlo] 名 枕頭　　　❻ **bed sheet** 片 床單

❼ **blanket** [`blæŋkɪt] 名 毛毯　❽ **duvet cover** 片 被套

❾ **rug** [rʌg] 名 小地毯　　　　❿ **futon** [fu`tɑn] 名 沙發床

⓫ **settle** [`sɛtl̩] 動 安頓　　　　⓬ **luggage** [`lʌgɪdʒ] 名 行李

 故事記憶 Scenario ～劇情超連結，讓文字活起來！

　　John is looking for a job in Taipei while staying at Tom's place for a couple of days. Tom picks up John at the train station, takes him home, shows him around his apartment, and helps him to settle in.

　　約翰想在台北找工作，需要先在湯姆的住處待個幾天；於是湯姆便先到火車站接約翰、帶他參觀一下他的公寓後，再幫他適應這個新環境。

單字延伸學 Vocabulary ～ 聯想看看相關單字！

客廳一角 In the Living Room

◎ **coffee table** 片 （沙發前的）小茶几
◎ **cushion** [ˋkuʃən] 名 坐墊；靠墊
◎ **overhead light** 片 頂燈
◎ **sofa** [ˋsofə] 名 沙發
◎ **stereo system** 片 立體聲系統

陽台一角 On the Balcony

◎ **barbecue grill** 片 烤肉爐
◎ **fire pit** 片 火盆
◎ **folding table/chair** 片 摺疊桌 / 椅
◎ **outdoor furniture** 片 戶外家具
◎ **potted plant** 片 盆栽

其他廳室配備 In a House

◎ **attic** [ˋætɪk] 名 閣樓
◎ **cellar** [ˋsɛlɚ] 名 酒窖
◎ **hallway** [ˋhɔl͵we] 名 玄關
◎ **roof garden** 片 屋頂花園

◎ **basement** [ˋbesmənt] 名 地下室
◎ **guest bedroom** 片 客房
◎ **patio** [ˋpɑtɪ͵o] 名 露天庭院
◎ **storeroom** [ˋstor͵rum] 名 儲藏室

寢室有什麼 In the Master Bedroom

◎ **double bed** 片 雙人床
◎ **king-size bed** 片 特大尺寸床
◎ **queen-size bed** 片 加大雙人床
◎ **quilt** [kwɪlt] 名 薄被子
◎ **twin/single bed** 片 單人床

✍ **There is no place like home.** 金窩銀窩都比不上我家的狗窩。

✍ **What a nice place you've got here!** 你住的地方真的很棒呢！

✍ **Please make yourself at home!** 當成自己家，不要拘束！

✍ **Thank you for your great hospitality.** 謝謝您的熱情款待。

✍ **Please join us for dinner after you unpack and settle in.** 在你整理完行李並安頓好後，請與我們一起共進晚餐。

✍ **This apartment is in a safe neighborhood and close to a metro station.** 這間公寓位於一個安全的社區，而且鄰近捷運站。

✍ **There is a convenient store down stairs that is open 24 hours.** 樓下有間二十四小時營業的便利商店。

✍ **Ellen will give you a ride to the airport.** 艾倫會開車載你到機場。

✍ **Jack will pick you up at the station at 5 p.m.** 傑克下午五點會去火車站接你。

✍ **You can find towels in the second drawer.** 你可以在第二個抽屜找到毛巾。

✍ **Please turn off the lights and lock the door before you leave.** 離開時請隨手關燈並將門鎖上。

✍ **How much is the rent for this apartment?** 這公寓租金多少？

文化大不同 *Did you know?*

在台灣，不外乎都是租整層公寓、套房及雅房，而在美國，則常看到 apartment（公寓）、condo/condominium（合租公寓）、townhouse（美國市內二層樓或三層樓的多棟聯建住宅）及 house（附院子的一棟獨立房子）；而 apartment 又可細分為 studio（套房）、one-bedroom（一房一廳）、two-bedrooms（兩房一廳）等，其中 studio 的客廳、廚房、臥房是連在一起的，除了浴室之外並不會另外隔間。

洗洗之後真舒服
How Refreshing after Taking a Shower

MP3 02

① **shower** [`ʃauɚ`] 名 淋浴　　② **shower head** 片 蓮蓬頭

③ **bath tub** 片 浴缸　　④ **refreshing** [rɪ`frɛʃɪŋ] 形 清爽的

⑤ **towel** [`tauəl`] 名 毛巾　　⑥ **towel rack** 片 毛巾架

⑦ **laundry** [`lɔndrɪ`] 名 待洗衣物　　⑧ **toilet paper** 片 （廁用）衛生紙

⑨ **basin** [`besn̩`] 名 洗手台　　⑩ **faucet** [`fɔsɪt`] 名 水龍頭

 故事記憶 Scenario ～劇情超連結，讓文字活起來！

Jennifer comes home after a long day in the field, feeling exhausted, sweaty, and sticky. She rushes into the shower, turns on the hot water, and takes a nice, long bath. Feeling refreshed and recharged, Jennifer gets dressed, looking radiant, and is ready to go out to hang out with her friends!

在野外度過漫長的一天之後，珍妮佛一回家就感到疲憊不堪、汗流浹背，身上還粘糊糊的，於是她便衝進浴室打開熱水，好好洗了個澡之後，才感覺神清氣爽，彷彿充好電了一般；而經過打扮、看起來容光煥發的她，已經準備好可以出門和朋友們繼續玩樂了！

單字延伸學 Vocabulary ～聯想看看相關單字！

瓶瓶罐罐 Toiletries

◎ **hair conditioner** 片 潤髮乳
◎ **make-up remover** 片 卸妝油
◎ **shampoo** [ʃæmˋpu] 名 洗髮精
◎ **shaving cream** 片 刮鬍霜
◎ **shower gel** 片 沐浴乳

洗衣相關 Doing Laundry

◎ **dryer** [ˋdraɪə] 名 烘乾機
◎ **fabric softener** 片 衣物柔軟精
◎ **laundromat** [ˋlɔndrəmæt] 名 自助洗衣店
◎ **spin dryer** 片 脫水機
◎ **washing machine** 片 洗衣機

浴廁設備 In the Bathroom

◎ **bath mat** 片 腳踏墊
◎ **shower curtain** 片 浴簾
◎ **trash can** 片 垃圾桶
◎ **water heater** 片 熱水器

◎ **back scrubber** 片 沐浴刷
◎ **transom window** 片 氣窗
◎ **urinal** [ˋjurənl] 名 小便斗
◎ **washbasin** [ˋwaʃˌbesn] 名 洗臉盆

煥然一新的自己 Cleaning Yourself

◎ **blow-dry** [ˋbloˌdraɪ] 動 用吹風機把頭髮吹乾
◎ **cotton swab** 片 棉花棒
◎ **get dressed** 片 穿衣服
◎ **hair dryer** 片 吹風機
◎ **shower cap** 片 浴帽

實用句練習 Sentences～溝通，才是最終目的！

✒ **Amy is late for work, so she doesn't have time to blow-dry her hair.** 愛咪上班快遲到了，所以她沒有時間把頭髮吹乾。

✒ **I am going to take a shower after working out.** 運動後，我正準備要去洗個澡。

✒ **Please place your dirty laundry in the laundry basket.** 請將待洗衣物放在洗衣籃中。

✒ **Remember to flush the toilet after use.** 使用廁所後要記得沖水。

✒ **Before applying conditioner, you need to rinse out the shampoo.** 在抹潤髮乳之前，你必須先將洗髮精清洗乾淨。

✒ **We are running out of toilet paper.** 我們的衛生紙快要用完了。

✒ **Having a bubble bath while listening to relaxing music is a perfect way to unwind after a long day.** 一邊洗泡泡浴，一邊聽和緩的音樂，就是累了一天後最佳的放鬆方式了。

✒ **After showering, she dries her hair, gets dressed, puts on make-up, and gets ready for work.** 淋浴完後，她把頭髮擦乾、穿好衣服並化好妝，就準備出門上班了。

✒ **What kind of hair products do you use to make your hair look so silky?** 你是用什麼護髮產品讓頭髮看起來如此滑順的？

❝文化大不同 Did you know? 💡

　　住在世界上不同區域，洗澡的時間、頻率、習慣，連所用的沐浴用品也都不一樣；舉例來說，許多美國人都習慣早上起床後再洗澡，而亞洲人多半是睡前洗澡；住寒帶地區的人因為天氣的關係，並不一定會天天洗澡，而有些地方因為缺水，也不一定會天天洗；但東南亞地區像是馬來西亞、新加坡等居民，因為天氣炎熱，有可能一天要洗好幾次澡，稱之為「沖涼」；而公共澡堂是日本居民的最愛，韓國澡堂的汗蒸幕甚至還設有三溫暖等設備，是不是感覺很舒服呢！❞

Unit 03 在家自己當大廚
I Can Be a Chef at Home

Part 1 閒話家常 *Casual Conversation*

❶ **seasoning** [`sizniŋ] 名 調味料　❷ **recipe** [`rɛsəpi] 名 食譜

❸ **pressure cooker** 片 壓力鍋　❹ **boil** [bɔil] 動 （水等）沸騰

❺ **culinary skill** 片 烹飪技術　❻ **utensil** [ju`tɛnsḷ] 名 餐具

❼ **pastry** [`pestri] 名 酥皮點心　❽ **desert** [di`zɜt] 名 甜點

❾ **egg whisk** 片 打蛋器　❿ **gourmet** [`gurme] 名 美食家

⓫ **fridge** [fridʒ] 名 電冰箱　⓬ **freezer** [`frizə] 名 冷藏室

故事記憶 Scenario ～劇情起連結，讓文字活起來！

Alice worked late last night and she decided to sleep in on the weekend. It's almost noon when she wakes up, and she does not feel like going out to have lunch. Instead, she uses whatever ingredients available in the fridge and makes delicious pasta. Alice enjoys her meal and the rest of the afternoon.

愛麗絲昨天工作到很晚，便決定周末要睡個懶覺。當她醒來時，雖然已經中午了，但她不太想出門吃午飯，於是她便運用冰箱中現有的材料來製作意大利麵，並好好享受了這頓美味的午餐以及下午的時間。

單字延伸學 Vocabulary ～聯想看看相關單字！

各種鍋具 Common Kitchenware

◎ **casserole** [ˈkæsəˌrol] 名 砂鍋
◎ **cast-iron pan** 片 鑄鐵鍋
◎ **frying pan** 片 煎鍋
◎ **rice cooker** 片 電鍋
◎ **skillet** [ˈskɪlɪt] 名 長柄平底煎鍋

廚房家電 Cooking Appliances

◎ **dishwasher** [ˈdɪʃˌwaʃə] 名 洗碗機
◎ **hibachi** [hiˈbatʃɪ] 名 日式烤爐
◎ **induction cooker** 片 電磁爐
◎ **microwave oven** 片 微波爐
◎ **range hood** 片 抽油煙機

炊煮用具 What You Need While Cooking

◎ **chopsticks** [ˈtʃapˌstɪks] 名 筷子（常用複數）
◎ **food container** 片 保鮮盒　　◎ **ladle** [ˈledl̩] 名 長柄勺
◎ **plastic wrap** 片 保鮮膜　　　◎ **salt shaker** 片 鹽罐
◎ **tin foil** 片 鋁箔紙　　　　　◎ **tong** [taŋ] 名 夾子

各種烹煮技術 Different Ways to Cook

◎ **sear** [sɪr] 動 烤；燒烤
◎ **simmer** [ˈsɪmə] 動 煨；用文火慢慢煮
◎ **slice** [salɪs] 動 切片 名 薄片；一片
◎ **steam** [stim] 動 蒸 名 蒸氣
◎ **stew** [stju] 動 燉 名 燜煮的食物

- **Breakfast is the most important meal of the day.** 早餐是一天中最重要的一餐。

- **Do we have any ingredients to make fresh salsa?** 我們有食材可以做新鮮的莎莎醬嗎？

- **Please put the milk in the fridge.** 請把牛奶拿去冰。

- **Remember to turn on the range hood when you are cooking.** 炒菜時，記得要把抽油煙機打開。

- **These chopping boards are ideal for cutting fruits and vegetables.** 這些砧板很適合用來切水果及切菜。

- **Cooking pasta is really simple: boil and salt the water, add pasta, stir the pasta, and drain the pasta.** 煮義大利麵真的很簡單，只要將水煮沸、加鹽到水中並攪拌，再將義大利麵瀝乾，就完成了。

- **Susan is baking muffins and they smell great!** 蘇珊正在烤瑪芬，聞起來真香！

- **Kids, come and wash your hands! Dinner is served.** 孩子們，快去洗手、準備吃晚餐啦！

- **Tommy took out clean glasses from the dishwashing machine and put them in the cupboard.** 湯米把洗好的乾淨玻璃杯從洗碗機取出來，並放回櫥櫃裡面。

文化大不同 Did you know?

　　東方與西方除了烹飪方式不同，廚房中的設備也有所差異；例如，美國人的廚房通常都會備有大烤箱，而烤箱的上方設有爐子、洗碗機或烘碗機；在台灣，則較少用洗碗機。再來，華人的烹飪方式重煎、炒，所以抽油煙機的風力都很強，反之，美國的抽油煙機風力相對較弱，且因為不用在意像煎、炒會燒出大量油煙，機器大多都是以內循環方式來過濾油煙，並不一定會將油煙抽到室外。

Part 1
閒話家常 Casual Conversation

宅在家也能同樂樂
Staying Indoors Can Be Fun

❶ **clean up** 片 打掃；整理　　❷ **indoorsy** [`ɪn͵dorzi] 形 【俚】宅

❸ **veg out** 片 耍廢　　❹ **board game** 片 桌遊

❺ **puzzle** [`pʌzl] 名 謎題　　❻ **craft** [kræft] 名 手工藝

❼ **photo frame** 片 相框　　❽ **couch** [kautʃ] 名 長沙發

❾ **hide-and-seek** [`haɪdnsik] 名 捉迷藏

❿ **workout** [`wɜk͵aut] 名 鍛鍊　　⓫ **lounge chair** 片 躺椅

⓬ **book shelf** 片 書架

 故事記憶 Scenario ～劇情超連結，讓文字活起來！

    Thunderstorms are coming and all schools and offices are closed due to the bad weather. Mary and her kids make the most of this break by doing fun stuff, such as solving puzzles, making arts & crafts, and playing board games. They have a wonderful family time together.

    暴風雨即將來臨，所以今天停班停課，於是瑪莉便決定和孩子們一起做些有趣的事情，像是解謎、製作手工藝品和玩棋盤遊戲等；而他們一家人便充分利用了這一天，度過一段美好的家庭時光。

單字延伸學 Vocabulary～聯想看看相關單字！

桌遊動動腦 Board Games

◎ **chess** [tʃɛs] 名 西洋棋
◎ **foosball** [ˋfosˏbɔl] 名 桌上足球
◎ **monopoly** [məˋnɑplɪ] 名 大富翁
◎ **twister** [ˋtwɪstɚ] 名 扭扭樂
◎ **UNO** 縮 卡牌遊戲

電視愛好者 TV Hoggers

◎ **HDTV** 縮 高畫質電視
◎ **LCD TV** 片 液晶電視
◎ **plasma TV** 片 電漿電視
◎ **remote control** 片 遙控器
◎ **wireless display** 片 無線顯示

互動遊戲 Fun Activities

◎ **freeze tag** 片 鬼抓人
◎ **piggyback ride** 片 騎馬打仗
◎ **red light, green light** 片 紅綠燈（遊戲）
◎ **scavenger hunt** 片 尋物遊戲

◎ **musical chairs** 片 大風吹
◎ **pillow fight** 片 枕頭大戰

◎ **treasure hunt** 片 尋寶遊戲

維持整潔 Cleaning Up the House

◎ **file** [faɪl] 動 歸檔文件
◎ **housework** [ˋhausˏwɜk] 名 家事
◎ **mop** [mɑp] 動 拖地 名 拖把
◎ **sweep** [swip] 動 掃地
◎ **tidy up** 片 收拾整理

實用句練習 Sentences～「聊」癒你的破英文！

📎 **I am not the indoorsy type at all!** 我才不是宅女／宅男呢！

📎 **All he does is veg out in front of the television all day.** 他整天都在電視機前耍廢。

📎 **It's raining cats and dogs outside, so let's stay home tonight.** 外面雨下得好大，我們今晚就別出門了。

📎 **You can pick up the phone and reach out to long lost friends.** 你可以拿起電話，打給許久沒聯繫的朋友。

📎 **We can clean up the house and re-arrange the furniture.** 我們可以打掃一下屋內，並重新擺設家具。

📎 **Get into some creative fun by doing painting or coloring pictures and some craftwork!** 不妨藉由彩繪及手工藝活動中獲得創作的樂趣吧！

📎 **There are a lot of interactive video games that will get you up and moving, such as Nintendo Wii.** 有許多互動電玩遊戲，像是任天堂 Wii，可以讓你起身動起來。

📎 **As much as it is fun to play outside, in such bad weather conditions, it is best to keep kids inside so they will not catch the flu.** 儘管在外頭玩耍很有趣，但外面天氣實在太糟糕，為了孩子們的健康，最好還是讓他們待在室內才不會感冒。

文化大不同 Did you know?

　　歐美家庭在冬天時，除了戶外運動，像是滑雪、堆雪人、玩雪橇、打雪仗之外，當天氣不佳時，他們常會進行室內活動，像是和孩子們一起做菜、玩桌遊或團體遊戲（如大風吹、老師說、扭扭樂、騎馬打仗等等），或單純看看電視、電影、閱讀、整理家務，同時，他們也很熱衷於動手做工藝（DIY）；此外，就算只能待在室內，他們也很重視運動，常會做瑜珈或利用家中既有的設備做些簡單的運動，因為適度的運動能有效擊退冬季憂鬱症（Winter Blues）呢！

Part 1
閒話家常 Casual Conversation

025

Unit 05 小心別被闖空門
Don't Leave Doors Unlocked

❶ security camera 片 監視器　　　**❷ thief** [θif] 名 小偷

❸ burglary [ˋbɝɡlərɪ] 名 入室竊盜（罪）

❹ valuable [ˋvæljʊəbl̩] 名 貴重物　　**❺ shatter** [ˋʃætə] 動 砸碎

❻ smash [smæʃ] 動 打破　　　　**❼ mess** [mɛs] 名 混亂

❽ artificial flower 片 假花　　　**❾ alarm** [əˋlɑrm] 名 警報器

 故事記憶 Scenario　　～劇情超連結，讓文字活起來！

　　Nelson was away for the holidays when his house was broken into. When Nelson got home, he found that his windows were shattered, potted plants were thrown about, his valuables were taken, and the living room was a mess. Nelson reported the burglary to the police, had all his locks changed and would never again leave the house without locking the doors!

　　小偷趁尼爾森外出度假時闖入他家，而當尼爾森回到家中，才發現窗戶被打碎、盆栽散落一地，貴重物品也被拿走了，客廳變得一團糟；於是他便馬上報警並換掉所有的鎖，而且離開屋子前都一定會鎖好門！

 單字延伸學 Vocabulary～聯想看看相關單字！

違法行為 Illegal Behavior

◎ **B&E (Breaking and Entering)** 縮 入侵民宅
◎ **break-in** [`brek͵ɪn] 名 闖空門；入室竊盜
◎ **robbery** [`rɑbərɪ] 名 搶劫
◎ **shoplift** [`ʃɑp͵lɪft] 動 在商店偷竊；順手牽羊
◎ **vandalism** [`vændlɪzəm] 名 破壞公私財產

貴重物品 Valuables

◎ **antique** [æn`tik] 名 骨董
◎ **gemstone** [`dʒɛm͵ston] 名 寶石
◎ **jewelry** [`dʒuəlrɪ] 名 珠寶
◎ **smart phone** 片 智慧型手機
◎ **tablet** [`tæblɪt] 名 平板電腦

時時注意安全 For Your Safety

◎ **biometric identification** 片 生物辨識（如指紋辨識）
◎ **insurance claim** 片 保險索賠　◎ **security keypad** 片 電子門鎖
◎ **neighborhood watch** 片 鄰里守望相助
◎ **patrol** [pə`trol] 名 巡邏　　　◎ **pepper spray** 片 防狼噴霧器

安全存放 Where to Hide Your Valuables

◎ **hollowed-out book** 片 中間掏空的書本
◎ **outlet safe** 片 假插座保險箱
◎ **safe** [sef] 名 保險箱
◎ **secret drawer compartment** 片 抽屜夾層
◎ **secret safe book** 片 書型保險箱

🖋 **After the burglary, she had all the locks changed.** 遭竊之後，她便將所有的鎖全都換掉了。

🖋 **A thief broke into our neighbor's house yesterday.** 我們鄰居家昨天遭小偷了。

🖋 **Keep your doors and windows locked at all times whether you are home or not.** 不管有沒有人在家，門窗都必須隨時上鎖。

🖋 **Call the police immediately after a break-in.** 如果發現被闖空門，你就必須馬上報警。

🖋 **When my scooter was stolen, I claimed on the insurance and got NT$50,000 back.** 摩托車遭竊後，我便申請保險理賠，拿回了台幣五萬元。

🖋 **Conduct a security audit to check whether there are other ways to get into your property, such as climbing a fence close to doors or windows.** 你可以進行一次安全檢查來確保沒有其它方式可以出入你家，例如，從離門窗很近的圍籬來進入家中。

🖋 **Get to know your neighbors, so you can look out for each other.** 要多認識你的鄰居，才好相互照應。

🖋 **Consider buying security devices, such as a home security system, preferably installed by a professional.** 可以考慮加裝安全設備，像是居家安全系統，而且最好是由專業人員來安裝。

🍎 文化大不同 *Did you know?* 💡

　　在台灣，如果要報警的話會打 110，火災及救護車則打 119，但在美國，緊急情況一律都打 911 即可。911 是美國大部分地區通用的緊急情況求助電話號碼，只要遇到對生命、財產造成威脅的緊急情況，像是火警、嚴重意外事故、病情危急、生命危險或舉報正在進行的犯罪行為等等，都可以免費撥打這個號碼！

Unit 06

與鄰居好好相處
Getting Along With Neighbors

❶ **gossip** [`gɑsəp] 名 八卦 　　❷ **rapport** [ræ`por] 名 友好關係

❸ **disturbance** [dɪs`tɜbəns] 名 打擾；干擾

❹ **common space** 片 公共空間 　❺ **elevator** [`ɛlə,vetə] 名 電梯

❻ **superintendent** [,supərɪn`tɛndənt] 名 大樓管理員（常簡稱 SUP）

❼ **considerate** [kən`sɪdərɪt] 形 體貼的；考慮周到的

❽ **tidy** [`taɪdɪ] 形 整潔的 　　❾ **community** [kə`mjunətɪ] 名 社區

 故事記憶 Scenario 〜劇情超連結，讓文字活起來！

　　Jill is new to the apartment building. Jack lives across the hall from Jill and comes over to introduce himself with a welcoming gift. Jack also gives Jill some friendly local tips and offers to help move Jill's boxes. Her neighbors all seem nice, so she is excited to start a new life here.

　　吉兒剛搬到這棟公寓，住在對面的傑克便過來自我介紹、送了一份歡迎禮物，並給了一些融入生活的建議，也提出可以幫忙吉爾搬行李。而她的鄰居感覺都還不錯，令她很期待在這裡的新生活。

單字延伸學 Vocabulary～聯想看看相關單字！

基本設施 Must-have Facilities

◎ **backup generator** 片 備用發電機
◎ **emergency exit light** 片 緊急逃生指示燈
◎ **emergency light** 片 緊急照明燈
◎ **fire extinguisher** 片 滅火器
◎ **water tower** 片 水塔

關心鄰居 Being Considerate

◎ **housewarming party** 片 喬遷慶祝會
◎ **noise-conscious** [ˋnɔɪz͵kɑnʃəs] 形 有自覺意識到噪音的
◎ **responsible** [rɪˋspɑnsəb]] 形 負責任的
◎ **tension** [ˋtɛnʃən] 名 緊張關係
◎ **thoughtful** [ˋθɔtfəl] 形 貼心的

租屋必知 Renting a Place

◎ **landlord** [ˋlænd͵lɔrd] 名 男房東
◎ **landlady** [ˋlænd͵ledɪ] 名 女房東
◎ **lease** [lis] 名 租約
◎ **renew** [rɪˋnju] 名 續約；更新
◎ **rent** [rɛnt] 名 租金
◎ **security deposit** 片 押金
◎ **tenant** [ˋtɛnənt] 名 房客
◎ **tenancy** [ˋtɛnənsɪ] 名 租期

公共空間 Public Spaces

◎ **lobby** [ˋlɑbɪ] 名 大廳
◎ **maintenance room** 片 維修室
◎ **party wall** 片 共享界牆（相鄰房屋之間的牆壁）
◎ **security office** 片 警衛室

🔍 實用句練習 Sentences～「聊」癒你的破英文！

🖊 **Do unto others as you would have them do unto you.** 己所不欲，勿施於人。

🖊 **Hi, I live two doors down from you and just wanted to come over to welcome you to the neighborhood.** 你好，我住在從你家過去的第二間屋子，歡迎搬到這裡。

🖊 **If you are new to the community, a friendly smile and hello will help build rapport with neighbors.** 如果你剛搬到新社區，友善的微笑及招呼都有助於與鄰居建立和諧的關係。

🖊 **When you see new neighbors moving in, give them some time to settle in and then come over to say hi.** 當你看到有新鄰居搬進來，可以先給他們點時間安頓好，再過去打招呼。

🖊 **You can offer your new neighbors local information, such as what time the garbage truck stops by.** 你可以提供一些當地的資訊給你的新鄰居，例如，垃圾車什麼時間會來收垃圾。

🖊 **Be responsible for your pets.** 你必須管好你的寵物。

🖊 **Be considerate about noise and keep your noise levels low all the time.** 要隨時注意音量，並避免製造噪音。

🖊 **Talk to your neighbors about problems in a calm and rational manner.** 要用冷靜與理智的態度和你的鄰居討論問題。

❝ 文化大不同 Did you know?

　　講到搬家，就能想到喬遷派對（housewarming party），而美國人很喜歡在家中開派對，常常找各種機會來大玩特玩，除了最常見的生日派對、聖誕派對、跨年派對之外，訂婚有訂婚派對（engagement party），而結婚前伴娘會幫新娘辦一個只有女生能參加的 bridal shower，正式婚禮前一晚還有告別單身派對（bachelor's/ bachelorette's party）；甚至是孕婦生產前，家人及好友還會籌辦一場替未出生小寶寶送禮的派對（baby shower）呢！❞

Unit 07 科技迷與家電控
Technophile and Appliance Fanatic

Part 1 閒話家常 *Casual Conversation*

❶ household appliance 片 家電　　**❷ glitch** [glɪtʃ] 名 故障

❸ budget [ˋbʌdʒɪt] 名 預算　　**❹ convection heater** 片 對流式暖氣

❺ VR headset 片 虛擬實境頭戴顯示器

❻ drone [dron] 名 空拍機

❼ intelligent sweeping robot 片 智慧型掃地機器人

❽ anion air purifier 片 負離子空氣清淨機

 故事記憶 Scenario ～劇情超連結，讓文字活起來！

　　Peter and Lynn are about to renovate their house. Peter is a technophile and he plans to build a smart home with cutting-edge, hi-tech systems, such as voice-control systems, and fancy gadgets. Lynn, on the other hand, is a fanatic about the latest household appliances, and she wants to replace the old ones with her favorite brands.

　　彼得和琳恩將要翻新屋子，彼得喜歡新科技，所以他想著要建立一個配備有各種高科技的智能家居，像是語音控制系統等尖端技術；另一方面，琳恩則很迷最新的家用電器，她希望能用她最喜歡的品牌家電來取代舊的電器。

 **單字延伸學** Vocabulary～聯想看看相關單字！

智慧型家電 Intelligent Appliances

◎ **all-in-one washer and dryer** 片 洗烘脫三合一洗衣機
◎ **dehumidifier** [ˌdɪˈhjumɪdɪfaɪə] 名 除濕機
◎ **food processor** 片 食物處理機
◎ **inverter air conditioner** 片 變頻式冷氣機
◎ **washlet** [ˈwɑʃlət] 名 免治馬桶

精巧機械 Gadgets

◎ **3D printing machine** 片 3D 列印機
◎ **compact** [kəmˈpækt] 形 小巧的
◎ **computer peripheral** 片 電腦周邊
◎ **wearable device** 片 穿戴裝置

科技狂熱 Technophile

◎ **addict** [ˈædɪkt] 名 …迷（如 workout addict 健身迷）
◎ **geek** [gik] 名 玩家；怪客（如 computer geek 電腦怪客）
◎ **-holic** [ˈhɔlɪk] 名 加於名詞之後表示…狂（如 workaholic 工作狂）
◎ **-savvy** [ˈsævɪ] 名 加於名詞之後表示…達人（如 tech-savvy 科技達人）

迷上尖端 Cutting Edge Tech

◎ **AI (Artificial Intelligence)** 縮 人工智慧
◎ **AR (Augmented Reality)** 縮 擴增實境
◎ **cloud computing** 片 雲端運算
◎ **nanotechnology** [ˌnænotɛkˈnɑlədʒi] 名 奈米科技
◎ **state-of-the-art** [ˈstetəvðiˈɑrt] 形 最先進的

- **Despite the fact that Grandpa is 87 years old, he is such a technophile.** 爺爺雖然已經八十七歲了，但還是很迷科技。

- **Tom knows everything about modern technology, from wearable devices to cloud computing. He is so tech-savvy.** 湯姆很了解現代科技，從穿戴裝置到雲端運算都懂，是個科技達人！

- **This is a great time-saving gadget for busy housewives.** 這是一個給忙碌的家庭主婦使用的超省時裝置。

- **It does look like a computer glitch, but it isn't.** 這看起來像是電腦故障，但其實並不是。

- **We don't have enough budget for additional household appliances.** 我們沒有足夠的預算來添購額外的家電。

- **Virtual reality will probably take us to the next level.** 虛擬實境這項技術將會幫助我們發展到另一個境界。

- **The model can also be physically created using 3D printing devices.** 這個模型也可以用 3D 列印器材製作出實體。

- **Kids nowadays are familiar with smart phones and tablets.** 現在的小孩對於智慧型手機及平板電腦都很熟悉。

- **This app is designed to be more user-friendly than current systems.** 這個應用程式被設計成比目前的系統更好用。

文化大不同 Did you know?

　　美國是個科技大國，倡導實作的觀念，很多美國人從小就被教導要 DIY（do it yourself），多自己動手作、自己解決問題，所以不難看到車庫裡面存放著各式各樣的工具；而統計數據顯示，有高達 56％的美國家庭每年至少都會自己 DIY 一次，且手作商機已在二〇一六年突破四千四百億美元，目前仍在持續增長中；同時，他們除了很享受自己動手作的樂趣，也可以從失敗中學習經驗，並培養解決問題的態度以及尊重專業的態度。

集寵愛於一身的毛小孩
Well-loved Furkids

❶ **animal shelter** 片 動物收容所　**❷** **furkid** [`fɝkɪd] 名 毛小孩

❸ **scratch** [skrætʃ] 動 抓；搔　　**❹** **pamper** [`pæmpɚ] 動 寵愛

❺ **walk the dog** 片 遛狗　　　**❻** **leash** [liʃ] 名 牽繩

❼ **collar** [`kɑlɚ] 名 項圈

❽ **vet** [vɛt] / **veterinarian** [ˌvɛtərə`nɛrɪən] 名 獸醫

❾ **pet school** 片 寵物訓練學校

 故事記憶 Scenario ～劇情起連結，讓文字活起來！

　　Mike is taking his cat to the vet when he bumps into Mary, who is about to take her puppy to a grooming salon. They talk about getting their furkids to pet schools and exchange their experiences of taking their furkids to the vet to get shots.

　　邁克要帶他的貓去看獸醫，剛好在路上遇到了瑪莉，瑪莉正準備將她的小狗送去做寵物美容；而他們也談到了要不要將毛小孩送到寵物學校訓練一下，還互相交換了去獸醫打疫苗的經驗談。

單字延伸學 Vocabulary ～聯想看看相關單字！

活蹦亂跳 Energetic Pets

◎ **catch frisbee** 片 玩飛盤
◎ **fetch** [fɛtʃ] 動 玩你丟我撿的遊戲
◎ **play dead** 片 玩裝死遊戲
◎ **romp** [rɑmp] 動 蹦來跳去
◎ **sniff around** 片 到處聞聞

寵物用品 Pet Supplies

◎ **cat litter** 片 貓砂
◎ **catnip** [ˋkætnɪp] 名 貓草
◎ **cat teaser** 片 逗貓棒
◎ **cat/dog treat** 片 貓 / 狗零食
◎ **dog crate** 片 狗籠

照顧寵物 Taking Care of Pets

◎ **brushing** [ˋbrʌʃɪŋ] 名 刷整毛髮
◎ **grooming** [ˋgrumɪŋ] 名 打扮
◎ **nail grinding** 片 磨指甲
◎ **neuter** [ˋnjutɚ] 動 結紮
◎ **towel** [ˋtauəl] 動 以毛巾擦乾
◎ **trimming** [ˋtrɪmɪŋ] 名 美容
◎ **vaccination** [ˏvæksnˋeʃən] 名 疫苗

各種狗狗 All Kinds of Dogs

◎ **beagle** [ˋbigḷ] 名 米格魯
◎ **border collie** 片 邊境牧羊犬
◎ **bulldog** [ˋbulˏdɔg] 名 鬥牛犬
◎ **golden retriever** 片 黃金獵犬
◎ **poodle** [ˋpudḷ] 名 貴賓犬

- **My brother was as sick as a dog when he left the restaurant last night.** 我的哥哥昨晚離開餐廳時，吐得很厲害。

- **My manager is barking up the wrong tree. I did not cause the problem.** 我的經理找錯人了，這個問題不是我造成的。

- **It was during the dog days of summer, and nobody at our office wanted to work hard.** 我們辦公室裡，沒有任何人想在這樣的大熱天裡認真工作。

- **My cousin is the top dog in his company.** 我的表哥是公司裡的領導者。

- **You should let sleeping dogs lie and not ask our boss about the dispute.** 你不應該去問我們老闆這個爭議，而是應該保持現狀、不要採取任何行動。

- **You can't teach an old dog new tricks, and I do not think that my grandpa will change his eating habits.** 人的本性難移，所以我不認為我爺爺會改變他的飲食習慣。

- **Dogs are man's best friend.** 狗兒是人類最忠實的朋友。

- **The cat got Judy's tongue, and she could not say anything at all.** 茱蒂一時啞口無言、什麼話都說不出來。

- **My brother eats like a horse.** 我的弟弟食量很大。

文化大不同 Did you know?

　　如果要養寵物的話，你會選擇到寵物店（pet store）去買，還是去動物收容所（animal shelter）認領呢？其實，「以認養取代購買」（Adopt, Don't Buy!）好處可是很多的：(1) 能拯救一條生命、讓牠們有另一個家 (2) 寵物店有許多動物是繁殖場養出來的，但繁殖場對動物不人道，且常以近親繁殖，使這些動物可能一身疾病 (3) 減少黑心繁殖場或黑心寵物店獲利及虐待動物的情形 (4) 收容所選擇多 (5) 可影響周遭的人，也讓被遺棄的貓狗有更多得到一個新家的機會！

'HEAL' YOUR BROKEN ENGLISH IMMEDIATELY

Part 2

口腹之慾大滿足
Bon Appetite!

酒足飯飽之餘，英單也能收獲滿滿！
You can even start learning English while you're having a meal!

名 名詞　動 動詞　形 形容詞　副 副詞　縮 縮寫　片 片語

Unit 01

帶老外友人吃中式菜餚
Taking Foreigners Out for Chinese Food

❶ **dumpling** [ˋdʌmplɪŋ] 名 餃子　❷ **Kung Pao chicken** 片 宮保雞丁

❸ **braised pork rice** 片 滷肉飯　❹ **steamed bun** 片 饅頭

❺ **hot pot** 片 火鍋　❻ **cuisine** [kwɪˋzin] 名 菜餚

❼ **Lazy Susan** 片 餐桌轉盤　❽ **small eat** 片 小吃

❾ **night market** 片 夜市

 故事記憶 **Scenario** ～劇情超連結，讓文字活起來！

　　Lucas is visiting Taiwan for the first time. Gary, his Taiwanese friend, picks him up at the hotel and takes him out for local Chinese cuisine, followed by a fun evening at a local diner where Lucas tries many interesting dishes that he has never had in his life before. Lucas and Gary have a great time together, and they will go sightseeing at Yangmingshan National Park tomorrow.

　　盧卡斯第一次來台灣玩，他的台灣朋友蓋瑞便先到飯店接他、帶他去嚐當地菜色。盧卡斯試了許多之前從沒吃過的菜餚，度過了一個有趣的夜晚，並計畫好明天要去陽明山國家公園看看風景。

 單字延伸學 Vocabulary～聯想看看相關單字！

中式裝飾 Chinese-style Decorations

◎ **folding screen** 片 （折疊式）屏風
◎ **lantern** [`læntən] 名 燈籠
◎ **rockery garden** 片 假山庭園造景
◎ **Chinese pavilion** 片 中式涼亭
◎ **Chinese ink painting** 片 中國水墨畫

part
2

口腹之慾大滿足 Bon Appetit!

中式餐具 Utensils

◎ **soup ladle** 片 湯勺
◎ **toothpick** [`tuθ,pɪk] 名 牙籤
◎ **bowl** [bol] 名 碗
◎ **saucer** [`sɔsə] 名 小碟子
◎ **chopsticks rack** 片 筷架

大吃中式菜餚 Popular Dishes

◎ **century egg** 片 皮蛋
◎ **fried rice** 片 炒飯
◎ **Peking duck** 片 北平烤鴨
◎ **sweet and sour pork** 片 糖醋里肌
◎ **char siu** 片 叉燒
◎ **mapo tofu** 片 麻婆豆腐
◎ **spring roll** 片 春捲

紀念品採買 Buying Some Souvenirs

◎ **pineapple cake** 片 鳳梨酥
◎ **Chinese knots** 片 中國結
◎ **cloisonné** [,klɔɪzə`ne] 名 景泰藍瓷器
◎ **oolong tea** 片 烏龍茶
◎ **culture and creative product** 片 文創商品

- **There are some differences between Cantonese cuisine and Sichuan cuisine.** 廣東菜和四川菜還是有些差異的。

- **"Lurou Fan" (braised pork rice) is almost synonymous with Taiwanese food.** 滷肉飯幾乎就是台灣美食的代名詞。

- **Most of the time, tea is served as soon as you have a seat in a Chinese restaurant.** 大部分來說，當在中餐館一坐下，餐廳馬上就會上茶。

- **When helping yourself to the dishes, you should take food first from the plates in front of you. It's bad manners to use your chopsticks to burrow through the food.** 夾菜時，應先夾你前面的菜，拿著筷子亂翻攪食物是非常不禮貌的。

- **Let older people eat first, or if you hear an elder say "let's eat", you can start to eat.** 應禮讓年長者先用餐，或是當你聽到長輩說「開動」，方才可以開動。

- **When making toasts, the first toast is made from the seat of honor.** 當敬酒時，第一個敬酒者應為坐主位者。

- **Do not stick chopsticks vertically into your food, especially into rice, as this will make Chinese people think of funerals.** 不可將筷子直立插在食物上面，特別是插在飯上面，因為這會讓華人聯想到喪禮。

文化大不同 Did you know?

　　當外國朋友來訪時，除了帶他們品嚐台灣當地的特色小吃，還少不了要準備伴手禮，一般的伴手禮不外乎是鳳梨酥（pineapple cake）、茶葉（tea leaves）、面膜（face masks）或文創小物，如果要讓他們印象深刻，不妨為他們取個中文名字，並送他們刻有中文名字的印章（stamp）及印泥（inkpad），因為在國外，並不是人人都有專屬的印章，所以對他們來說這可是獨一無二又深具意義的禮物！

口腹之慾大滿足 Bon Appetit!

Part 2

高級西餐廳用餐體驗
Fine Dining at a Fancy Restaurant

Part 2

口腹之慾大滿足 Bon Appetit!

❶ **fine dining** 片 高級精緻餐飲　❷ **full-course meal** 片 正式西餐
❸ **appetizer** [ˋæpə͵taɪzə] 名 （餐前的）開胃菜
❹ **cutlery** [ˋkʌtlərɪ] 名 餐具　❺ **main course** 片 主菜
❻ **dessert** [dɪˋzɝt] 名 甜點　❼ **menu** [ˋmɛnju] 名 菜單
❽ **sommelier** [sɑməˋlje] 名 侍酒師
❾ **reservation** [͵rɛzəˋveʃən] 名 預約

故事記憶 Scenario ～劇情超連結，讓文字活起來！

Doris and Charles are celebrating their wedding anniversary at a fancy restaurant. With soothing music playing in the background, a terrific view of the entire city, well-prepared food, and a waiter diligently attending to their needs, they are having the best fine dining experience.

桃樂絲和查爾斯正在一家高檔餐廳慶祝他們的結婚紀念日，背景中舒緩的音樂、窗外的城市美景、精心準備的食物以及盡量去滿足他們需求的貼心服務員，都讓他們體驗到最愉快的用餐經驗。

單字延伸學 Vocabulary ～聯想看看相關單字！

主餐 Main Courses

◎ **filet mignon** 片 菲力牛排
◎ **fish filet** 片 魚排
◎ **flat iron steak** 片 翼板牛排
◎ **prime rib** 片 上等肋排
◎ **rib eye steak** 片 肋眼牛排

西餐餐具 Cutlery

◎ **bread plate** 片 麵包盤
◎ **dinner knife** 片 主餐刀
◎ **napkin** [`næpkɪn] 名 餐巾
◎ **salad fork** 片 沙拉叉
◎ **wineglass** [`waɪn͵glæs] 名 酒杯

搭配飲料 Beverages & Drinks

◎ **aperitif** [ɑperi`tif] 名 餐前酒
◎ **Champagne** [ʃæm`pen] 名 香檳
◎ **red wine** 片 紅酒
◎ **whiskey** [`hwɪskɪ] 名 威士忌

◎ **beer** [bɪr] 名 啤酒
◎ **cocktail** [`kɑk͵tel] 名 雞尾酒
◎ **sparking water** 片 氣泡水
◎ **white wine** 片 白酒

西式餐點必備 Formal Meals

◎ **corn soup** 片 玉米濃湯
◎ **entrée** [`ɑntre] 名 主菜
◎ **set menu** 片 套餐
◎ **side dish** 片 配菜
◎ **starter** [`stɑrtɚ] 名 前菜

- **I have a reservation for a table for two at 7 o'clock.** 我有預約今晚七點、兩位要用餐。

- **When it comes to cutlery, always start from outside-in.** 使用餐具時，必須從外而內，先用擺在最外面的刀叉。

- **It is basic table manners to sit upright and keep your elbows off the table.** 坐姿挺直且手肘不放在桌上，是基本的用餐禮儀。

- **Upon sitting down at the table, you should place the unfolded napkin on your lap.** 坐下時，應把餐巾打開置於大腿上。

- **Place your napkin next to your plate on the table when you wish to leave.** 用餐時，如須離席，則必須把餐巾放在你的餐盤旁邊。

- **If unsure of what to order, ask a waiter/waitress to make some recommendations.** 如果你不確定要點什麼，可以請服務生推薦菜色。

- **Wipe your fingers and mouth often with your napkin.** 要常用餐巾擦拭你的手指及嘴巴。

- **Don't slurp your soup and don't blow on hot food to cool it down.** 喝湯勿出聲，也不要用吹氣的方式吹涼食物。

- **When finished eating, place the knife and fork on the plate, crossing each other.** 用完餐時，要將刀叉相互交叉置於盤中。

文化大不同 Did you know?

　　中西方飲食差異首先可從餐具的使用方式看出，中式飲食中，只要有一雙筷子及一根湯匙，基本上就可吃完一頓餐點，而西式飲食則要搭配各式各樣的刀叉及湯匙；再來，不同於重熱炒的中式飲食，西式飲食較多為蒸、燉、煎等料理方式；餐桌分配方面，中式為圓桌合餐、大家會分食，西式則常是方桌、有自己的餐點；此外，調味料的使用也有差，中式飲食常用調味品有味精、醬油、醋、辣椒、蒜、薑等，而西式飲食則大多使用水果或蔬菜，像是蘋果、番茄等來調味。

part 2 口腹之慾大滿足 Bon Appetit!

Unit 03

日韓風味大滿足
Enjoying Japanese and Korean Cuisine

Part 2

口腹之慾大滿足 Bon Appetit!

❶ **bento** [ˋbɛnto] 名 便當　　❷ **sushi** [ˋsuʃɪ] 名 壽司
❸ **tempura** [ˋtɛmpurə] 名 天婦羅　　❹ **miso soup** 片 味噌湯
❺ **Kimchi** [kɪmtʃi] 名 韓國泡菜　　❻ **ramen** [ˋramən] 名 拉麵
❼ **soft tofu stew** 片 韓式豆腐煲　　❽ **instant noodle** 片 泡麵
❾ **ginseng** [ˋdʒɪnsɛŋ] 名 人參

 故事記憶 Scenario　～劇情超連結，讓文字活起來！

　　There is a gourmet seminar in town featuring Japanese cuisine and Korean cuisine. The guest speakers introduce the top ten dishes of these two cuisines, how to prepare them, and interesting facts related to the eating habits of the two cultures. After the opening speech, people flood into the vendors, starting to savor all kinds of Japanese and Korean dishes.

　　鎮上舉辦了一場日韓料理的美食研討會，演講者除了介紹兩種菜餚之中最具特色的十大菜色、如何準備這些菜，還分享了與文化有關的飲食習慣等各種趣事；而在開幕介紹完畢後，大家都湧入攤販，大吃各種日韓美食。

 單字延伸學 Vocabulary～聯想看看相關單字！

日式小點 Popular Japanese Foods

◎ **chicken skewer** 片 雞肉串
◎ **fermented soybean** 片 納豆
◎ **pan-fried dumpling** 片 煎餃
◎ **fried pork cutlet** 片 炸豬排
◎ **onigiri** [onɪ`gɪri] 名 飯糰

日式料理 Japanese Cuisine

◎ **beef bowl** 片 牛丼
◎ **Japanese curry** 片 日式咖哩
◎ **soba** [`sobə] 名 蕎麥麵
◎ **Teppanyaki** 名 鐵板燒
◎ **udon noodle** 片 烏龍麵

常見韓式料理 Korean Meals

◎ **army stew** 片 韓式部隊鍋
◎ **ginseng chicken soup** 片 人參雞湯
◎ **noodles in blackbean sauce** 片 韓式炸醬麵
◎ **Kimchi stew** 片 韓式泡菜鍋
◎ **ox bone soup** 片 韓式牛骨湯

著名韓食 Popular Korean Foods

◎ **Korean mixed rice** 片 韓式石鍋拌飯
◎ **Korean sushi roll** 片 海苔飯捲
◎ **marinated BBQ** 片 韓國烤肉
◎ **spicy rice cake** 片 韓式辣炒年糕

- Wait for the oldest person to sit down first before you take a seat at the table. 要等最年長的人坐下後，你才能坐下。

- Before you eat in a Korean's home, it is polite to say that you are looking forward to the meal. 當你被邀請到韓國人家作客時，在吃飯前，對主人說你很期待與他們共進餐點是禮貌的行為。

- Always pour drinks for others first, especially for those who are senior to you. 總要先為別人倒酒，特別是為年長者或是輩份比你高的人倒酒。

- To refuse an alcoholic drink offered to you, especially from an elder, is not considered polite. 拒絕別人的敬酒，特別是來自年長者的敬酒，是不禮貌的。

- Do not point at people with chopsticks or your fingers, and make sure you finish all the food served. 不要用筷子或是用手指著別人，再來，記得要吃完你盤中的食物。

- Wet towels (oshibori) are provided at most Japanese restaurants so you can clean your hands before eating. 大部分的日本餐廳在都會提供濕毛巾，讓你在用餐之前擦手。

- Pour a small amount of soy sauce into a small bowl and dip your food into it. 倒一點點醬油到小碗裡，再將你的食物沾一下小碗裡的醬油。

文化大不同 Did you know?

雖然同是亞洲國家，中、日、韓的飲食文化還是有差別的，像是日本人在早期是不吃肉類的，多半是吃蔬菜及魚類、海鮮，直到明治維新後，為了提升國民的體格，才開始仿效西方人吃肉類。至於吃飯方式，有趣的是，華人吃飯的習慣是將碗端起、以碗就口，但在韓國，這樣的行為會被認為是乞丐，而必須將飯碗放在桌上吃；而日本人喝湯吃麵時，出聲音一方面是表示食物美味，另一方面則是因為他們認為湯汁和空氣接觸後，才能帶出湯底的美味。

Part 2 口腹之慾大滿足 Bon Appetit!

素食健康新選擇
A New Health Choice: Vegetarian Diet

 MP3 12

part 2 口腹之慾大滿足 Bon Appétit!

❶ **root vegetable** 片 根莖蔬菜　　❷ **raw** [rɔ] 形 生的；未煮過的

❸ **allium** [ˋælɪəm] 名 蔥屬類　　❹ **fruit** [frut] 名 水果

❺ **dairy product** 片 乳製品（**dairy** [ˋdɛrɪ] ＝牛奶製的）

❻ **vegetarian** [ˏvɛdʒəˋtɛrɪən] 名 素食主義者 形 吃素的

❼ **diet** [ˋdaɪət] 名 飲食　　❽ **protein** [ˋprotiɪn] 名 蛋白質

❾ **salad** [ˋsæləd] 名 沙拉　　❿ **veggie burger** 片 素漢堡

 故事記憶 Scenario ～劇情超連結，讓文字活起來！

　　Janet is a vegetarian from Sweden, and she finds that there are a variety of vegetarian meal choices in Taiwan. She can get many stir-fried vegetable dishes at the local cafeteria; some restaurants serve vegetarian meals for Buddhists, while others provide Asian vegetarian meals and lacto-ovo vegetarian meals.

　　珍妮特是來自瑞典的素食主義者，她發現台灣有各式各樣的素食餐點可供選擇，在自助餐廳裡，還可以買到許多炒菜；不過，有些餐廳專為佛教徒提供素食，而其他餐廳則提供亞洲素食和蛋奶素。

 單字延伸學 Vocabulary ～聯想看看相關單字！

常見蔬菜 Vegetables

◎ **bok-choy** [bɑk`tʃɔɪ] 名 小白菜
◎ **broccoli** [`brɑkəlɪ] 名 綠花椰菜
◎ **cabbage** [`kæbɪdʒ] 名 高麗菜
◎ **celery** [`sɛlərɪ] 名 芹菜
◎ **spring onion** 片 青蔥

各式沙拉 Salads

◎ **Cesar salad** 片 凱薩沙拉
◎ **coleslaw** [`kol.slɔ] 名 高麗菜沙拉
◎ **fruit salad** 片 水果沙拉
◎ **Greek salad** 片 希臘沙拉
◎ **mixed green salad** 片 混合沙拉

常見水果 Popular Fruits

◎ **avocado** [ˌævə`kɑdo] 名 鱷梨　◎ **bell fruit** 片 蓮霧
◎ **blueberry** [`blubərɪ] 名 藍莓　◎ **citrus** [`sɪtrəs] 名 柑橘
◎ **dragon fruit** 片 火龍果　◎ **durian** [`durɪən] 名 榴槤
◎ **guava** [`gwavə] 名 芭樂　◎ **litchi** [`litʃɪ] 名 荔枝

素食分別 Vegetarians

◎ **flexitarian** [ˌflɛksɪ`tɛrɪən] 名 彈性素食者；鍋邊素
◎ **lacto-ovo vegetarian** 片 奶蛋素食者
◎ **pescetarian** [ˌpɛskɪ`tɛrɪən] 名 吃海鮮的素食者
◎ **pure/strict vegetarian** 片 全素；純素
◎ **vegan** [`vɛgən] 名 （西方）全素

● **A vegetarian diet can help reduce the risk of heart disease.** 吃素有助於降低心臟疾病發作的風險。

● **A vegetarian diet is rich in nutrients like vitamins, minerals, iron and protein.** 素食含有豐富的營養，如維他命、礦物質、鐵質及蛋白質。

● **Reducing your cancer risk is a great reason to eat more fruits and veggies.** 多吃水果以及蔬菜的一大原因是可以降低得到癌症的風險。

● **Going vegetarian helps you live longer and slows the aging process.** 吃素可以幫助你活得更長久，並減緩老化的過程。

● **Adopting a vegetarian diet is an important way to reduce global warming.** 吃素是減緩地球暖化的重要方式其中之一。

● **Vegetarian food tends to cost less than meat-based items.** 素食食品通常比肉類食品較為省錢。

● **People become vegetarians for many reasons, from health to religious convictions.** 人們吃素的原因有很多，從健康到宗教信仰等因素都有。

● **One of the benefits of vegetarian diets is improving your mood.** 吃素的其中一個好處就是可以改善我們的情緒。

Part
2

口腹之慾大滿足 *Bon Appetit!*

文化大不同 Did you know?

　　以下介紹幾種「吃素」的說法：(1) Vegan 全素：西方定義更嚴格，既不吃任何肉類、魚類，任何產品只要於自於動物，像是蛋、乳製品，甚至是皮革類衣物也不使用 (2) Vegetarian 素食：不吃肉製品，但能吃乳製品，也可以使用原料來源為動物的用品 (3) Lacto-ovo vegetarian 蛋奶素：不吃肉製品或魚，但接受蛋及乳製品 (4) Partial vegetarian 部分素食：不吃肉類，但可吃魚類或是家禽（多半是白肉），可吃魚類的稱為 Pescatarian，而可吃雞肉的則叫 Pollotarian。

Unit 05

香酥可口的垃圾食物
Crispy Junk Food

MP3 13

Part 2

口腹之慾大滿足 Bon Appetit!

❶ **doughnut** [ˋdoˏnʌt] 名 甜甜圈   ❷ **sandwich** [ˋsændwɪtʃ] 名 三明治

❸ **taco** [ˋtɑko] 名 塔可（玉米餅）   ❹ **burrito** [bɝˋrɪto] 名 墨西哥捲餅

❺ **chicken nugget** 片 小雞塊   ❻ **lettuce** [ˋlɛtɪs] 名 萵苣

❼ **sundae** [ˋsʌnde] 名 聖代冰淇淋   ❽ **take out** 片 外帶

❾ **cheese burger** 片 起司漢堡   ❿ **soda pop** 片 汽水

⓫ **fries** [fraɪz] 名 薯條

故事記憶 Scenario ～劇情超連結，讓文字活起來！

    Jack and Jimmy are on a road trip, and it is way past the dinner hour. Luckily, they spot a fast food restaurant on their way, and it is open 24 hours. They order double cheeseburgers with fries, Caesar salads, chicken strips and large Cokes. They dig in, relax, and are ready to hit the road again.

    傑克和吉米正在公路旅行，但現在早已過了晚餐時間；幸運的是，他們在途中找到了一家二十四小時營業的快餐店，於是點了雙層芝士漢堡配薯條、凱撒沙拉、雞柳和大杯可樂當晚餐；而在大吃、放鬆之後，就準備再次上路。

 單字延伸學 Vocabulary ～聯想看看相關單字！

美味炸物 Fried Foods

◎ **churro** [ˋtʃʊro] 名 吉拿棒
◎ **fried calamari** 片 炸花枝
◎ **hash brown** 片 薯餅
◎ **onion ring** 片 炸洋蔥圈
◎ **tortilla chip** 片 墨西哥玉米脆餅

 搭配飲料 Beverages

◎ **frozen yogurt** 片 霜凍優格
◎ **iced tea** 片 冰茶
◎ **lemonade** [ˌlɛmənˋed] 名 檸檬水
◎ **milk shake** 片 奶昔
◎ **root beer** 片 沙士

充當主食 Popular Foods

◎ **BLT sandwich** 片 培根三明治（BLT 指 bacon 培根、lettuce 萵苣、
tomato 番茄）
◎ **club sandwich** 片 總匯三明治　　◎ **curly fries** 片 波浪薯條
◎ **fajita** [fəˋhitə] 名 墨西哥烤肉　　◎ **rice burger** 片 米漢堡

外帶還是內用 Takeout Or Eating In

◎ **bus your table** 片 吃完餐後自己收拾
◎ **drive-thru** 片 得來速
◎ **for here** 片 內用；在餐廳裡吃
◎ **to go** 片 外帶
◎ **refill** [ˋrifɪl] 動 續杯

- **Fast food refers to food that can be prepared and served quickly.** 速食是指可以迅速準備並供應給客人的食物。

- **Fast food can come from many places: sit-down restaurants, take-outs, drive-thrus, and by delivery.** 很多地方都能提供速食，像是一般的餐館、外賣、得來速及外送服務。

- **Why is fast food popular? Because it is quick and easy to find.** 為什麼速食那麼受歡迎？因為速食供應快速，又方便、好找。

- **I would like two cheese burgers to go.** 我要外帶兩個起司漢堡。

- **I would like a large Coke without ice.** 我的可樂要大杯、去冰。

- **What can I get for you today?** 您今天要點什麼呢？

- **I'd like to have a double cheeseburger with everything on it.** 我要點一個雙層起司漢堡，所有的配料都要加。

- **Would you like fries with your burger? Anything to drink?** 您要點份薯條來搭配漢堡嗎？還是要點杯飲料嗎？

- **I would like large fries and a medium Sprite, thank you.** 我要一份大薯和一杯中杯雪碧，謝謝。

- **No problem; that will be $99.** 沒問題，總共是九十九元。

- **Can I get a refill on my iced tea?** 我可以續杯冰茶嗎？

文化大不同 Did you know?

　　一般來說，速食多半以美式速食為主流，但台式、日式、菲律賓等地的速食業也正快速發展中，比方說台式的鬍鬚張魯肉飯、日式的吉野家及菲律賓的快樂蜂（Jollibee）等；而美國最早的速食店是 White Castle（白城堡），將製作過程產線化的則是麥當勞首創。至於美國成為速食大國的原因，主要是因為大部分的人都開車，所以手拿式、不須餐具就可食用的餐點便廣受歡迎，再加上準備及供應的時間快速，價格也比餐館便宜，就漸漸成為主流食物。

Part 2

口腹之慾大滿足 Bon Appetit!

Unit 06 續攤必嚐人氣小吃
Small Eats at the After Party

Part 2
口腹之慾大滿足 Bon Appetit!

① street vendor 片 路邊攤販
② shaved ice 片 剉冰
③ plum green tea 片 梅子綠茶
④ stinky tofu 片 臭豆腐
⑤ fish ball soup 片 魚丸湯
⑥ plastic bag 片 塑膠袋
⑦ bubble tea 片 珍珠奶茶
⑧ pig's blood cake 片 豬血糕
⑨ oyster omelet 片 蚵仔煎
⑩ pepper cake 片 胡椒餅
⑪ fried chicken cutlet 片 炸雞排

 故事記憶 Scenario ～劇情超連結，讓文字活起來！

After having delicious local Chinese cuisine, Gary takes Lucas to a night market to experience the famous small eats in Taiwan. There are so many varieties of small eats stalls at the night market, and street vendors greet Lucas and Gary enthusiastically, inviting both of them to try their foods and drinks.

在享用了美味的道地菜餚之後，蓋瑞便帶盧卡斯去夜市體驗、試試看台灣著名的小吃。夜市裡有各種各樣的小吃攤位，攤販們更熱情地迎接、邀請他們品嚐食物或飲料。

單字延伸學 Vocabulary ～聯想看看相關單字！

茶飲 Having Some Tea

◎ **boba tea** 片 波霸奶茶
◎ **honey citron tea** 片 蜂蜜柚子茶
◎ **jasmine green tea** 片 茉莉綠茶
◎ **Jinxuan oolong tea** 片 金萱烏龍茶
◎ **kumquat and lemon juice** 片 金桔檸檬

炸物 Deep-fried Foods

◎ **chicken popcorn** 片 鹹酥雞
◎ **fried shrimp roll** 片 炸蝦捲
◎ **fried squid** 片 酥炸大魷魚
◎ **fried tempura** 片 炸天婦羅
◎ **fried tofu** 片 炸豆腐

台灣味食物 Taiwanese Street Foods

◎ **flaky scallion pancake** 片 蔥抓餅
◎ **fried leek dumpling** 片 韭菜盒
◎ **glutinous rice** 片 糯米飯　　◎ **luwei** 名 滷味
◎ **steamed sandwich** 片 刈包　◎ **Taiwanese meatball** 片 肉圓

平價小吃 Trying Some Local Dishes

◎ **oyster vermicelli** 片 蚵仔麵線
◎ **slack season Danzai noodle** 片 擔仔麵
◎ **ribs stewed in medical herbs** 片 藥燉排骨
◎ **giant pork ball soup** 片 貢丸湯
◎ **spicy hotpot** 片 麻辣鍋

Part **2** 口腹之慾大滿足 Bon Appetit!

- **How would you like your drink?** 您的飲料要怎樣的甜度、冰塊？

- **I would like my drink (with) ice/crushed ice/ice-free (no ice).** 我的飲料要正常冰／少冰／去冰。

- **I would like my drink (with) regular sugar/less sugar/ half sugar/quarter sugar/sugar-free (no sugar).** 我的飲料要全糖／八分糖／半糖／三分糖／無糖。

- **I would like my drink with tapioca pearls/grass jelly/ flan/rat noodles.** 我的飲料要加珍珠／仙草／布丁／粉條。

- **How would you like to carry your drink? For here / To go / In a bag?** 您飲料要在這裡喝／外帶／裝袋子裡嗎？

- **Our customized drinks in Taiwan show our unique culture, and many foreign friends find this service very cool.** 在台灣點客製化的飲料是個很特別的文化，很多外國朋友都覺得這項客製化服務很酷。

- **Fried chicken cutlets are one Taiwanese specialty.** 炸雞排是台灣的特色食物之一。

- **Oyster omelets are made with eggs, oysters, bok-choy, and it's topped with flavored sweet-and-sour sauce.** 蚵仔煎是用蛋、蚵仔和小白菜做成的，通常會淋上酸甜的醬汁一起食用。

part 2

口腹之慾大滿足 Bon Appetit!

文化大不同 Did you know?

在歐美國家，他們的生活習慣和台灣大相逕庭，因為一般來說，除了酒吧、舞廳等地方會營業時間會比較晚，或是像加油站等特別的地方是二十四小時營業之外，通常晚上九點之後就沒有什麼活動了。相較之下，台灣有著多采多姿的夜生活，有二十四小時的便利商店（convenience store）、雜貨店（grocery store）、眼鏡行（optician）等各種商店，更有著可以大吃大喝的熱鬧夜市，所以對外國朋友來說，夜晚的生活也是個新鮮又難忘的體驗呢！

Unit 07

酒吧坐坐聊一聊
Hanging Out at a Bar

Part 2
口腹之慾大滿足 Bon Appetit!

❶ **bar** [bar] 名 酒吧
❷ **bartender** [`bar͵tɛndɚ] 名 酒保
❸ **cocktail** [`kak͵tel] 名 雞尾酒
❹ **bar stool** 片 酒吧高腳凳
❺ **shot** [ʃat] 名 單一杯烈酒
❻ **on the rocks** 片 加冰塊
❼ **beer** [bɪr] 名 啤酒
❽ **sober** [`sobɚ] 形 清醒的
❾ **bouncer** [`baunsɚ] 名 （酒吧或夜店的）保鑣；保全

 故事記憶 Scenario ～劇情超連結，讓文字活起來！

After a long day, Julia is meeting Clare for a drink at a bar. Julia arrives first and waits for Clare. The bartender asks how Julia likes her drink, and then Julia orders two tall frozen margaritas and a shot of whiskey.

　　一天終於結束了，茱莉亞與克萊爾便相互約在酒吧喝一杯；茱莉亞因為先到了，便在吧台等待克萊爾；等待的同時，調酒師問了茱莉亞喜歡什麼樣的飲料，於是她就先點了兩杯霜凍瑪格麗特調酒和一杯威士忌。

單字延伸學 Vocabulary～聯想看看相關單字！

調酒 Cocktails

◎ **Long Island iced tea** 片 長島冰茶
◎ **margarita** [ˌmɑrgəˋritɑ] 名 瑪格麗特
◎ **martini** [mɑrˋtinɪ] 名 馬丁尼
◎ **mojito** [məˋhɪto] 名 莫吉托
◎ **pina colada** 片 鳳梨可樂達（椰林飄香）

其他酒類 Types of Alcohol

◎ **cider** [ˋsaɪdə] 名 蘋果酒
◎ **cordial** [ˋkɔrdʒəl] 名 甘露酒；甜香酒
◎ **draft** [dræft] 名 生啤酒
◎ **punch** [pʌntʃ] 名 潘趣酒（微酒精飲品）
◎ **spirit** [ˋspɪrɪt] 名 烈酒

喝酒方式 How to Order

◎ **double / single** [ˋdʌbl] / [ˋsɪŋgl] 名 雙份酒 / 單份酒
◎ **frozen / blended** [ˋfrozn] / [ˋblɛndɪd] 形 霜凍的
◎ **neat / straight up** 片 不加冰塊
◎ **tall / short** [tɔl] / [ʃɔrt] 形 大杯的 / 小杯的

品嚐烈酒 Having Some Spirits

◎ **brandy** [ˋbrændɪ] 名 白蘭地
◎ **gin** [dʒɪn] 名 琴酒
◎ **rum** [rʌm] 名 蘭姆酒
◎ **tequila** [təˋkilə] 名 龍舌蘭
◎ **vodka** [ˋvɑdkə] 名 伏特加

實用句練習 *Sentences* ～溝通，才是最終目的！

- ✎ **Ordering a drink at a bar can be very intimidating if you aren't familiar with the process.** 如果你不熟悉怎麼點酒的話，在酒吧點酒是很嚇人的。

- ✎ **Don't be afraid to ask bartenders questions.** 不要不好意思向酒保提出問題。

- ✎ **What beer do you have on tap?** 你們有哪些啤酒？

- ✎ **Do you serve food here?** 你們有提供食物嗎？

- ✎ **We only have bar snacks here. Would you like some peanuts?** 我們只提供下酒的小點心，您要來點花生嗎？

- ✎ **Can I buy you a drink?** 我可以請你喝一杯嗎？

- ✎ **I would like a margarita on the rocks and two pints of Guinness.** 我要一杯加冰塊的瑪格麗特，還有兩品脫的健力士。

- ✎ **Would you like your whiskey on the rocks or neat?** 你的威士忌要加冰塊還是不加冰塊？

- ✎ **Can I have a neat double whiskey, please?** 我要點一杯雙份、不加冰塊的威士忌。

- ✎ **If you are going to order a martini, be prepared to let the bartender know if you want gin or vodka.** 如果你打算要點馬丁尼的話，要讓酒保知道你的基底酒是要琴酒還是伏特加。

❝ 文化大不同 *Did you know?*

　　酒吧一詞在英文中有不同說法，在美國常說成 bar，在英國及愛爾蘭則稱為 pub。此外，還有不同類型的酒吧，像 dive bar 是指簡單、普通的鄰家酒吧，店內裝潢較為簡單，提供的酒水、食物也比一般的酒吧便宜；bistro 則是指小酒館，最初起源於法國，原指平價的飯館；lounge bar 則是高級酒吧，店內通常會放置許多沙發、放著優雅放鬆的音樂，是個與三五好友悠閒坐在沙發上聊天、喝酒的好去處。

❞

Part 2 口腹之慾大滿足 Bon Appetit!

Unit 08 咖啡甜點不嫌膩
Enjoying a Cup of Coffee

Part **2** 口腹之慾大滿足 Bon Appétit!

❶ café [kə`fe] 名 咖啡廳
❷ kettle [`kɛtl̩] 名 手沖壺
❸ pour over coffee 片 手沖咖啡
❹ barista [bɑ`rɪstə] 名 咖啡師
❺ grinder [`graɪndə] 名 磨豆機
❻ espresso machine 片 義式咖啡機
❼ a pot of 片 一壺⋯
❽ syrup [`sɪrəp] 名 糖漿
❾ stirrer [`stɝə] 名 攪拌棒

 **故事記憶 Scenario** ～劇情超連結，讓文字活起來！

Jonathan is hanging out with friends at a café. This café is not far from Jonathan's house, and they serve many kinds of drinks and food: coffee, flavored tea, hot chocolate, snacks, and pastry. Jonathan's favorite is a cup of black coffee with a donut.

　　喬納森和朋友正在一家咖啡館坐坐，這家咖啡館距離他家不遠，且供應著各種飲料和食物，像是咖啡、調味茶、熱巧克力、小吃及糕點，而喬納森最喜歡的搭配就是一杯黑咖啡再配上甜甜圈了。

單字延伸學 Vocabulary～聯想看看相關單字！

品嚐咖啡 Popular Coffee

◎ **Americano** [əmɛrɪ`kano] 名 美式咖啡
◎ **café au lait (latte)** 片 歐蕾（拿鐵）
◎ **cappuccino** [ˌkapə`tʃino] 名 卡布奇諾
◎ **caramel macchiato** 片 焦糖瑪奇朵
◎ **mocha** [`mokə] 名 摩卡

沖泡分類 Making Coffee

◎ **cold brew coffee** 片 冰釀咖啡
◎ **cold drip coffee** 片 冰滴咖啡
◎ **drip bag coffee** 片 濾掛式咖啡
◎ **instant coffee** 片 即溶咖啡
◎ **siphon** [`saɪfən] 名 虹吸式咖啡壺

配咖啡 Pairing with Coffee

◎ **cinnamon roll** 片 肉桂捲
◎ **cup cake** 片 杯子蛋糕
◎ **marsh mellow** 片 棉花糖
◎ **waffle** [`wafl] 名 格子鬆餅

◎ **croissant** [krwɑ`sɑn] 名 牛角麵包
◎ **French toast** 片 法式土司
◎ **skim milk** 片 脫脂牛奶
◎ **whipped cream** 片 鮮奶油

咖啡迷須知 Passion for Coffee

◎ **coffee dripper** 片 咖啡濾杯
◎ **decaf** [`di.kæf] 名 低咖啡因
◎ **foam** [fom] 名 奶泡
◎ **paper filter** 片 濾紙
◎ **roaster** [`rostɚ] 名 烘豆機

- **Hello, I would like a tall mocha with light whipped cream.** 你好，我要一杯中杯的摩卡，鮮奶油少一點。

- **I need a cup of strong coffee to keep me awake.** 我需要一杯濃濃的咖啡來提神。

- **The coffee is on the house.** 這杯咖啡是店家免費招待的。

- **Starbucks is having a special today. If you buy one coffee, you will get another one for free.** 星巴克今天有特別的活動，是買一送一喔！

- **How do you like your coffee? I like mine with cream and sugar.** 你的咖啡要怎樣的呢？我喜歡加奶精和糖。

- **How did you hear about this coffee shop?** 你是怎麼知道這家咖啡廳的呢？

- **My friend recommended it to me, and I decided to give it a try.** 我的朋友之前推薦給我這家咖啡廳，所以我就來試試看。

- **I love this café. The baristas couldn't be nicer!** 我很喜歡這家咖啡廳，他們的咖啡師都非常友善！

- **How often do you visit this coffee shop?** 你多久去一次這家咖啡廳呢？

- **Let's grab a cup of coffee.** 讓我們一起喝杯咖啡吧。

文化大不同 Did you know?

　　點咖啡時，小杯叫 short 或 small，中杯叫 tall 或 medium，而大杯則是 grande 或 large，特大杯為 ventti；至於豆子烘焙程度，淺培為 light roast，中培說成 medium roast，深培則為 dark roast。此外，「一杯咖啡」也可以說成 a cup of joe，此說法的由來其中一說是因為 joe 可指一般的普通人（通常說成 average joe），所以 a cup of joe 就是給一般人喝的飲料，即大家最常喝的咖啡！

右側：part 2 口腹之慾大滿足 Bon Appetit!

如果我是飯店主廚
If I Were a Chef

❶ **executive chef** 片 總廚 　　❷ **heat up** 片 加熱

❸ **peel** [pil] 動 削皮 　　❹ **ingredient** [ɪnˋɡridɪənt] 名 食材

❺ **spatula** [ˋspætjələ] 名 鍋鏟 　　❻ **certified** [ˋsɝtəˌfaɪd] 形 認證的

❼ **internship** [ˋɪntɝnˌʃɪp] 名 實習 　　❽ **patron** [ˋpetrən] 名 顧客；老饕

 故事記憶 Scenario 〜劇情超連結，讓文字活起來！

Jenny is a food critic. She is writing an article about chefs, and she decides to visit Din Tai Fung for inspiration. She observes that a chef needs to master a series of skills, from cooking, menu design, plate presentation, food safety, and kitchen staff supervision to kitchen management.

珍妮是位美食評論家，她正在撰寫一篇關於主廚的文章，於是便決定訪問鼎泰豐來獲取靈感；從此行之中，她觀察到廚師需要掌握一系列技能，從烹飪、菜單設計、擺盤、食品安全、廚房員工監督到廚房管理，全都要會。

單字延伸學 Vocabulary～聯想看看相關單字!

講究烹飪 Cooking Methods

- ◎ **blanch** [blæntʃ] 動 汆燙
- ◎ **braise** [brez] 動 細火慢燉
- ◎ **broil** [brɔɪl] 動 烤
- ◎ **saute** [soˋte] 動 煎
- ◎ **smoke** [smok] 動 燻製

料理必備 Seasonings

- ◎ **canola oil** 片 芥花油
- ◎ **mayonnaise** [ˌmeəˋnez] 名 美乃滋
- ◎ **mirin** [ˋmɪrɪn] 名 味醂
- ◎ **mustard** [ˋmʌstəd] 名 芥末
- ◎ **soy sauce** 片 醬油
- ◎ **vinegar** [ˋvɪnɪɡə] 名 醋

廚房必備用品 Kitchen Equipment

- ◎ **counter** [ˋkaʊntə] 名 流理臺
- ◎ **deep fryer** 片 油炸機
- ◎ **range** [rendʒ] 名 多爐爐灶
- ◎ **stock/soup pot** 片 鍋;煲
- ◎ **walk-in cooler** 片 (可走進走出的)大冷藏室

主廚必備技巧 Skills That a Chef Needs

- ◎ **food safety** 片 食物安全
- ◎ **knife skill** 片 刀法技藝
- ◎ **management skill** 片 管理技巧
- ◎ **menu planning** 片 設計菜單
- ◎ **presentation skill** 片 擺盤技藝

📝 **Chefs can generally be thought of as the head boss within a kitchen.** 主廚一般被視為廚房裡的領導者。

📝 **Besides cooking, chefs will plan the menu, choose and inspect ingredients, supervise the kitchen staff and handle other food-related issues concerning the kitchen.** 除了烹調之外，主廚還要設計菜單、挑選並檢查食材、監督廚房裡的工作人員，還要處理和食物相關的所有問題。

📝 **Being a chef isn't easy; it involves long hours, physical labor and heavy competition.** 當個主廚並不輕鬆，因為要長時間工作，所以很花體力，而且競爭也很激烈。

📝 **Chefs need to wield basic knife skills to prepare meats, fruits and vegetables for use in the kitchen.** 主廚必須要會運用基本的刀工處理肉類、水果及蔬菜以供廚房使用。

📝 **A good cook must have passion for the culinary arts field.** 一個好廚師必須對烹飪領域抱有熱情。

📝 **Can you boil an egg for me?** 可以請你幫我煮顆蛋嗎？

📝 **Add carrots and cabbage and sauté them for three minutes.** 加入紅蘿蔔及高麗菜後拌炒三分鐘。

📝 **When you finish cooking, please hang the cooking pots.** 當你煮完飯後，請把鍋子掛起來。

❝ 文化大不同 Did you know? 💡

　　你對於廚房內場的職位了解多少呢？主要有 (1) Executive Chef（也可說成 Head Chef 或 Master Chef）：稱為行政主廚或總廚，是廚房裡地位最高的人 (2) Sous Chef（副行政主廚／副廚師長）：為行政主廚的左右手，當行政主廚休假時，需代理行政主廚一職 (3) Pastry Chef：為專做糕點的糕點師傅 (4) Chef de Partie / Line Cook（廚房領班）：主要負責管理外場某一個區域的服務生。**❞**

Part 2 口腹之慾大滿足 Bon Appetit!

Unit 10

菜市場採購
At a Local Farmers Market

Part **2**

口腹之慾大滿足 Bon Appetit!

❶ **local farmers market** 片 菜市場

❷ **livestock** [`laɪvˌstɑk] 名 家畜（例：豬、牛、羊等）

❸ **poultry** [`poltrɪ] 名 家禽（例：雞、鴨等）

❹ **seafood** [`siˌfud] 名 海鮮　　❺ **organic** [ɔr`gænɪk] 形 有機的

❻ **produce** [`prɑdjus] 名 農產品　❼ **seasonal** [`siznəl] 形 當季的

❽ **a variety of** 片 各式各樣的

 故事記憶 Scenario ～劇情超連結，讓文字活起來！

    Jill is moving to a new neighborhood, and her landlord, Richard, takes her to their local farmers market to get to know the community better. She gets some fresh fruit and organic veggies from the grower, learns how to prepare them for a delicious meal, and has a great time at the farmers market.

    吉兒搬到了一個新社區，而今天，她的房東理查帶她去了附近的農貿市場，多了解一下社區；她在市場裡買了一些新鮮水果和有機蔬菜，還學習到怎麼善用食材來準備美味佳餚，在農貿市場度過了美好時光。

067

單字延伸學 Vocabulary～聯想看看相關單字！

家禽肉類 Poultry

◎ **chicken drumstick** 片 雞腿（棒棒腿）
◎ **chicken wing** 片 雞翅
◎ **duck breast** 片 鴨胸
◎ **goose** [gus] 名 鵝
◎ **quail** [kwel] 名 鵪鶉

海鮮有哪些 Seafood

◎ **codfish** [ˋkɑd͵fɪʃ] 名 鱈魚
◎ **mackerel** [ˋmækərəl] 名 鯖魚
◎ **prawn** [prɔn] 名 大蝦
◎ **scallop** [ˋskɑləp] 名 扇貝
◎ **sea bass** 片 海鱸魚

肉舖買肉 Buying Meat

◎ **beef shank** 片 牛腱
◎ **lamb rump** 片 羊臀腰肉
◎ **pig's knuckle** 片 豬腳
◎ **pork chop** 片 （帶骨頭的）豬排

◎ **ground beef** 片 牛絞肉
◎ **minced meat** 片 絞肉
◎ **pork belly** 片 五花肉

新鮮又實惠 Organic & Seasonal

◎ **affordable** [əˋfɔrdəbl] 形 實惠的；負擔得起的
◎ **beneficial** [͵bɛnəˋfɪʃəl] 形 有益處的
◎ **eco-friendly** [ˋiko͵frɛndlɪ] 形 環保的
◎ **fresh** [frɛʃ] 形 新鮮的
◎ **ripe** [raɪp] 形 （果實）成熟的

- **By shopping at the local farmers market, you will eat seasonal, fresh and ripe food.** 在菜市場買菜，可以買到當季、新鮮又成熟的農產品。

- **The food from your local farmers market is generally safer and fresher.** 一般來說，當地菜市場的食材會比較安全及新鮮。

- **Fruits and vegetables are fresher in the local farmers market, and therefore, taste better.** 菜市場的水果及蔬菜都比較新鮮，所以嚐起來也比較好吃。

- **You can learn preparation and storage tips from the experts.** 你能從這些達人（攤商）學到如何準備料理與保存食材的秘訣。

- **Buying from the local farmers market supports local farmers and small business owners.** 在菜市場買菜也能支持當地農家和小型生意的經營者。

- **Eating seasonal food is good for your body and cheaper.** 吃當季的食物對你的身體很有益處，也比較便宜。

- **Going to farmers markets is also a way to support the local economy.** 去菜市場採買也是支持當地經濟的一種方法。

- **In the local farmers market, you will find things you don't see at the supermarkets.** 你甚至能找到在超市看不到的食材。

文化大不同 Did you know?

　　美國的菜市場（farmers market）和台灣的傳統市場不太一樣，大多數都是露天市場（open-air market），且一星期才有一次，有些地方甚至是好幾星期才會舉辦一次；而在市場裡，當地的小農或經營者會將他們的農產品擺攤來賣，所以許多人會趁假日時開車帶著全家大小去逛市場，除了可以買到當季最新鮮、有機的農產品外，也可和種植者、養殖者或產品製作者交流種植或料理的經驗，不但可以享受陽光和美食，還能支持當地經濟，真是好處多多！

Part 3

穿搭出自我風格
Creating Your Own Style

從第一印象開始，成功變身偽老外！
t's time to transform yourself into an
English guru!

名 名詞　動 動詞　形 形容詞　副 副詞　縮 縮寫　片 片語

Unit 01
頂上決戰秀出自我
Styling Your Hair

Part 3
穿搭出自我風格 Creating Your Own Style

❶ **perm** [pɝm] 動 燙髮
❷ **wave** [wev] 形 波浪
❸ **hair pin** 片 髮夾
❹ **hair coloring** 片 染髮
❺ **bun** [bʌn] 名 包頭
❻ **hair care** 片 護髮
❼ **setting cart** 片 工作車
❽ **hair stylist** 片 髮型設計師
❾ **haircut** [`hɛr, kʌt] 名 剪髮
❿ **bang** [bæŋ] 名 瀏海
⓫ **trim** [trɪm] 動 剪短一點

故事記憶 Scenario ～劇情超連結，讓文字活起來！

　　It's summer time and Rebecca feels like getting a short hairstyle for a change. She makes an appointment with her hairstylist, scheduling a haircut, a brown highlighting and a hair-care session. After discussing how she wants her hair done, the stylist then starts to help give her a makeover.

　　夏天到了，蕾貝卡想換個短髮，於是便先預約了她的髮型設計師；她除了想剪頭髮以外，還想把部分頭髮挑染成棕色，並做一些護髮療程；而在討論髮型之後，設計師便開始幫她進行改造。

 單字延伸學 Vocabulary ～聯想看看相關單字！

髮型 Braiding Your Hair

- ◎ **braid** [bred] 名 辮子
- ◎ **buzz cut** 片 平頭
- ◎ **medium hairstyle** 片 中長髮
- ◎ **ponytail** [ˋponɪ͵tel] 名 馬尾
- ◎ **side/central parting** 片 旁分 / 中分

燙髮 Getting a Perm

- ◎ **curling iron** 片 電捲棒
- ◎ **electric clipper** 片 電推剪
- ◎ **flat iron** 片 直髮器
- ◎ **straight perm** 片 離子燙
- ◎ **tight/medium/loose curl** 片 燙小捲 / 中捲 / 大捲

髮型設計及其他服務 Haircut & Extra Services

- ◎ **color protection** 片 護色
- ◎ **layered cut** 片 剪層次
- ◎ **manicure** [ˋmænɪ͵kjur] 名 美甲
- ◎ **highlight** [ˋhaɪ͵laɪt] 名 挑染
- ◎ **massage** [məˋsɑʒ] 動 按摩
- ◎ **pedicure** [ˋpɛdɪ͵kjur] 名 美足

髮質分析 Hair Quality

- ◎ **damaged hair** 片 受損髮質
- ◎ **frizz** [frɪz] 名 毛躁
- ◎ **hair texture** 片 髮質
- ◎ **resistant hair** 片 強韌髮質
- ◎ **split end** 片 分叉的髮梢

🔍 **I would like a wash and a cut.** 我要洗髮和剪髮。

🔍 **I'd like my hair thinned.** 我的頭髮要打薄。

🔍 **I'd like loose curls all over.** 我要燙整頭都是大捲的髮型。

🔍 **I'd like some green highlights.** 我想把部分頭髮挑染成綠色的。

🔍 **How much do you charge for trimming bangs?** 你們修瀏海要收多少錢呢？

🔍 **Trim a little off the back, please.** 後面請幫我剪短一些。

🔍 **Getting your hair styled can make you look more attractive and bring out your personality.** 有造型的髮型能使你看起來更加動人，並帶出你的個人特質。

🔍 **Before getting a new style, you should know your hair texture and length.** 換新髮型之前，你必須要了解你的髮質及長度。

🔍 **Figure out your face shape, so you pick a style that flatters you.** 了解你的臉型後，再挑選能使你顯得更迷人的髮型。

🔍 **Use products to shape your hair.** 可用髮類產品來塑造你的髮型。

🔍 **Go easy on your hair when it's wet.** 當你的頭髮仍是濕的時候，請溫柔對待它。

🔍 **Use hair tools with care.** 請小心使用理髮工具。

❝ 文化大不同 Did you know?

在美國，上髮廊比在台灣貴了許多，不論是洗、剪、燙、染、護髮，全都不便宜，而且，除了服務本身就不便宜，在美國的小費文化中，也得記得給操刀的髮型設計師和洗頭的助手小費喔！再來，東方人的髮質及臉型與西方人截然不同，所以旅居國外的留學生通常不是自己剪髮，就是等回台灣時再修整，要不然就是盡量找華人或亞裔（日／韓裔等）的髮型設計師，這樣看來，在台灣修整頭髮真的非常方便呢！

❞

面容變身大作戰
Giving Yourself a Makeover

❶ **skin care** 片 護膚　　❷ **lotion** [`loʃən] 名 乳液

❸ **moisturizer** [`mɔɪstʃəraɪzə] 名 保濕乳；潤膚霜

❹ **toner** [`tonə] 名 化妝水　　❺ **cosmetic** [kɑz`mɛtɪk] 名 化妝品

❻ **vanity** [`vænətɪ] 名 梳妝台　　❼ **brush** [brʌʃ] 名 化妝刷具

❽ **lipstick** [`lɪp͵stɪk] 名 口紅　　❾ **mascara** [mæs`kærə] 名 睫毛膏

❿ **glowing** [`gloɪŋ] 形 容光煥發的

故事記憶 Scenario ～劇情超連結，讓文字活起來！

Kelly is trying on a new eye shadow. Last week, She ended up buying a whole set of cosmetic products after taking advice from a sales clerk. The products are in high quality, so she will also check out the latest lipstick color and glitter powder of the brand next time.

凱莉正在梳妝檯試用新的眼影，上週，她接受了店員的建議，購買了一整套化妝品；而因為產品品質都很好，所以她決定下次要順便看看同一牌子新發行的口紅顏色和亮粉。

化妝品 Cosmetics

◎ **compact power** 片 蜜粉
◎ **concealer** [kən`silə] 名 遮瑕膏
◎ **eye liner** 片 眼線
◎ **eye shadow** 片 眼影
◎ **foundation** [faun`deʃən] 名 粉底液

化妝用具 Makeup Tools

◎ **blush brush** 片 腮紅刷
◎ **brow brush** 片 眉刷
◎ **electric lash curler** 片 電動睫毛捲
◎ **powder brush** 片 蜜粉刷
◎ **shadow applicator** 片 眼影刷

老化 & 皮膚問題 Skin Problems

◎ **acne** [`ækni] 名 青春痘　　　◎ **pimple** [`pɪmpl̩] 名 粉刺
◎ **blackhead** [`blæk,hɛd] 名 黑頭粉刺
◎ **sensitive skin** 片 敏感肌膚　　◎ **aging** [`edʒɪŋ] 形 老化的
◎ **dermatologist** [,dɝmə`talədʒɪst] 名 皮膚科醫生

保養品 Skin Care Products

◎ **body scrub** 片 全身去角質霜
◎ **cream** [krim] 名 乳霜
◎ **cleanser** [`klɛnzə] 名 洗面乳
◎ **lip balm** 片 護唇膏
◎ **mask** [mæsk] 名 面膜

實用句練習 Sentences～「聊」癒你的破英文！

- **What is the brand of the lipstick that you use?** 你用的口紅是什麼牌子的呢？

- **Do you often change your eye shadow color to match your outfits?** 你是不是常換眼影的顏色來搭配你的服裝？

- **What skin care products do you use to prevent wrinkles?** 你是用什麼抗皺的產品呢？

- **Do you ever go out without putting any make-up on?** 你有沒有素顏外出過？

- **How often do you exfoliate your skin?** 你多久去角質一次？

- **Use the correct cleanser for your skin type.** 要使用符合你膚質狀況的洗面乳。

- **Clean your makeup brushes regularly.** 要定期清洗化妝刷具。

- **Make your skin-care routine easy to follow.** 你的保養程序要盡量維持簡單、好跟進。

- **Stay hydrated (drink lots of water), eat well and sleep well.** 要保持身體不缺水（即多喝水）、吃得健康並睡得好。

- **Effectively removing make-up is a great way to a cleaner and healthier skin.** 完全的卸妝才能讓肌膚更乾淨、健康。

文化大不同 Did you know?

　　東方人崇尚白皙的皮膚，正所謂「一白遮九醜」（A white complexion is powerful enough to hide seven faults.），所以只要一到夏天，不論男女老少，人人都手撐洋傘、頭戴帽子，女士們更是擦足了防曬產品，且從頭包到腳才出門，這在老外朋友眼中著實不可思議，因為西方觀念不同，認為能曬出一身古銅色（tanned）才是健康美，所以只要天氣晴朗，他們通常都會到戶外公園、草地、海邊，甚至自己家的頂樓陽台上，盡情曬太陽、做日光浴呢！

Part 3

穿搭出自我風格 Creating Your Own Style

精心搭配 — 上身篇
Shopping Your Closet – Tops

❶ **wool** [wul] 名 羊毛　　　　❷ **flannel** [`flænḷ] 名 法蘭絨

❸ **cardigan** [`kɑrdɪgən] 名 （胸前開襟的）羊毛衫

❹ **down coat** 片 羽絨外套　　❺ **overcoat** [`ovɚ,kot] 名 大衣

❻ **business casual** 片 商務休閒　❼ **dress** [drɛs] 名 洋裝

❽ **T-shirt** [`ti,ʃɜt] 名 T恤　　❾ **cotton** [`kɑtn] 名 棉

❿ **pleated** [`plitɪd] 形 打摺的　⓫ **tank top** 片 背心

⓬ **sleeveless** [`slivlɪs] 形 無袖的

 故事記憶 Scenario ～劇情超連結，讓文字活起來！

Sue is looking for a cocktail dress for her friend's party. There are so many types of dresses at the department store; some of them are gorgeous and some are very expensive. Sue takes her time to try them all on before making her final decision.

蘇正在為派對挑選合適的雞尾酒禮服，而剛好百貨公司有賣很多類型的連衣裙，有些很華麗，有些則非常昂貴；蘇決定多花時間試穿後，再做最後決定。

 單字延伸學 Vocabulary ～聯想看看相關單字！

各式上衣 Shirts & Tops

◎ **halter-neck top** 片 繞頸露背上衣
◎ **hoodie** [ˋhudɪ] 名 連帽衫
◎ **polo shirt** 片 網球衫；高爾夫球衫
◎ **sweatshirt** [ˋswɛt͵ʃɜt] 名 厚棉長袖棉 T
◎ **turtleneck** [ˋtɜtl͵nɛk] 名 套頭高領

連身衣物 One-piece Clothing

◎ **A-line dress** 片 A 字形洋裝
◎ **floral print dress** 片 碎花洋裝
◎ **jumpsuit** [ˋdʒʌmp͵sjut] 名 連身衣褲
◎ **maxi dress** 片 拖地長洋裝
◎ **off the shoulder dress** 片 露肩洋裝

衣料材質 Fabrics

◎ **cashmere** [ˋkæʃmɪr] 名 喀什米爾羊毛；喀什米爾羊毛織品
◎ **chiffon** [ʃɪˋfɑn] 名 雪紡紗　　◎ **lycra** [ˋlaɪkrə] 名 萊卡
◎ **polyester** [͵pɑlɪˋɛstə] 名 聚酯纖維
◎ **rayon** [ˋrean] 名 嫘縈　　◎ **suede** [swed] 名 麂皮

各種外套 Coats & Jackets

◎ **blazer** [ˋblezə] 名 西裝外套
◎ **lightweight quilt puffer coat** 片 輕便保暖外套
◎ **parka coat** 片 內裡有毛的連帽外套
◎ **sports jacket** 片 運動外套
◎ **trench coat** 片 風衣

Part
3

穿搭出自我風格 *Creating Your Own Style*

🔖 **Are you looking for anything in particular?** 您有要找什麼特定的商品嗎？

🔖 **I am looking for a sweater.** 我想要找一件毛衣。

🔖 **What color do you prefer?** 您喜歡什麼顏色？

🔖 **Do you have them in blue?** 這款有藍色的嗎？

🔖 **We don't have any of these left in stock.** 這款已無庫存了。

🔖 **Is this on sale?** 這件有特價嗎？

🔖 **There is a discount of 20% on this.** 這件有打八折。

🔖 **This is such a bargain!** 這樣實在是太划算了！

🔖 **Can I try this on?** 我可以試穿嗎？

🔖 **Where are your fitting rooms?** 請問你們的試衣間在哪裡呢？

🔖 **They are at the end of corridor.** （試衣間）就在通道最裡面。

🔖 **This dress doesn't suit me.** 這件洋裝不適合我。

🔖 **What is your return and refund policy?** 請問你們退貨及退款的政策是什麼？

🔖 **Make sure you bring your credit card and receipt when returning an item.** 退貨時記得要帶信用卡和收據。

❝ 文化大不同 *Did you know?* 💡

　　在美國買東西時，根據退貨及退款條款（return and refund policy），一般商品都可享七天或七天以上的鑑賞期，有些甚至可長達一個月，而在鑑賞期內，不管是商品有瑕疵、不合心意，都可退貨或退費；例如，若買回去後才發現尺寸不合、顏色不喜歡、款式不合適等，只要在期限內，都可以拿回店家退換貨，甚至像是下載電影這種數位商品，有些店家也會接受十天以內沒有觀看但想退費的要求。 **❞**

精心搭配 — 下著篇
Shopping Your Closet – Bottoms

Unit 04

Part 3

穿搭出自我風格 Creating Your Own Style

❶ **fitting room** 片 試衣間　　　❷ **waist** [west] 名 腰

❸ **full-length mirror** 片 全身鏡　❹ **pants** [pænts] 名 長褲

❺ **shop assistant** 片 店員　　　❻ **legging** [ˈlɛgɪŋ] 名 內搭褲

❼ **denim** [ˈdɛnɪm] 名 丹寧布

❽ **embroidered** [ɪmˈbrɔɪdəd] 形 有刺繡的

❾ **skirt** [skɝt] 名 裙子　　　❿ **checkout** [ˈtʃɛk.aʊt] 名 結帳台

 故事記憶 Scenario ～劇情超連結，讓文字活起來！

    Danny is trying to clean out his closet. After deciding what to keep and what to get rid of, he finds that he needs a new pair of skinny jeans. He goes to a department store, picks out some suitable jeans, and asks the clerk to help him find the right size and color to try on.

    丹尼想要清理他的衣櫃，而在決定要留下或丟掉那些衣服之後，他發現他很需要一條新的緊身牛仔褲；於是他便到百貨公司逛逛，挑了幾件合適的褲子，並請店員幫忙尋找尺寸和顏色來給他試穿。

褲子種類 Different Types of Pants

◎ **cargo pants** 片 工作褲

◎ **ripped jeans** 片 刷破牛仔褲

◎ **shorts** [ʃɔrts] 名 短褲

◎ **slacks** [slæks] 名 休閒褲

◎ **trousers** [ˋtrauzəz] 名 （英）長褲

裙子種類 Types of Skirts

◎ **A-line skirt** 片 A 字裙

◎ **miniskirt** [ˋmɪnɪskɜt] 名 迷你裙

◎ **midi skirt** 片 中長裙

◎ **pencil skirt** 片 鉛筆裙（緊身窄裙）

◎ **pleated skirt** 片 百褶裙

購物好去處 Places for Shopping

◎ **apparel and accessories store** 片 服裝及飾品店

◎ **boutique** [buˋtik] 名 精品服飾店；時裝店

◎ **charity shop** 片 慈善商店　◎ **clothes shop** 片 服飾店

◎ **factory outlet** 片 暢貨中心　◎ **thrift shop** 片 二手店

各種裝飾 Decorations on Clohthing

◎ **applique** [ˌæplɪˋke] 形 有貼繡花的

◎ **bleach** [blitʃ] 動 漂白

◎ **eyelet** [ˋaɪlɪt] 名 小的金屬圓孔

◎ **lace** [les] 名 蕾絲

◎ **patched** [ˋpætʃt] 形 有補釘的

Part **3**

穿搭出自我風格 Creating Your Own Style

實用句練習 Sentences～「聊」癒你的破英文！

- **Do you have these jeans in small/medium/large/extra large?** 這條牛仔褲有小號 / 中號 / 大號 / 特大號的尺寸嗎？

- **How does it fit? Do you want to try on a larger/smaller size?** 合身嗎？要試穿大 / 小一點的尺寸嗎？

- **It is too tight/loose.** 這太緊 / 鬆了。

- **Do you have these in size S/M/L?** 有小 / 中 / 大尺寸的嗎？

- **This skirt doesn't fit very well.** 這件裙子不太合身。

- **This pair of pants goes really well with your sweater.** 這條牛仔褲和你的毛衣真的很搭。

- **I will take it.** 這件我要（買）了。

- **How would you like to pay?** 請問您要如何付款？

- **Would you like to put it on your credit card?** 請問要刷卡嗎？

- **I will pay (in) cash. Here you go.** 我想要付現，這是現金。

- **Thank you, and here is your change.** 謝謝您，這是找您的零錢。

- **I would like to return this, please.** 我要退貨，謝謝。

- **Do you have the receipt?** 請問您有帶收據嗎？

- **Can I have a refund, please?** 可以請你直接退款給我嗎？

文化大不同 Did you know?

　　要在美國買衣服，除了到服飾店（clothes stores / clothes shops）之外，也可以在百貨公司（如 Nordstrom, JC Penny…）購買；若要獨特、高檔一些的則可以試試精品店（boutique store）；而不想花大手筆買衣服的人可去 outlet（皆為過季商品，但非二手商品）或 charity store（主要賣二手商品；如 American Salvation 美國十字軍）淘寶，有時候其實可以找到物超所值的商品喔！

Part

3

穿搭出自我風格 Creating Your Own Style

用飾品配件畫龍點睛
Picking the Perfect Accessories

MP3 23

❶ **scarf** [skɑrf] 名 圍巾
❷ **cape** [kep] 名 披肩
❸ **hair accessory** 片 髮飾品
❹ **ring** [rɪŋ] 名 戒指
❺ **necklace** [`nɛklɪs] 名 項鍊
❻ **earring** [`ɪr͵rɪŋ] 名 耳環
❼ **bracelet** [`breslɪt] 名 手環
❽ **beanie** [`binɪ] 名 毛帽
❾ **glove** [glʌv] 名 手套
❿ **belt** [bɛlt] 名 皮帶
⓫ **cloche** [kloʃ] 名 淑女帽
⓬ **fedora hat** 片 軟呢帽
⓭ **straw hat** 片 草帽
⓮ **wristlet** [`rɪstlɪt] 名 手腕包
⓯ **flap** [flæp] 名 掀蓋包
⓰ **tote** [tot] 名 托特包

故事記憶 Scenario ～劇情超連結，讓文字活起來！

Emma needs to accessorize with her new flora dress. She is looking for something simple yet elegant to accentuate her neckline and bring out the best of her face and body.

艾瑪需要一些配件來搭配她新買的碎花洋裝，她正在尋找簡潔又優雅的配件來突出她的領口，並帶出她的臉和身型方面的個人特色。

 單字延伸學 Vocabulary～聯想看看相關單字！

帽子種類 Hats

- ◎ **baseball cap** 片 棒球帽
- ◎ **beret** [bəˋre] 名 畫家帽
- ◎ **bowler** [ˋbolə] 名 圓頂禮帽
- ◎ **bucket cap** 片 漁夫帽
- ◎ **sun hat** 片 遮陽帽

飾品材質顏色 Materials

- ◎ **diamond** [ˋdaɪəmənd] 名 鑽石
- ◎ **pearl** [pɜl] 名 珍珠
- ◎ **platinum** [ˋplætnəm] 名 白金
- ◎ **rose gold** 片 玫瑰金
- ◎ **sterling silver** 片 純銀

耳朵上的藝術 Earrings

- ◎ **clip-on earring** 片 夾式耳環
- ◎ **hoop earring** 片 環狀耳環
- ◎ **mismatched earring** 片 不對稱耳環
- ◎ **ear cuff** 片 耳骨夾
- ◎ **stud earring** 片 耳釘
- ◎ **have/get one's ear(s) pierced** 片 穿耳洞

手環種類 Bracelets

- ◎ **bangle** [ˋbæŋgl] 名 手鐲
- ◎ **beaded bracelet** 片 串珠手鍊
- ◎ **charm bracelet** 片 吊飾手鍊
- ◎ **friendship bracelet** 片 友誼手鍊
- ◎ **link bracelet** 片 鏈接手鍊

Part 3 穿搭出自我風格 Creating Your Own Style

實用句練習 Sentences～「聊」癒你的破英文！

🖊 **Earrings come in a wide variety of shapes and styles.**
耳環有多樣的形狀及款式。

🖊 **When choosing earrings, it is important to note that certain metals may cause allergic reactions to some people.** 挑選耳環時，必須要了解，某些人對有些金屬可能會有過敏反應。

🖊 **In addition to size and weight, the length of the earrings also needs to be considered.** 除了耳環的尺寸和重量，長度也需要納入考量。

🖊 **The wrong earrings could be a painful experience for both your ear and your style sense.** 戴錯耳環有可能會傷害你的耳朵，還會降低你的時尚感。

🖊 **Check out fashion magazines and see what trends are on the rise.** 你可以參閱時尚雜誌，看看最新的流行趨勢是什麼。

🖊 **Observe others to get new ideas for your own fashion.**
你也可以從觀察別人來獲得對時尚的新想法。

🖊 **Shop with a friend and ask for her/his honest opinion.**
不妨和一位好友一起逛街，並請教她／他的誠實看法。

🖊 **Don't go wild with colors and patterns on accessories.**
不要一味選擇帶有豐富色彩或圖樣的飾品。

❝ 文化大不同 Did you know?

　　古今中外，人們都常用飾品裝飾自己，可展現個性或吸引目光，而有些人則是用來炫富；除此之外，也有很多人穿戴飾品是因為某飾品具有紀念價值，像是用來紀念某個特殊的日子或人，或是某個特別的人給的禮物等原因，對不同的人來說象徵各種特別的意義。而早期，使用飾品常常會與宗教或迷信有關，例如，穿戴鼻環是為防止惡靈從鼻子侵入人體，而有些村落至今仍留有巫女的迷信，所以世代傳承的巫女必須在脖子上面戴許多金屬製的「項鍊」以拉長脖子。

❞

Unit 06

衣服也需要照顧
Taking Care of Your Clothes

Part 3

穿搭出自我風格 Creating Your Own Style

---

1 shrink [ʃrɪŋk] 動 縮水　　**2** drying rack 片 曬衣架

3 hanger [ˋhæŋɚ] 名 衣架　　**4** fold clothes 片 摺好衣服

5 iron [ˋaɪɚn] 名 熨斗　　**6** ironing board 片 燙衣板

7 detergent [dɪˋtɝdʒnt] 名 洗衣精；洗潔劑

8 wash cycle 片 洗衣程序　　**9** dryer [ˋdraɪɚ] 名 烘乾機

10 mothball [ˋmɔθ͵bɔl] 名 樟腦丸

 故事記憶 Scenario ～劇情超連結，讓文字活起來！

Kevin needs to do his laundry today. He throws his dirty laundry into a clothes hamper and hauls it to the laundry room in the basement. After washing is done, he puts his clothes into the dryer and reads magazines while waiting.

凱文今天必須洗衣服，於是他把髒衣服扔進籃子裡後，就把它拖到地下室的洗衣房；洗完衣服之後，再進行烘乾，並在等衣服烘乾的同時閱讀雜誌。

 單字延伸學 Vocabulary～聯想看看相關單字！

 洗衣用品 Washing Clothes

◎ **bleach** [blitʃ] 名 漂白水
◎ **dryer sheet** 片 烘衣紙
◎ **laundry basket** 片 洗衣籃
◎ **stain remover** 片 去污漬劑
◎ **washing powder** 片 洗衣粉

洗衣程序 Wash Cycle

◎ **load size** 片 洗衣量
◎ **presoak** [pri`sok] 動 預先浸泡
◎ **rinse** [rɪns] 動 清洗
◎ **spin** [spɪn] 動 脫水
◎ **dry** [draɪ] 動 烘乾

洗衣機 Doing the Laundry

◎ **all-in-one washing machine** 片 洗烘脫三合一洗衣機
◎ **coin-operated washing machine** 片 投幣式洗衣機
◎ **front/top load washing machine** 片 滾筒／直立式洗衣機
◎ **mesh laundry bag** 片 洗衣袋 　　◎ **wash label** 片 洗標

照顧衣物 Taking Care of Clothes

◎ **clothesline** [`kloz,laɪn] 名 曬衣繩
◎ **clothespin** [`kloz,pɪn] 名 曬衣夾
◎ **fabric defuzzer** 片 除毛球機
◎ **lint remover** 片 除毛球刷
◎ **steam iron** 片 蒸氣熨斗

實用句練習 Sentences ～「聊」癒你的破英文！

- **Sort your laundry based on cleaning instructions.** 應該要依照衣服上的清洗指示將你要洗的衣物分類。

- **Separate your clothes into white and dark or colored groups.** 必須將白色衣物與深色或是有顏色的衣物分開洗。

- **Set aside any dry-clean-only articles of clothing.** 記得將要乾洗的衣物放另一邊。

- **Wash dark clothing inside out.** 要將深色的衣物翻到反面再清洗。

- **Use a mesh bag for washing delicates.** 應將貴重、容易洗壞的衣物裝進洗衣袋後再清洗。

- **Regular wool shrinks, so hand-wash those items in cold water.** 羊毛衣物會縮水，所以必須用冷水手洗。

- **Hanging items to dry prevents them from shrinking.** 將洗好的衣物掛著晾乾可避免衣物縮水。

- **Leaving clothes in the dryer for too long can cause them to wrinkle.** 烘好的衣物若放在烘乾機裡太久，會使衣物起皺。

- **Sunlight is a natural disinfectant, and drying outdoors is eco-friendly.** 陽光是很有效的天然消毒劑，而且在室外晾衣服也很環保。

- **Don't overcrowd your closet.** 不要將你的衣櫃塞得太滿。

文化大不同 Did you know?

　　在大城市中生活，便少不了會用到乾洗店（dry cleaner）及自助洗衣店（laundromat），不過，要記得遵守以下規則：(1) 先在家裡將要洗的衣服分類好，才不會到了現場手忙腳亂 (2) 攜帶足夠的二十五分硬幣（quarters）以投幣、使用機器 (3) 不要離開現場、放著正在清洗或烘乾的衣物不管，這樣當衣服洗好或烘好後就能馬上取出，讓下一位使用者使用機器 (4) 不要將物品放置在洗衣機上佔了位置後就離開現場 (5) 洗完衣後，應將洗衣機內的濾網（lint trap）清乾淨。

Part **3**

穿搭出自我風格 Creating Your Own Style

Unit 07 各式鞋類任君挑選
All Kinds of Shoes

Part 3

穿搭出自我風格 Creating Your Own Style

❶ **shoeshine** [ˋʃuˏʃaɪn] 名 鞋油　　❷ **shoehorn** [ˋʃuˏhɔrn] 名 鞋拔
❸ **rain boots** 片 雨靴　　　　　　❹ **boots** [buts] 名 靴子
❺ **high heels** 片 高跟鞋　　　　　❻ **dress shoes** 片 皮鞋
❼ **shoe last** 片 楦頭　　　　　　　❽ **sole** [sol] 名 鞋底
❾ **canvas sneaker** 片 帆布鞋　　　❿ **oxford** [ˋɑksfəd] 名 牛津鞋
⓫ **slip-on shoes** 片 懶人鞋　　　　⓬ **sandal** [ˋsændl] 名 涼鞋
⓭ **sneaker** [ˋsnikə] 名 運動鞋

　故事記憶 Scenario　～劇情超連結，讓文字活起來！

　　The shop assistant is showing Jenny a new pair of ankle-strap sandals. The sandals are light beige and go perfectly with Jenny's summer dress. Jenny tries them on, finds out how comfortable they are, and decides to get a new pair of sandals.

　　店員正在向珍妮展示一雙新款踝帶涼鞋，這雙涼鞋是淺米色的，且與珍妮的夏季連衣裙很搭；珍妮試穿之後發現很舒適，並決定買下這雙涼鞋。

090

 單字延伸學 Vocabulary ～聯想看看相關單字！

涼鞋與拖鞋 Summer Shoes

◎ **ankle-strap sandal** 片 腳踝綁帶涼鞋
◎ **slingback sandal** 片 腳踝後綁帶涼鞋
◎ **flip flop** 片 夾腳拖鞋
◎ **slide** [slaɪd] 名 拖鞋（一字拖）
◎ **slipper** [ˋslɪpɚ] 名 室內拖鞋

常見平底鞋 Flats

◎ **brogue** [brog] 名 雕花皮鞋
◎ **dolly shoes** 片 娃娃鞋
◎ **loafer** [ˋlofɚ] 名 樂福鞋
◎ **mule** [mjul] 名 懶人鞋
◎ **running shoes** 片 慢跑鞋

各種高跟鞋 High Heels

◎ **chunky heel** 片 粗跟高跟鞋
◎ **platform shoe** 片 厚底鞋
◎ **square-toed** [ˋskwɛr͵tod] 形 方頭的
◎ **stiletto** [strˋlɛto] 名 細高跟鞋
◎ **kitten heels** 片 低跟鞋
◎ **pump** [pʌmp] 名 高跟鞋
◎ **wedge** [wɛdʒ] 名 楔形厚底鞋

各式靴子 Boots

◎ **bootie** [buˋti] 名 短靴
◎ **knee-high boots** 片 及膝高筒靴
◎ **over-the-knee boots** 片 過膝高筒靴
◎ **snow boots** 片 雪靴
◎ **thigh-high boots** 片 長及大腿的高筒靴

實用句練習 Sentences～「聊」癒你的破英文！

- **Shop for shoes during the afternoon - your foot expands with use during the day.** 白天行走後腳會愈發腫脹，所以要在下午時買鞋。

- **Pay attention to width as well as length.** 除了鞋的長度之外，也要注意鞋的寬度。

- **Examine the soles. It's easy to neglect defects in the bottom of shoes.** 一定要檢查鞋底，因為鞋底的瑕疵是很常被忽略的。

- **Check the stitching for quality.** 要檢查鞋子品質，就得看縫線。

- **If a shoe is not comfortable, it is not suitable.** 如果鞋子穿了覺得不太舒服，那就是不合腳。

- **What shoe size do you wear? / What's your size?** 你鞋子穿幾號？

- **Do you have these sandals in size 8?** 這雙涼鞋有八號的嗎？

- **Can I try the next size up/down?** 我可以試大／小一號的尺寸嗎？

- **Hi, could you help me find flats?** 可以請你幫我找平底鞋嗎？

- **I'd like to try on these loafers.** 我要試穿這雙樂福鞋。

- **They fit great, but I don't really like the color. Have you got them in white?** 穿起來很合腳，但我不太喜歡這種顏色。這款有白色的嗎？

文化大不同 Did you know?

　　在東方文化，一般來說進家門時都會脫掉鞋子、換上室內拖鞋，特別是日本人，非常重視並講究室內拖鞋，所以拖鞋都必須要乾淨、舒適才不失禮；而西方文化中，多數的西方人在上床睡覺之前會脫掉鞋子、換成室內拖鞋，但有些人還是會直接穿著球鞋上床睡覺，所以飯店通常都會在床上面放一條床尾巾（bed throw / foot throw），就不用擔心客人弄髒被子，還能妝點一下全白的床鋪呢。

Part 3 穿搭出自我風格 Creating Your Own Style

092

Unit 08

百貨公司逛名牌
Shopping at a Department Store

MP3 26

❶ **anniversary sale** 片 周年慶　❷ **coupon** [ˋkupɑn] 名 優惠券

❸ **gift voucher** 片 禮券　❹ **price tag** 片 價格標籤

❺ **escalator** [ˋɛskəˌletə] 名 自動手扶梯

❻ **counter** [ˋkauntə] 名 專櫃　❼ **promotion** [prəˋmoʃən] 名 促銷

❽ **designer brand** 片 名牌　❾ **shopping spree** 片 瘋狂大採購

❿ **on sale** 片 特價

 故事記憶 Scenario ～劇情超連結，讓文字活起來！

　　Lisa is very fashion-conscious and always pays attention to her favorite designer's latest collections. Her friend, Anna, admiring Lisa's dress sense, asks Lisa to help her pick some classic clothes with a modern touch at the local department store.

　　麗莎非常注重時尚，總是關注著她最喜歡的設計師的最新系列服裝。她的朋友安娜很欣賞麗莎的搭配技巧，便邀麗莎到百貨公司，幫她挑選一些具現代風格但又包含經典元素的服裝。

 單字延伸學 Vocabulary～聯想看看相關單字！

大拍賣 Department Sales

◎ **Black Friday sale** 片 黑色星期五特賣
◎ **Christmas sale** 片 聖誕購物特價促銷
◎ **clearance sale** 片 清倉大拍賣
◎ **end of season sale** 片 換季出清拍賣
◎ **summer sales** 片 夏季購物特價促銷

CLEARANCE SALE
UP TO 50% OFF
全館女裝換季
清倉拍賣倒數季時
JUNE 1-15

樓層介紹Floor Guide

7F	華威影城
6F	兒童歡樂世界
5F	創意生活
4F	休閒服飾
3F	潮流運動
2F	流行時尚
1F	精品美容
B1	美食街
B2	停車場

百貨公司內部 Departments

◎ **elevator** [ˈɛləˌvetɚ] 名 電梯
◎ **household appliance** 片 大型家電
◎ **mannequin** [ˈmænəkɪn] 名 假人模特兒
◎ **men's shoes department** 片 男鞋部門
◎ **women's lingerie** 片 女性內睡衣

打折及優惠 Discounts & Feebies

◎ **70% off** 片 打三折　　　　◎ **discount** [ˈdɪskaʊnt] 名 折扣
◎ **liquidation sale** 片 結束營業大拍賣
◎ **free gift** 片 免費贈品　　　◎ **sample** [ˈsæmpl̩] 名 試用品
◎ **buy one get one free / two for one** 片 買一送一

設計經品 Designer's Brand

◎ **entry lux** 片 輕奢侈品（價格較低的原創設計精品）
◎ **high fashion** 片 高級訂製服
◎ **off the rack / ready to wear** 片 成衣
◎ **trendsetter** [ˈtrɛndˌsɛtɚ] 名 引領風潮的人
◎ **top shelf product** 片 高級貨

實用句練習 Sentences ～「聊」癒你的破英文!

- **There is a special promotion for all designer brands today.** 今天所有名牌都有特別的促銷活動。

- **All T-shirts are 40% off this week.** 這星期,所有的T恤都打六折。

- **A $100 gift card comes with a $1,000 purchase of selected hats, sunglasses and scarves.** 只要購買指定的帽子、太陽眼鏡及圍巾達一千元,就送一百元禮卷。

- **Buy 2 for $399 on selected women's sweaters.** 買兩件指定的女用毛衣只要三百九十九元。

- **Buy-1-get-1! That's 50% off on men's slacks.** 男士休閒褲買一送一!打折後每條褲子都只有半價而已喔。

- **Act now! While supplies last!** 數量有限,欲購從速!

- **Limited time offered!** 限時優惠!

- **What are the must-have items for this designer's brand?** 這個名牌有哪些品項是一定要擁有的?

- **Is there a Lancome counter at this department store?** 這家百貨公司有蘭蔻化妝品的專櫃嗎?

- **Set a budget of how much you want to spend, and stick to it!** 記得要設定好並遵守你購物的預算。

文化大不同 Did you know?

　　Black Friday 是美國感恩節(每年十一月的最後一個星期四)的隔天,這一天是耶誕節購物(Christmas Shopping)正式開始的第一天,也是零售業最重視、最忙碌的一天,許多店家就靠這段時間的獲利支撐下去,希望能轉虧為盈,是一年中許多商家有盈餘的時候而英文中,轉虧為盈的說法即 go into the black 或 turn profitable for the year,其中的 black 與 red(赤字)相對而言,即「有盈餘」之意,所以人們才將這天叫做 Black Friday。

Part
3
穿搭出自我風格 Creating Your Own Style

Unit 09 雨天來了網購就好
Online Shopping

Part 3 穿搭出自我風格 *Creating Your Own Style*

❶ **consumer** [kən`sjumə] 名 消費者；顧客；用戶

❷ **browse** [brauz] 動 瀏覽　　❸ **online** [`ɑn.laɪn] 副 網上的

❹ **best seller** 片 暢銷商品　　❺ **in stock** 片 有庫存的

❻ **product details** 片 商品詳細資訊

❼ **click the button** 片 點擊按鍵　　❽ **sign in** 片 登入

❾ **add to cart** 片 加入購物車　　❿ **shipping** [`ʃɪpɪŋ] 名 運輸

故事記憶 Scenario ～劇情超連結，讓文字活起來！

　　Richard is thinking about going to a bookstore to buy the latest sci-fi novel when he gets a call from Jerry. Instead of going to the bookstore with Richard, Jerry tells Richard that he could buy the same book online at a lower price, and the best part is he doesn't even have to leave the house!

　　理查正考慮去書店購買最新的科幻小說，此時剛好接到傑瑞的電話，傑瑞告訴理查，他其實可以用較低的價格在網路上購買同一本書，而且最棒的地方在於，他甚至不必踏出家門一步！

 單字延伸學 Vocabulary ～聯想看看相關單字！

網路訂貨 Ordering Online

◎ **complete order** 片 完成下單
◎ **login page** 片 登入頁面
◎ **place order** 片 下單
◎ **quantity** [ˋkwɑntətɪ] 名 數量
◎ **subtotal** [sʌbˋtotḷ] 名 小計金額

結帳選擇 Online Checkout

◎ **COD (Cash On Delivery)** 縮 貨到付款
◎ **debit card** 片 簽帳卡
◎ **free return within 7 days** 片 七天鑑賞期
◎ **payment** [ˋpemənt] 名 付款
◎ **transfer** [ˋtrænsfɝ] 名 轉帳

註冊及登入帳戶 Signing In

◎ **account** [əˋkaʊnt] 名 帳號
◎ **rating** [ˋretɪŋ] 名 評分
◎ **register** [ˋrɛdʒɪstɚ] 動 註冊
◎ **review** [rɪˋvju] 名 評論

◎ **password** [ˋpæs͵wɝd] 名 密碼
◎ **refund** [ˋri͵fʌnd] 名 退款
◎ **reset password** 片 重設密碼
◎ **user name** 片 用戶名稱

貨運選擇 Shipping Alternatives

◎ **courier service** 片 快遞服務
◎ **flat rate shipping** 片 固定運費
◎ **free delivery and return** 片 免運費及免費退貨
◎ **international shipping** 片 國際運費
◎ **store pickup** 片 到店取貨

實用句練習 Sentences ～「聊」癒你的破英文！

- **The biggest benefit of shopping online is convenience.** 網購的最大好處就是很便利。

- **Shopping online helps people buy and send gifts more easily.** 網購讓寄送禮物給別人更為簡單。

- **It's easy to compare prices and reviews online.** 在網路上面比較價格及評價也很容易。

- **No crowds or queues if you buy things online.** 在網路上購物不必人擠人，也不用大排長龍。

- **Items will be shipped within 24 hours.** 您購買的商品將在二十四小時內寄出。

- **All returns are subject to a $50 restocking fee.** 所有的退貨將會收取五十元手續費。

- **Sorry, but the shoes you want are temporarily out of stock at the moment.** 很抱歉，您要的鞋子暫時沒有庫存。

- **Is there a tracking number or a link for me to check the delivery status?** 有貨物追蹤號碼或連結可以查商品的運送狀態嗎？

- **I purchased a T-shirt online, but it didn't match the description. I'd like to return it.** 我在網路上向你們買了件 T 恤，但收到的商品不符合網站描述，所以我想要退貨。

文化大不同 Did you know?

　　繼 Black Friday（黑色星期五；為感恩節過後的隔天），二〇〇五年起又出現了 Cyber Monday 一詞，中文翻譯為「網購星期一」，指的是感恩節之後的第一個星期一；在 Cyber Monday 這一天，電商延續 Black Friday 的購物熱潮，會推出更低的折扣及優惠來吸引客人，而且促銷活動還不是只有星期一這天而已，會從十一月最後一個星期的星期一，一直持續到十二月的第一個星期一，這期間總共八天全都屬於 Cyber Monday 的促銷優惠活動期間喔！

'HEAL' YOUR BROKEN ENGLISH IMMEDIATELY

Part 4

交通樂遊好方便
Transportation

只要懂交通，自己出國也能樂遊各地！
Knowing the transportation, you can go anywhere you want!

名 名詞　動 動詞　形 形容詞　副 副詞　縮 縮寫　片 片語

雙腳就是萬能
Feet Are the Best Transportation

MP3 28

Part 4

交通樂遊好方便 Transportation

❶ **intersection** [ˌɪntɚˈsɛkʃən] 名 十字路口；交叉點
❷ **crosswalk** [ˈkrɔsˌwɔk] 名 斑馬線；行人穿越道
❸ **pedestrian** [pəˈdɛstrɪən] 名 行人 形 步行的
❹ **side walk** 片 人行道　　　❺ **traffic light** 片 紅綠燈
❻ **rush hour** 片 上下班尖峰時間　❼ **traffic jam** 片 塞車
❽ **lane** [len] 名 車道；巷子　　❾ **commute** [kəˈmjut] 動 通勤
❿ **folding bike** 片 摺疊腳踏車

故事記憶 Scenario ～劇情超連結，讓文字活起來！

　　Jeff is late for work again as the traffic is getting really bad these days. Yesterday, on his way home, the traffic was crawling and almost brought to a standstill, and Jeff was stuck in the traffic for nearly two hours. Jeff decides that starting tomorrow, he will ride a bike to work.

　　這幾天因為交通變得非常糟糕，害傑夫上班又遲到了。昨天在他回家的路上，交通非常壅塞、幾乎陷入停頓，讓傑夫困在塞車當中將近兩個小時，於是他便決定從明天開始，要騎自行車去上班。

單字延伸學 Vocabulary～聯想看看相關單字！

交通標示 Traffic Signs

◎ **detour sign** 片 改道、繞道標示
◎ **do not enter sign** 片 禁止進入標示
◎ **no U turn sign** 片 禁止迴轉標示
◎ **stop sign** 片 停止標示
◎ **yield to pedestrian sign** 片 禮讓行人標示

腳踏車及周邊 Bikes

◎ **bike rack** 片 腳踏車停放架
◎ **helmet** [ˋhɛlmɪt] 名 安全帽
◎ **mountain bike** 片 山地自行車
◎ **tour bike** 片 旅行自行車
◎ **tricycle** [ˋtraɪsɪkl] 名 三輪車

交通違規 Getting a Traffic Ticket

◎ **fine** [faɪn] 名 罰款
◎ **parking ticket** 片 違規停車罰單
◎ **traffic ticket** 片 交通罰單
◎ **jay walking** 片 亂穿越馬路
◎ **speed limit** 片 最高時速限制
◎ **violation** [ˌvaɪəˋleʃən] 名 違規行為

通勤方式 Commuting to Work

◎ **metro** [ˋmɛtro] 名 捷運
◎ **on foot** 片 走路
◎ **public transportation** 片 大眾交通工具
◎ **ride a bike** 片 騎自行車
◎ **subway** [ˋsʌbˌwe] 名 地鐵

Part
4

交通樂遊好方便 *Transportation*

- Please take the crosswalk. 請走在斑馬線上面。

- The traffic is bumper to bumper. 交通阻塞、車輛動彈不得。

- The traffic slowed to a crawl. I sat in traffic for two hours! 交通陷入停頓，害我被困在塞車中兩小時！

- You need to leave early to beat the rush hour traffic. 你必須提早離開才能避開上下班的交通尖峰時間。

- Crosswalks can be especially dangerous for the elderly. 過斑馬線有時對於年長者來說是很危險的。

- Walking helps to improve your heart health and reduce the risk of diabetes. 走路有助於改善心臟健康並降低得糖尿病的風險。

- If you are feeling depressed or sad, take a walk and you will feel better. 覺得沮喪或難過時，出去走走就會覺得好多了。

- Walking can help protect you during the cold and flu season as it boosts the immune system. 走路可以提升你的免疫系統，幫助你度過流感橫行的季節。

- Walking gives you time to think. 走路也讓你有時間可以思考。

- Cycling is good for your brain and strengthens your bones. 騎自行車對你的大腦有益且能強健你的骨骼。

文化大不同 Did you know?

　　美國人非常注重運動習慣的養成，所以從小開始，他們就經常參與各種活動，常見的運動像是踢足球、打籃球、棒球、美式足球、冰上曲棍球、游泳、武術等等，而最常做的莫過於與朋友們一起在上班、上學前，或是下班、放學之後，沿著住家附近慢跑個五至八公里，或是上健身房鍛練（hit the gym）；而放學後，家長們都會忙著送小孩們去練習踢足球、打棒球、練舞蹈或游泳等運動類的社團活動，這些忙著接送小孩去運動的媽媽便可稱為「soccer mom」。

人類的飛行夢想
Taking a Flight

❶ **lavatory** [`lævə,torɪ] 名 （機上的）洗手間
❷ **overhead compartment** 片 座位上方置物櫃
❸ **cabin** [`kæbɪn] 名 客艙　　　❹ **upright** [`ʌpraɪt] 形 豎直的
❺ **seat belt** 片 安全帶　　　❻ **fasten** [`fæsn] 動 繫緊
❼ **turbulence** [`tɜbjələns] 名 亂流　❽ **flight attendant** 片 空服員

 故事記憶 Scenario ～劇情超連結，讓文字活起來！

　　Gloria was flying to Seattle to visit her family. Her flight was a direct flight from Taipei to Seattle. After boarding the plane, Gloria put her bag in the overhead compartment, fastened her seat belt, and waited for her plane to take off. The flight attendants were very helpful, and Gloria enjoyed the in-flight entertainment programs.

　　格洛麗亞將從台北搭直航班機飛往西雅圖探訪家人；登機後，格洛麗亞將她的行李放在頭頂的置物艙內、繫好安全帶，並等待飛機起飛；而在機上，空服員都非常樂於助人，她也享受了很多機上娛樂節目。

單字延伸學 Vocabulary～聯想看看相關單字！

機組人員 Crew Members

◎ **air traffic controller** 片 航管員
◎ **chief purser** 片 座艙長
◎ **copilot** [`ko͵paɪlət] 名 副機長
◎ **ground staff** 片 地勤人員
◎ **pilot** [`paɪlət] 名 機長

起飛降落 Getting on a Plane

◎ **inbound flight** 片 回程航班
◎ **outbound flight** 片 去程航班
◎ **layover** [`le͵ovɚ] 名 短暫停留
◎ **take off** 片 起飛
◎ **taxi** [`tæksɪ] 動 （飛機）滑行

飛機種類 Airliners

◎ **airliner** [`ɛr͵laɪnɚ] 名 客機
◎ **glider** [`glaɪdɚ] 名 滑翔機
◎ **gulfstream jet** 片 灣流噴射機（常作為私人噴射機）
◎ **helicopter** [`hɛlɪkɑptɚ] 名 直升機

◎ **cargo aircraft** 片 貨機
◎ **jetliner** [`dʒɛt͵laɪnɚ] 名 噴射客機

飛機組成 Fuselage

◎ **cockpit** [`kɑk͵pɪt] 名 駕駛艙
◎ **flap** [flæp] 名 襟翼
◎ **fuselage** [`fjuz͵ɪdʒ] 名 機身
◎ **landing gear** 片 起落架
◎ **wing** [wɪŋ] 名 機翼

實用句練習 Sentences～「聊」癒你的破英文！

- This flight is inbound from Boston. 這是從波士頓飛回來的航班。

- The cabin doors will be closed once all passengers are seated. 機艙門將會在所有乘客入坐後關閉。

- We are about to take off, so please turn off your mobile phones. 飛機即將起飛，請將您的手機電源關掉。

- This is a non-smoking flight. Smoking in any part in the plane is prohibited. 本航班全程禁菸，機上任何地方都不得抽菸。

- During the take-off and landing, please make sure your seat is back and tables are in the upright position. Keep your seat belt fastened while seated. 請在起飛及降落時收起桌板並將椅背豎直，入座時也必須繫好安全帶。

- Please pay attention to the following safety demonstration. 請注意以下的安全示範。

- If you need assistance, please contact our crew members. 如果您需要協助，請聯絡我們的機組人員。

- May I have a blanket, please? 我可以要張毛毯嗎？

- Will we have a layover in Seattle? 我們中途要在西雅圖停留嗎？

- We wish you a pleasant journey. 祝您旅途愉快。

- Thank you for flying with us. 感謝您搭乘本次航班。

Part 4 交通樂遊好方便 Transportation

文化大不同 Did you know?

　　在美國，成為專業的空服員之前，需要接受為期約兩到八週的密集訓練，完成此訓練後，還要通過測試、拿到至少九十分以上的合格成績，才能真正開始執行勤務。而訓練課程通常包含：美國聯邦航空法規（FAR）、空氣動力學及飛行理論、飛機主要飛行系統及設備使用、專業飛行術語、美國機場代碼（美國機場代碼為三碼，使用於訂位、售票及行李輸送系統）、急救與心肺復甦術等緊急處理措施！

水上交通趴趴走
Waterborne Traffic

Part 4
交通樂遊好方便 *Transportation*

1 **ship** [ʃɪp] 名 大船
2 **deck** [dɛk] 名 甲板
3 **cabin** [`kæbɪn] 名 船艙
4 **life buoy** 片 救生圈
5 **harbor** [`hɑrbə] 名 碼頭
6 **life boat** 片 救生艇
7 **disembark** [ˌdɪsɪm`bɑrk] 動 下船；上岸
8 **shipyard** [`ʃɪpˌjɑrd] 名 船塢
9 **captain** [`kæptɪn] 名 船長
10 **anchor** [`æŋkə] 名 錨
11 **hull** [hʌl] 名 船身
12 **boat** [bot] 名 小船

故事記憶 Scenario 〜劇情超連結，讓文字活起來！

Bruce needs to attend a conference in Macau. He drives to the ferry pier and embarks on a ferry with his car. It takes longer to reach the destination than flying, but the view from the deck is amazing. Once disembarked, Bruce drives directly to the conference venue.

布魯斯將前往澳門參加會議；他先開車到渡輪碼頭，把車開到渡輪上面後便開始這趟渡輪之旅；到達目的地雖然比坐飛機久，但甲板上的景色令人讚嘆。一下船，布魯斯就會去取車，並直接前往會場。

單字延伸學 Vocabulary ～聯想看看相關單字！

船上人員 Sailing Crew

◎ **chief engineer** 片 輪機長
◎ **chief officer** 片 大副
◎ **deputy captain** 片 副船長
◎ **pilot** [`paɪlət] 名 領航員
◎ **purser** [`pɜsə] 名（遊輪的）乘務長

小船風情 Boats

◎ **barge** [bɑrdʒ] 名 駁船
◎ **fishing boat** 片 漁船
◎ **sailboat** [`sel‚bot] 名 帆船
◎ **speed boat** 片 快艇
◎ **yacht** [jɑt] 名 遊艇

船身組成 Boat Building

◎ **bow** [bo] 名 船頭　　◎ **bowsprit** [`bosprɪt] 名 船首斜桅
◎ **fiberglass** [`faɪbə‚glæs] 名 玻璃纖維
◎ **gangway** [`gæŋ‚we] 名 舷梯　◎ **rigging** [`rɪgɪŋ] 名（船）索具
◎ **stern** [stɜn] 名 船尾　　◎ **wheelhouse** [`hwil‚haʊs] 名 操舵室

大船種類 Ships

◎ **battleship** [`bætl‚ʃɪp] 名 戰艦
◎ **cruise ship** 片 遊輪
◎ **ferry** [`fɛrɪ] 名 渡輪
◎ **freighter** [`fretə] 名 貨輪
◎ **tanker** [`tæŋkə] 名 油輪

- **There is no better place to enjoy the morning sunshine than a cruise ship deck.** 想要享受早晨的陽光，沒有任何地方能比得上遊輪的甲板。

- **Cruise ships are family friendly, fun for all ages.** 遊輪適合親子、家庭一同共遊，所有年齡層皆宜。

- **Cruise ships come in all shapes and sizes.** 遊輪有各式各樣的造型及尺寸。

- **Cruise ships are like floating cities with everything you could possibly want onboard.** 遊輪就像漂浮在海上的城市一樣，船上設有所有你可能會需要的東西。

- **Taking a cruise give you the opportunity to meet new people from around the world.** 搭乘遊輪讓你有機會能認識來自世界各地的新朋友。

- **The ferry leaves for Macau at three o'clock.** 前往澳門的渡輪將於三點開船。

- **One of the benefits of travelling on a ferry is that you can bring your own car.** 搭乘渡輪的好處之一是可以帶上自己的車。

- **The obvious downside of travelling by ferry is that it takes longer.** 搭渡輪最明顯的缺點就是較花時間。

文化大不同 Did you know?

　　水上交通工具的發展隨著科技進步，也有很大的突破，不過，很多船員們至今仍有著各式各樣的迷信，例如，女性不能登船（特指漁船、軍艦及工作用的商船）不然會帶來厄運、船上若沒有老鼠的話必定會沉船等迷信；而船上空間狹窄，樓梯需先下後上，資淺的人通常需主動靠邊站、讓人先過；另外，軍艦上也常會養貓，來避免船上老鼠肆虐、對船員的健康會造成負面影響，再加上老鼠行動範圍廣又靈活，萬一把纜線咬斷了可就糟糕了！

Unit 04 進出捷運站
Getting Into and Exiting MRT Stations

Part 4

交通樂遊好方便 Transportation

① **mass rapid transit** 片 捷運（常縮寫為 MRT）

② **top up** 片 加值　　**③** **swipe** [swaɪp] 動 刷磁卡

④ **speed gate** 片 自動閘門驗票機　　**⑤** **platform** [ˋplæt͵fɔrm] 名 月台

⑥ **compartment** [kəmˋpartmənt] 名 捷運車廂

⑦ **conductor** [kənˋdʌktɚ] 名 （火車）列車長；（巴士）車掌

⑧ **value-stored IC card** 名 IC 儲值卡

 **故事記憶 Scenario** ～劇情超連結，讓文字活起來！

　　May commutes to work every day. She takes a bus first to the MRT station nearest her house. Once she has arrived, she gets off the bus and crosses the street to get to the MRT station. She swipes her EasyCard to pass through the speed gate and hops on the train just in time. It takes 45 minutes to get to her destination.

　　梅每天都通勤上班，她會先搭公車，再到離家最近的捷運站坐捷運；進站後，她輕掃悠遊卡，以便及時通過閘門並上車；而要到目的地，還需要搭四十五分鐘的捷運。

單字延伸學 Vocabulary～聯想看看相關單字！

交通卡 IC Cards

◎ **add-value machine** 片 儲值機
◎ **automated fare collection** 片 自動檢票系統
◎ **inquiry/check the balance** 片 查詢餘額
◎ **one-day IC card** 名 一日卡
◎ **smart card** 片 IC 卡

搭捷運 Inside the MRT

◎ **automatic platform gate** 片 月台閘門
◎ **barrier-free gate** 片 無障礙閘門
◎ **concourse level** 片 穿堂層
◎ **handrail** [`hænd,rel] 名 扶手
◎ **ticket vending machine** 片 售票機

公眾運輸 Public Transportation

◎ **LRT (Light Rail Transit)** 縮 輕軌
◎ **maglev** [`mæglɛv] 名 磁浮列車　　◎ **intercity** [,ɪntɚ`sɪtɪ] 形 城市間的
◎ **tram** [træm] 名 （英）有軌電車　　◎ **trolleybus** [`trɔlɪbʌs] 名 無軌電車
◎ **underground** [`ʌndɚ,graʊnd] 名 （英）地鐵（= the tube）

捷運車廂 On Board

◎ **emergency intercom button** 片 緊急通話按鈕
◎ **on-board announcement** 片 車廂內廣播
◎ **priority seat** 片 博愛座
◎ **strap hangers** 片 吊環
◎ **yield** [jild] 動 禮讓

- **This train is bound for Taipei Train Station.** 這班火車即將開往台北車站。

- **Let me check the balance of my EasyCard first.** 讓我先查一下悠遊卡的餘額。

- **I need to top up my EasyCard first before getting into the station.** 進站前，我得先將我的悠遊卡加值。

- **Swipe the EasyCard, and then you can pass through the speed gate.** 刷了悠遊卡之後，你就可以通過驗票機了。

- **Yield your seat to those in need.** 要將你的座位禮讓給有需要的人。

- **Mind the platform gap.** 請小心月台間隙。

- **Do not lean on doors.** 不要倚靠在車門前。

- **Do not smoke, eat, or drink in MRT compartments.** 請勿在捷運車廂內抽菸或飲食。

- **When you hear the door-closing buzzer, do not force your way through the door.** 聽到關門聲響時，勿強行進入車廂。

- **Please hold the handrail and stand firm on the escalator.** 請緊握扶手，站穩踏板。

- **Standing passengers should hold onto strap hangers.** 站著的乘客應緊握吊環。

文化大不同 Did you know?

　　國外有項統計顯示，搭乘地鐵、捷運等交通工具的通勤乘客中，大家最不能忍受的就是大聲講手機，所以當我們搭乘公共交通時，除了禮讓座位（yield your seat）、不在車廂內飲食（no eating and drinking）之外，也要注意講電話的音量（avoid having loud conversations）。而在美國搭地鐵，並不建議拖著行李搭乘，因為地鐵站常常沒有手扶梯，還必須上下很多段樓梯呢！

Unit 05

當個公車族
Taking a Bus and Getting Around

Part 4

交通樂遊好方便 *Transportation*

- ❶ **bus stop** 片 公車站牌
- ❷ **bus stop shelter** 片 遮雨棚
- ❸ **LED scroller** 片 跑馬燈
- ❹ **route number** 片 公車線路號碼
- ❺ **bus route** 片 公車路線
- ❻ **bench** [bɛntʃ] 名 長椅
- ❼ **notice board** 片 公告欄
- ❽ **shuttle bus** 片 接駁車
- ❾ **bus lane** 片 公車專用道

故事記憶 Scenario ～劇情超連結，讓文字活起來！

Sophia and Vivian are going to a shopping mall, and they are discussing whether they should take a bus or taxi. Since it is almost impossible to get a taxi during the rush hour, they decide to take a bus to the mall. They miss the first bus, but luckily, there will be another one in 20 minutes.

索菲亞和薇薇安想去購物中心，他們正在討論要坐公車還是計程車過去；由於在交通高峰時段叫不到計程車，他們便決定坐公車到商場，但他們卻錯過了前一班公車，還好的是，再等二十分鐘，下一輛公車就來了。

單字延伸學 Vocabulary ～聯想看看相關單字！

公車種類 Types of Buses

◎ **chartered bus** 片 遊覽車
◎ **double-decker bus** 片 雙層巴士
◎ **express** [ɪk`sprɛs] 名 快車
◎ **low floor bus** 片 低底盤公車（無障礙公車）
◎ **non-stop bus** 片 直達公車

等車 Waiting for the Bus

◎ **bus terminal** 片 公車總站
◎ **cancel** [`kænsl] 動 取消
◎ **delayed** [dɪ`led] 形 延遲的
◎ **intelligent bus stop** 片 智慧型公車站牌
◎ **timetable** [`taɪm,tebl] 名 時刻表

上下公車 Getting On & Off

◎ **bus fare box** 片 投幣箱　　　◎ **bus handle** 片 拉環
◎ **bus validator** 片 公車刷卡驗票機
◎ **doorway** [`dor,we] 名 門口；出入口
◎ **front door** 片 前門　　　◎ **rear door** 片 公車門

公車票價 Bus Fares

◎ **disabled fare** 片 愛心票
◎ **full/adult fare** 片 全票；成人票
◎ **half fare** 片 孩童票；半票
◎ **senior fare** 片 敬老票
◎ **student fare** 片 學生票

🔍 **Does this bus stop at Taipei 101?** 這班公車有到台北 101 嗎？

🔍 **How far is it to Taipei 101?** 到台北 101 有多遠呢？

🔍 **There are only five stops left.** 再五站就到了。

🔍 **How much is the fare?** 車票是多少錢呢？

🔍 **Could you please let me know when my stop is coming up?** 快到站時可以跟我說一聲嗎？

🔍 **Do you know which bus is going to the airport?** 請問你知道哪班公車可以到機場嗎？

🔍 **Do I need to transfer?** 我需要轉車嗎？

🔍 **This bus will head directly to the airport.** 本公車將直達機場。

🔍 **Please ring the bell before getting off the bus.** 要下車前，請先按下車鈴。

🔍 **Please don't block the doorways.** 請不要擋住門口。

🔍 **I missed my bus. Guess I just have to wait for the next one.** 我錯過公車了，看來我只好繼續等下一班公車。

🔍 **I took the wrong bus. What should I do now?** 我搭錯公車了，該怎麼辦才好？

❝ 文化大不同 *Did you know?* 💡

美國因幅員廣大，所以大家多以開車代步，而一般城鎮裡面雖有公車系統，但使用人數並不如開車的人多，搭乘公車的乘客多以年長者、學生、沒有私人轎車的民眾、外來移民者或觀光客居多，導致公車不但站點少、路線少，接駁的站也很少，且很多班次之間都得等三十分鐘以上，周末的班次又更少！因此，連美國的移民局都建議前往美國生活的民眾最好自行開車，因為美國的大眾交通工具並不是很方便，和台灣便利的公車系統有滿大的差異喔！❞

火車站買票
Buying Tickets at a Train Station

❶ **high-speed rail** 片 高速鐵路　❷ **flap display** 片 乘車資訊板

❸ **destination** [ˌdɛstə`neʃən] 名 目的地

❹ **northbound/southbound line** 片 上行線（北上）/ 下行線（南下）

❺ **on time** 片 準時的　　　❻ **ticket office** 片 售票處

❼ **station master** 片 站長　　❽ **locker** [`lɑkə] 名 置物櫃

❾ **main hall** 片 車站大廳

 故事記憶 Scenario ～劇情超連結，讓文字活起來！

　　Jennifer and Vincent were traveling to Ilan by train. First, they took Taiwan high speed rail from Kaohsiung to Taipei, followed by a local train to Ilan. But, they took the wrong local train. With help from the train crew, they were finally able to board the right one and reach their final destination without further problems.

　　珍妮佛和文森特想要坐火車去宜蘭玩，於是他們先從高雄乘坐高鐵到台北，然後再坐火車前往宜蘭；但後來他們卻上錯了火車，而在乘務員的幫助下，才順利登上對的班車、到達最終目的地。

 單字延伸學 Vocabulary ～聯想看看相關單字！

各式車票 Train Tickets

◎ **magnetic pre-paid ticket** 片 磁卡定期票
◎ **magnetic ticket** 片 背磁式車票
◎ **pre-paid ticket** 片 定期票
◎ **return ticket** 片 回程票
◎ **round trip ticket** 片 來回票

列車種類 Types of Trains

◎ **express train** 片 特快對號列車
◎ **local train** 片 區間車
◎ **maglev train** 片 磁浮列車
◎ **ordinary train** 片 普快車
◎ **tour train** 片 觀光列車

等候火車 Waiting for the Train

◎ **accessible elevator** 片 無障礙電梯
◎ **departure station** 片 起點站　　◎ **kiosk** [kɪ`ask] 名 販賣部
◎ **ground/platform level** 片 地面 / 月台樓層
◎ **lost and found** 片 遺失物品處　　◎ **rear station** 片 後站

火車車廂 Getting On Board & Train Carts

◎ **standard car** 片 標準車廂
◎ **business car** 片 商務車廂
◎ **non-reserved car** 片 自由座車廂
◎ **pay the excess fare** 片 補票
◎ **ticket inspector** 片 剪票員

實用句練習 Sentences～「聊」癒你的破英文！

🖊 **This train stops at every station.** 這班列車各站均有停靠。

🖊 **This train runs on weekdays.** 這班列車周一到周五行駛。

🖊 **This train runs daily, except Sundays.** 這班列車周日停駛。

🖊 **Please check the departure date and train number on your ticket.** 請確認您車票上的出發日期及車次。

🖊 **Please take the overpass to platform 2 for southbound trains.** 南下的旅客請走天橋到第二月台上車。

🖊 **Stay behind the yellow line.** 候車時請勿超越黃線。

🖊 **Do not stand or sit in the doorways.** 請勿站在或坐在車門口。

🖊 **The train is delayed by 25 minutes due to technical problems.** 因技術上的問題，這班列車將延遲二十五分鐘。

🖊 **This train is canceled today; we apologize for your inconvenience.** 本班列車今日停駛，造成您的不便，我們深感抱歉。

🖊 **I think I have taken the wrong train. What should I do?** 我好像坐錯車了，我該怎麼辦才好？

🖊 **You should get off at the next station, and transfer to the opposite line.** 你應該在下一站下車，然後坐往反方向的路線。

🖊 **Please be aware of approaching trains.** 請注意進站列車。

❝ 文化大不同 *Did you know?*

　　不管科技多麼先進，火車仍是無法被取代的，而在美國，跨州旅行除了開車、搭飛機或長途客運之外，也可選擇 Amtrak（美國國鐵），其車廂種類包含 first class（一等車廂）、sleeper service（臥鋪）、business class（商務車廂）及 coach class（二等車廂）等四種車廂，其中，臥鋪還能選擇有廁所或浴室的車廂；雖然速度較自行開慢，但可體驗穿越美國東西、看看東西部兩邊不同的風景喔。❞

Unit 07

租車自駕快活遊
Road Trips and Car Rentals

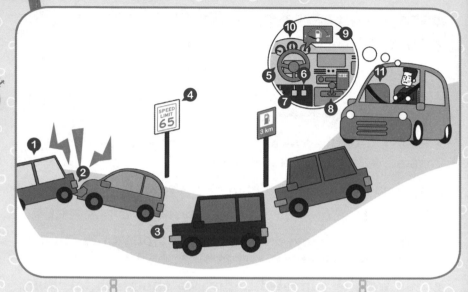

❶ **sedan** [sɪˋdæn] 名 轎車　　❷ **bumper** [ˋbʌmpɚ] 名 保險桿

❸ **safe following distance** 片 安全距離

❹ **speed limit** 片 最高速限　　❺ **steering wheel** 片 方向盤

❻ **accelerator** [ækˋsɛləˏretɚ] 名 油門

❼ **brake** [brek] 名 煞車　　❽ **shift knob** 片 排檔桿

❾ **fuel gauge** 片 油表　　❿ **dashboard** [ˋdæʃˏbord] 名 儀錶板

⓫ **shotgun** [ˋʃɑtˏgʌn] 名 副駕駛座

 故事記憶 Scenario ～劇情超連結，讓文字活起來！

　　Jimmy is driving to his parent's house, but unfortunately there is an accident on the highway that has caused the traffic to move very slowly. He doesn't realize that he is running low on gas until he sees his fuel gauge indictor is blinking.

　　吉米正開車要去探望父母，但不幸的是，高速公路上發生了一起事故，導致交通移動速度非常緩慢，而當他看到油表指示燈在閃爍，才發現燃油不足。

單字延伸學 Vocabulary～聯想看看相關單字！

名種車型 Types of Cars

◎ **convertible** [kən`vɝtəbḷ] 名 敞篷車
◎ **pickup truck** 片（載貨用）小卡車
◎ **RV (Recreational Vehicle)** 縮 休旅車
◎ **sports car** 片 跑車
◎ **van** [væn] 名 廂型車

Part 4

交通樂遊好方便 *Transportation*

加油 Fueling Up

◎ **gas station** 片 加油站
◎ **pump gas** 片 加油
◎ **pump nozzle** 片 加油槍
◎ **rest stop** 片 休息站
◎ **self-service** [`sɛlf`sɝvɪs] 形 自助的

車輛設備 Equipment & Gears

◎ **automatic/manual transmission** 片 自動 / 手動排檔
◎ **glove compartment** 片 前置物箱
◎ **hood** [hʊd] 名 引擎蓋　　◎ **trunk** [trʌŋk] 名 後車箱
◎ **turn signal** 片 方向燈　　◎ **wiper** [`waɪpə] 名 雨刷

車輛保險 Types of Insurance

◎ **collision insurance** 片 碰撞險
◎ **compulsory insurance** 片 強制險
◎ **full coverage** 片 全額保險
◎ **liability insurance** 片 責任險
◎ **rental car insurance** 片 租車保險

✎ **He went for a drive with some of his high-school pals.** 他和高中時代的死黨們一起出門開車、兜風。

✎ **My car broke down and the battery is dead.** 我的車子拋錨了，而且電池也沒電了。

✎ **Oh my goodness! The traffic is crawling, and we are going to be late for work.** 天啊！交通好壅塞，我們肯定要遲到了。

✎ **I thought I could make a right turn here.** 我以為這邊能右轉。

✎ **Do you have a problem with road rage?** 你有「交通暴躁情緒」的問題嗎？

✎ **I got into a small fender-bender with a van on my way home from work.** 我下班回家的路上和一輛廂型車發生了小擦撞。

✎ **She has to pay a hundred dollar fine for running a red light.** 她闖了紅燈，所以得交罰金一百元。

✎ **In Taiwan, the right lane on highways is for slower drivers and the left lane is for passing.** 在台灣，高速公路的右線道是給開得較慢的車使用，而左線道則是用來超車的。

✎ **There is a special "carpool lane" for cars with two or more people on some highways in the States.** 在美國，有些高速公路會有一條「共乘汽車道」，專門給載著兩人或兩人以上的車輛行駛。

❝文化大不同 Did you know?

　　在美國及加拿大租車時，一定要具備以下三大條件：(1) Meet the renting location's minimum age requirement（達到當地的最低年齡限制）(2) Have a valid driver's license（擁有有效的駕照）(3) Be able to provide an acceptable form of payment（提供有效且可接受的付款方式，如信用卡、支票、現金等）；除此之外，取車前還需特別注意是否可在營業時間過後還車、里程數限制、車險選項、是否要先交保證金、座椅狀況、GPS 及其他附加設備的需求喔！❞

Unit 08 計程車與長途接駁
Taxis and Intercity Buses

交通樂遊好方便 Transportation

Part **4**

❶ **intercity bus** 片 長途客車　　❷ **cab** [kæb] 名 （英）計程車
❸ **taximeter** [ˋtæksɪˏmitə] 名 計程車計費表
❹ **nighttime surcharge** 片 夜間加成
❺ **distance** [ˋdɪstəns] 名 距離　　❻ **base fare** 片 基本車資
❼ **receipt** [rɪˋsit] 名 收據　　❽ **hail** [hel] 動 攔車

故事記憶 Scenario ～劇情超連結，讓文字活起來！

　　Marianna and her friends are thinking about joining an after-party right after the wedding party. Since they both had a few drinks at the wedding party, it is not a good idea for them to drive. Instead of driving, they decide to order a taxi via the Uber app. By taking an Uber ride, they save money and a lot of time waiting for a taxi to come as well.

　　瑪麗安娜和她的朋友正在考慮在婚宴之後再小聚一下，但因為他們在婚禮上都有喝酒，便決定不開車、選擇訂優步過去目的地。而搭優步的這項決定讓她們省了車錢，也省下不少等計程車的時間。

123

叫車代步 Calling a Taxi

◎ **cabbie / taxi driver** 名（英 / 美）計程車司機
◎ **dispatch** [dɪˋspætʃ] 動 派車調度
◎ **limousine** [ˋlɪmə͵zin] 名 豪華轎車
◎ **taxi company** 片 計程車公司
◎ **taxi rank** 片 計程車候車處

長途交通 Intercity Buses

◎ **coach** [kotʃ] 名 長途客運
◎ **Euroline** 片 歐洲之線（歐洲跨境長途巴士）
◎ **Grey Hound** 片 灰狗巴士（長途客運）
◎ **National Express** 片（英國）國家快運
◎ **tour bus** 片 遊覽車

計程車內設備 Taxi Service

◎ **illuminated indicator of availability** 片 計程車車頂燈
◎ **license plate** 片 車牌
◎ **taxi driver identity plate** 片 計程車司機的司機證明
◎ **taxi intercom** 片 計程車無線電對講機

其他巴士種類 Other Types of Buses

◎ **community bus** 片 社區巴士
◎ **double/single deck** 片 雙層 / 單層巴士
◎ **minibus** [ˋmɪnɪ͵bʌs] 名 小型巴士
◎ **open top bus** 片 露天觀光巴士；開篷巴士
◎ **school bus** 片 校車

實用句練習 Sentences ～「聊」癒你的破英文！

- Make sure you ask the driver to turn on the meter when you get in the taxi. 當你上計程車時，記得請司機開始跳表計費。

- Do you use a meter? 請問你是按表收費的嗎？

- Yes, I charge by the meter. 是的，我會按表收費。

- Please take me to this address. 請載我到這個地址。

- I am in a rush. Please step on it. 我趕時間，請開快一點。

- Where would you like me to drop you off? 您要在哪裡下車？

- Please pull over here. 請靠邊停。

- Please drop me off in front of this restaurant. 請在這家餐廳前面讓我下車。

- The total fare will be $300 including the nighttime surcharge. 加上夜間加成後，車資總共為三百元。

- Do you take credit cards? 請問你收信用卡嗎？

- Sorry, cash only. 抱歉，我們只收現金。

- Here is the fare and keep the change. 車資給您，不用找錢了。

- You should call a designated driver. 你應該請個代駕。

- Using Uber is convenient and cheaper. 搭乘優步方便又便宜。

文化大不同 Did you know?

　　除了路邊攔車與電話叫車之外，愈來愈多人習慣用手機應用程式 app 叫車，而目前最為人知的就是 Uber（優步）了。Uber 總公司位於舊金山，其推出的 Uberpool（優步共乘），不但環保、省錢，更體現了共享經濟（sharing economy）活用資源的核心理念；而除了 Uber 之外，Lyft（來福車）也在舊金山成立，性質和 Uber 相似，也推出共乘服務——Lyft Line，並專注於載客領域。

'HEAL' YOUR BROKEN ENGLISH IMMEDIATELY

Part 5

出入公眾場所
Public Places

不受語言限制，充分體驗在國外的日常！

Experience as much as you can while you are abroad!

名 名詞　動 動詞　形 形容詞　副 副詞　縮 縮寫　片 片語

郵局寄出思念
At a Post Office

❶ **post office** 片 郵局　　　　　❷ **clerk** [klɜk] 名 辦事員

❸ **tracking number** 片 追蹤號碼　❹ **registered mail** 片 掛號信

❺ **package** [ˋpækɪdʒ] 名 包裹　　❻ **sender** [ˋsɛndɚ] 名 寄件人

❼ **EMS (Express Mail Service)** 縮 國際快捷郵件

❽ **hazardous material** 片 危險物品　❾ **recipient** [rɪˋsɪpɪənt] 名 收件人

❿ **stamp** [stæmp] 名 郵票　　　⓫ **post box** 片 郵局信箱

故事記憶 Scenario ～劇情起連結，讓文字活起來！

Tony goes to the post office to send a package to his client in the States. With help from a postal service clerk, Tony chooses EMS, an international postal Express Mail Service, for prompter delivery. He fills out the form, pays the postage and gets a receipt.

東尼要寄送一個包裹給他在美國的客戶，在郵政人員的幫助下，他選擇送達速度比較快的 EMS（國際郵政快遞郵件服務）；於是他便填好表格、支付郵資並收下收據，成功寄出了包裹。

單字延伸學 Vocabulary ～聯想看看相關單字！

信件資訊 On the Envelope

◎ **AWB (Airway Bill)** 縮 空運運單
◎ **destination** [ˌdɛstəˋneʃən] 名 目的地
◎ **postmark** [ˋpost͵mark] 名 郵戳
◎ **slip** [slɪp] 名 收據；通知單
◎ **zip code** 片 郵遞區號

郵寄送達 Mailing

◎ **envelope** [ˋɛnvə͵lop] 名 信封
◎ **label** [ˋlebl̩] 名 標籤
◎ **postage** [ˋpostɪdʒ] 名 郵資
◎ **postcard** [ˋpost͵kard] 名 明信片
◎ **poster** [ˋpostɚ] 名 海報

郵局服務 Postal Services

◎ **air mail** 片 航空郵件
◎ **expedite** [ˋɛkspɪ͵daɪt] 動 加急
◎ **overnight express** 片 隔天送達的加急送件
◎ **sea freight** 片 海運

◎ **courier service** 片 快遞
◎ **prompt** [prampt] 形 迅速的

◎ **P.O. box** 片 郵政信箱

勿郵寄危險物品 Hazardous Materials

◎ **liquid** [ˋlɪkwɪd] 名 液體
◎ **powder** [ˋpaudɚ] 名 粉末
◎ **flammable** [ˋflæməbl̩] 名 可燃物 形 易燃的
◎ **explosive** [ɪkˋsplosɪv] 形 易爆炸的
◎ **corrosive** [kəˋrosɪv] 形 腐蝕性的

- **Would you like to send this parcel by air or by sea?** 您的包裹是要寄航空郵件還是走海運？

- **I'd like to send it by air.** 我要寄航空郵件。

- **Will I get a set of tracking codes if I send it with EMS?** 如果用國際快遞的話，會有追蹤號碼嗎？

- **How long will it take to reach the destination?** 要多久才能送達目的地？

- **The tracking number on the AWB makes it easy to track packages.** 提單上的貨物追蹤號碼讓追蹤包裹變得很簡單。

- **I would like to pick up my mail.** 我想要領取我的郵件。

- **Here is your letter; please sign the slip.** 這是您的信件，請在收據上簽名。

- **How much does it cost to send this package by courier?** 這個包裹用快遞寄送要花多少錢？

- **Based on the size and the weight of this package, the postage is $340.** 根據這個包裹的尺寸及重量，郵資是三百四十元。

- **I would like two five-dollar stamps and three envelopes, please.** 我要買兩張五元的郵票和三個信封。

文化大不同 Did you know?

　　不論在美國還是台灣，寄郵件時，寄件者和收件者的地址都要寫上郵遞區號，郵件才會更快送達；而美國郵遞區號通常為五碼數字，後面也有可能加上另外四碼數字組成九碼數字，還要注意，如果沒有寫上郵遞區號，是有可能被退件的！而美國幅員遼闊，國內郵件提供不同費率及送達時間的服務，像是 Overnight Express（隔天送達）、Priority Express Mail（限時郵件）、First Class Mail（國內航空郵件）等，此外，除了寄送郵件，郵局也提供護照申請服務呢！

Unit 02

警察忙碌的一天
Preserving Law and Order

Part 5 出入公眾場所 Public Places

① burglary [ˋbɝɡlərɪ] 名 竊盜

② suspect [ˋsʌspɛkt] 名 嫌疑犯

③ collar [ˋkɑlə] 動 【口】逮捕

④ baton [bæˋtn] 名 警棍

⑤ police officer 名 警員

⑥ drink and drive 片 酒駕

⑦ patrol car 片 巡邏車

⑧ canine (K-9) [ˋkenaɪn] 名 警犬

⑨ commissioner [kəˋmɪʃənə] 名 警察局局長

⑩ police station 片 警察局

⑪ precinct [ˋprisɪŋkt] 名 警察分局

故事記憶 Scenario ～劇情超連結，讓文字活起來！

Two police officers are conducting routine spot checks on a Saturday night. Cars are pulled over and drivers are asked to take a sobriety test. The officers make three arrests for drunk driving in one night. In addition, the suspect of a burglary is also arrested. What a night!

　　兩名警察正在星期六晚上進行例行抽查，車子都被要求停到路邊，而司機也被要求進行酒測。光是這天晚上，警員就逮捕了三次酒後駕車，同時，一樁竊案的嫌疑犯也被逮補歸案；真是忙碌的一晚！

131

單字延伸學 Vocabulary～聯想看看相關單字！

警察配備 Police Equipment

◎ **handcuff** [ˋhænd͵kʌf] 名 手銬
◎ **patch** [pætʃ] 名 臂章
◎ **service weapon** 片 配槍
◎ **stun gun** 片 電擊棒
◎ **whistle** [ˋhwɪsl] 名 口哨

常見犯罪與罪刑 Crimes

◎ **arson** [ˋɑrsn] 名 縱火（罪）
◎ **assault** [əˋsɔlt] 名 侵犯人身（罪）；威脅恐嚇（罪）
◎ **felony** [ˋfɛlənɪ] 名 重罪
◎ **fraud** [frɔd] 名 詐欺（罪）
◎ **murder** [ˋmɝdɚ] 名 殺人（罪）

嫌疑犯定罪 Convicting a Suspect

◎ **confession** [kənˋfɛʃən] 名 招認
◎ **evidence** [ˋɛvədəns] 名 證據
◎ **fingerprint** [ˋfɪŋɡɚ͵prɪnt] 名 指紋
◎ **victim** [ˋvɪktɪm] 名 受害者

◎ **crime scene** 片 犯罪現場
◎ **ex-con.** 縮 前科犯
◎ **give oneself up** 片 自首
◎ **witness** [ˋwɪtnɪs] 名 證人

警察局工作 Working at a Police Station

◎ **captain** [ˋkæptɪn] 名 隊長
◎ **detective** [dɪˋtɛktɪv] 名 偵查員
◎ **lieutenant** [luˋtɛnənt] 名 巡官；分隊長
◎ **police department** 片 警政署
◎ **sergeant** [ˋsɑrdʒənt] 名 警佐；小隊長

實用句練習 Sentences ～「聊」癒你的破英文！

📝 **I think I saw a robbery going down. I need to report it to the police immediately.** 我看到了一樁搶劫案，得趕緊報警。

📝 **Pull over, please. This is a routine spot check.** 請靠邊停車，我們要進行例行的路邊臨檢。

📝 **Driver's license and registration card, please.** 請出示您的駕照以及行照。

📝 **Please turn off the engine and step out of the car.** 請將引擎熄火並下車。

📝 **Roll down the window and put your hands on the steering wheel.** 請將車窗搖下並將你的雙手放在方向盤上。

📝 **Driving under the influence (DUI) of alcohol is a felony. Don't drink and drive!** 酒駕是重罪，千萬別酒後開車！

📝 **Sir, you are not wearing a safety helmet while riding a motorcycle. I will have to write you a traffic ticket.** 這位先生，您騎摩托車沒有戴安全帽，我得開罰單給您。

📝 **Sorry, we will need you to take the breathalyzer test. Please cooperate.** 不好意思，請您配合做酒精測試。

📝 **Here is your ticket; please sign here. Drive safely.** 這是您的罰單，請在這裡簽名，記得要小心開車。

❝ 文化大不同 Did you know?

除了 police 之外，在美語口語中，警察也可叫做 cop（相當於中文說的條子），也可稱為 5-O（唸做 Five-O；美劇檀島警騎 Hawaii Five-O 就是一個例子）；此外，也常沿用警察無線電呼叫的代碼，例如，10-4 代表 message received（確定收到訊息），而 10-20 則表示 Where are you?（你在哪裡？）。另外，在推理美劇裡面，常常會看到警察用 play good cop / bad cop 的審問技巧，這裡指的是一個人當好人，另一個當壞人的審訊策略喔！❞

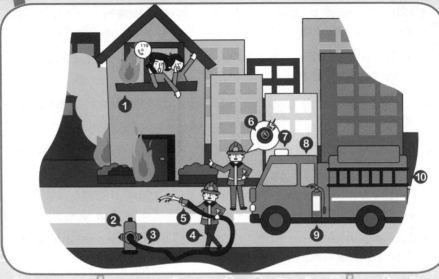

❶ **break out** 片 突然發生		❷ **hydrant** [`haɪdrənt] 名 消防栓	
❸ **hose** [hoz] 名 消防水帶		❹ **firefighter** 片 消防員	
❺ **rescue** [`rɛskju] 動 救援		❻ **fire alarm** 片 火災警鈴	
❼ **siren** [`saɪrən] 名 警笛		❽ **fire truck** 片 消防車	
❾ **fire extinguisher** 片 滅火器		❿ **aerial ladder** 片 雲梯	

故事記憶 Scenario 〜劇情超連結，讓文字活起來！

　　Bill's house is on fire, and he and his wife are trapped inside the house. Bill frantically calls 911 for help. The 911 operator tries to calm Bill down, gives them instructions and assures them that firefighters are on their way to rescue them.

　　比爾的房子著火了，而且他和他的妻子還被困在屋內，於是比爾緊張地趕快撥打一一九尋求幫助；接通後，接線生試圖先讓比爾冷靜下來、給他們指示，並向他們保證消防隊員已在前往救火的路上。

 單字延伸學 Vocabulary～聯想看看相關單字！

火災救火 Putting Out Fire

◎ **pump** [pʌmp] 名 幫浦
◎ **water tank** 片 水箱
◎ **rescue appliance** 片 救援器材
◎ **smoke detector** 片 煙霧偵測器
◎ **sonar life detector** 片 聲納探測器

滅火大隊 Firefighters

◎ **cutter** [ˋkʌtə] 名 切割器
◎ **fire suit** 片 消防衣
◎ **fire axe** 片 消防斧
◎ **flashlight** [ˋflæʃˌlaɪt] 名 手電筒
◎ **gas mask** 片 防毒面具

防災設備 Preventing Fire

◎ **automatic sprinkler system** 片 自動灑水系統
◎ **circuit breaker** 片 自動斷電設備
◎ **escape sling** 片 緩降機　　◎ **fire escape** 片 逃生梯
◎ **fire hose** 片 消防水帶箱　　◎ **floor plan** 片 樓層圖

政策方面 Policies Regarding a Fire

◎ **fire certificate** 片 火災證明
◎ **fire insurance** 片 火災保險
◎ **fire relief service and assistance** 片 火災急難救助
◎ **power supply restoration** 片 恢復供電
◎ **removal of waste from fire scene** 片 火場廢棄物清運

Part **5** 出入公眾場所 *Public Places*

- **911, what's your emergency?** 這是緊急專線,您需要什麼幫忙?

- **Help! My house is on fire! We are trapped inside the house!** 救命!我家起火了!我們被困在屋子裡面!

- **I saw my neighbor's house is on fire. We are on Kingston Street, in the middle of the north end of the street.** 我看到鄰居家失火了,我們在京士頓街,在街的中間往北一點的地方。

- **Please stay calm, sir. Cover your face and mouth with wet towels. Help is on the way.** 先生,請您保持冷靜,用濕毛巾搗口鼻,救援馬上就到了。

- **In case of fire, do not use the elevator. Please use the stairs on either side.** 遭遇火災時請勿搭乘電梯,請走兩側樓梯。

- **Proceed to the nearest emergency exit.** 要盡快走到離你最近的緊急出口。

- **Do not attempt to enter the fire scene.** 請勿試圖進入火災現場。

- **Do not interfere with the rescue operation.** 不要妨礙救災。

- **Do not destroy any evidence at the fire scene.** 不要破壞火災現場的跡證。

- **Stay away from the fire scene.** 請遠離火災現場。

文化大不同 Did you know?

　　以下分享一些美國的警消人員及救護人員常用的、有關火災的術語:back draft(復燃)、flash over(閃燃)、red line(連接到消防車上的、長一英吋的小型水管)、plug(消防栓)、mop up(指救火的最後階段,消防員須尋找是否還有未被撲滅的火苗)、primary search(對整棟建築物的初步搜尋)、secondary search(更仔細地在建築物內搜尋有無受災者)、all clear(表示建築物內已無受災者);而相對於 red line,green line 是指花園用的水管,可別搞錯囉!

醫院急診急救
Going To the Emergency Room

❶ **ambulance** [`æmbjələns] 名 救護車
❷ **emergency room (ER)** 片 急診室
❸ **IV drip** 片 點滴　　　　　❹ **ward** [wɔrd] 名 病床
❺ **trauma** [`trɔmə] 名 創傷　　❻ **stretch** [strɛtʃ] 名 擔架
❼ **vital signs** 片 生命跡象　　❽ **bandage** [`bændɪdʒ] 名 繃帶
❾ **critical condition** 片 病危　❿ **conscious** [`kɑnʃəs] 形 清醒的
⓫ **stethoscope** [`stɛθə,skop] 名 聽診器

 故事記憶 Scenario ～劇情超連結，讓文字活起來！

　　Jerry had a severe cramp in his stomach in the middle of the night. Feeling nauseous, dizzy and light-headed, he was rushed to a local hospital's ER for help. Although it was midnight, the ER was full of people who needed help.

　　傑瑞半夜肚子突然一陣抽痛，還感到噁心、頭暈目眩，於是便被送到當地一家醫院的急診室尋求幫助；而雖然是大半夜，到急診室求助的人卻很多。

單字延伸學 Vocabulary～聯想看看相關單字！

治療配備 Equipment

◎ **AED** 縮 自動體外心臟去顫器
◎ **intubation** [ˌɪntʃuˋbeʃən] 名 插管
◎ **sterile gauze** 片 無菌紗布
◎ **suction** [ˋsʌkʃən] 名 抽吸器
◎ **ultra sound unit** 片 超音波儀器

創傷需急救 Trauma

◎ **coma** [ˋkomə] 名 昏迷
◎ **fracture** [ˋfræktʃə] 名 骨折
◎ **heart attack** 片 心臟病
◎ **laceration** [ˌlæsəˋreʃən] 名 撕裂傷
◎ **seizure** [ˋsiʒə] 名 抽搐

緊急送醫 Going to the Hospital

◎ **delivery room** 片 產房
◎ **ER observation room** 片 急診暫留觀察室
◎ **first aid station** 片 急救站　◎ **ICU** 縮 加護病房
◎ **OR** 縮 手術室；開刀房　◎ **triage** [ˋtraɪɪdʒ] 名 檢傷區

病情危機 Critical Conditions

◎ **DOA (Death On Arrival)** 縮 到院前死亡
◎ **impending** [ɪmˋpɛndɪŋ] 形 迫在眉睫的
◎ **OHCA (Out of Hospital Cardiac Arrest)**
　縮 到院前心臟功能停止
◎ **on the verge of death** 片 在死亡邊緣

實用句練習 Sentences ～「聊」癒你的破英文！

◆ **When did the symptoms start?** 哪時候開始有這些症狀的？

◆ **I've been nauseous and running a fever since yesterday.** 我從昨天起就一直噁心想吐，而且還發燒。

◆ **What seems to be the problem? Where are you feeling pain?** 您哪裡不舒服？哪邊會疼痛？

◆ **I have a sharp pain in my abdomen. My stomach is killing me!** 我的腹部感到很刺痛，而且我的胃快痛死了！

◆ **Where does it hurt? Does it hurt when I push here?** 哪裡會痛？如果我按這裡會痛嗎？

◆ **Are you allergic to any food or medications?** 您有對任何食物或是藥物過敏嗎？

◆ **Do you have a history of high blood pressure, heart disease, diabetes or surgery?** 您以前有得過高血壓、心臟病、糖尿病或動過任何手術嗎？

◆ **You must stay in bed and take this medicine three times a day, after meals.** 您需要臥床休養，且三餐飯後都要服藥。

◆ **Your test results have come in. The blood test came back negative/positive.** 您的血液報告剛剛出來了，是陰性／陽性的。

◆ **I'll put a plaster on your arm.** 我會幫您的手臂打上石膏。

文化大不同 Did you know?

　　在本章第二單元我們聊了美國警用的無線電代碼，這回就來談談美國醫院的急救代碼吧：(1) Code Blue：有性命危險並需要緊急搶救的成人病患 (2) Code White：有性命危險、需要緊急搶救的孩童病患 (3) Code Black：有大量重症病患，需要全院戒備，例如地震、氣爆等大型災難發生時，就會發出此急救代碼 (4) Code Gary：病患失控，可能傷及醫療人員，而需要守衛協助 (5) Code Red：即火災警報。

接受外科手術
Having a Surgery

MP3 40

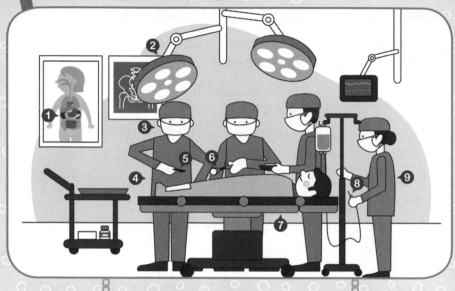

❶ **internal organ** 片 內臟　❷ **operating lamp** 片 手術燈
❸ **surgeon** [`sɝdʒən] 名 外科醫生　❹ **operation** [ˌɑpə`reʃən] 名 手術
❺ **surgical blade** 片 手術刀　❻ **clamp** [klæmp] 名 夾鉗
❼ **operating table** 片 手術台　❽ **anesthesia** [ˌænəs`θiʒə] 名 麻醉
❾ **anesthetist** [ə`nɛsθətɪst] 名 麻醉師

 故事記憶 Scenario ～劇情超連結，讓文字活起來！

Tommy has seriously injured his ankle. His doctor scheduled a small operation for him. The surgery went well and there weren't any complications. Tommy is scheduled to see the doctor again next week for further check-ups. Meanwhile, his physical therapy also went well, so now he can walk without any aids.

　　湯米的腳踝受傷很嚴重，所以醫生必須為他做一個小手術；後來，手術進展得很順利，也沒有出現任何併發症；湯米便計劃下週再去看一次醫生，以進行下一步的檢查。同時，他復健的情形也不錯，所以現在走路已經不需要任何輔助了。

 單字延伸學 Vocabulary～聯想看看相關單字！

手術用具 Surgical Tools

◎ **fiber optic endoscope** 片 光纖內視鏡
◎ **forceps** [ˋfɔrsəps] 名 鑷子
◎ **retractor** [rıˋtræktə] 名 牽引器
◎ **scalpel** [ˋskælpəl] 名 外科手術刀
◎ **suction tube** 片 抽吸管

手術相關 Operations

◎ **excision** [ɛkˋsıʒən] 動 切除
◎ **nurse** [nɜs] 名 護士；護理師
◎ **painkiller** [ˋpen͵kılə] 名 止痛藥
◎ **recovery room** 片 恢復室
◎ **suture** [ˋsutʃə] 動 縫合

臟器怎麼說 Organs

◎ **bladder** [ˋblædə] 名 膀胱
◎ **intestine** [ınˋtɛstın] 名 腸
◎ **liver** [ˋlıvə] 名 肝臟
◎ **spleen** [splin] 名 脾臟

◎ **gallbladder** [ˋgɔl͵blædə] 名 膽囊
◎ **kidney** [ˋkıdnı] 名 腎臟
◎ **lung** [lʌŋ] 名 肺
◎ **pancreas** [ˋpæŋkrıəs] 名 胰臟

人體組成 Human Body

◎ **artery** [ˋartərı] 名 動脈
◎ **bone marrow** 片 骨髓
◎ **muscle** [ˋmʌsḷ] 名 肌肉
◎ **skeleton** [ˋskɛlətn] 名 骨骼
◎ **vein** [ven] 名 靜脈；血管

- ✎ **The doctor admitted my sister to the hospital, and they will operate on her tomorrow.** 醫生要求我妹妹入院,並準備明天幫她動手術。

- ✎ **The patient died on the way to the operating room.** 病人在送往開刀房的路途中過世了。

- ✎ **This surgery requires general anesthesia. Please take a deep breath and hold still.** 這個手術需要全身麻醉。請深呼吸並保持不要動。

- ✎ **I'm preparing you for local anesthesia.** 我準備幫您局部麻醉。

- ✎ **It's important to check your incision daily and always wash your hands before touching your incision.** 每天檢查你的術後傷口是很重要的,且一定要先洗過手後才能碰觸傷口。

- ✎ **Walking after surgery is an important step toward a recovery.** 手術後下床走路是康復的一個重要步驟。

- ✎ **Is there anything else I should pay attention to?** 我還有什麼其他要注意的事項呢?

- ✎ **Keep your follow-up appointments.** 要記得回診。

- ✎ **She soon recovered after her liver operation.** 她動完肝臟手術後,很快就復原了。

文化大不同 Did you know?

在美國要成為外科醫生,首先要先完成大學教育並拿到學士學位,再通過醫學院入學考試(MCAT / Medical College Admission Test),之後必須再完成四年的醫學院學業並拿到醫學博士(MD / Medicine of Doctor),接著進行三到七年不等的實習(Residency Program),最後還要通過醫生執照考試(USMLE / United States Medical Licensing Examination)才有機會成為真正的外科醫生。

內科掛號與感冒
Internal Medicine

❶ **clinic** [ˋklɪnɪk] 名 診所　　　❷ **flu** [flu] 名 流感

❸ **outpatient** [ˋautˏpeʃənt] 名 門診病人

❹ **make a doctor's appointment** 片 掛號

❺ **dispensary** [dɪˋspɛnsərɪ] 名 領藥處

❻ **consulting room** 片 診療室　　❼ **pill** [pɪl] 名 藥丸

❽ **prescribe** [prɪˋskraɪb] 動 開處方　❾ **physician** [fɪˋzɪʃən] 名 內科醫生

 故事記憶 Scenario ～劇情超連結，讓文字活起來！

Eric is not feeling well. He has a runny nose, sore throat, headache and his whole body aches. He made an appointment with Dr. Lin this afternoon. After a thorough examination, Dr. Lin tells Eric that he has the flu. Eric needs to follow Dr. Lin's advice by taking pills on time, drinking lots of water and getting plenty of rest to recover soon.

艾瑞克感到很不舒服，不但流鼻涕、喉嚨痛、頭痛，全身還很痠痛，於是預約今天下午去看醫生；經過徹底檢查後，林醫生告訴艾瑞克他得了流感，必須遵循建議、按時服藥並多喝水，才能儘快恢復健康。

單字延伸學 Vocabulary～聯想看看相關單字！

膠囊 & 藥水 Medicines

◎ **antibiotics** [ˌæntɪbaɪˋɑtɪks] 名 抗生素
◎ **capsule** [ˋkæps!] 名 膠囊
◎ **cough syrup** 片 止咳藥水
◎ **ointment** [ˋɔɪntmənt] 名 藥膏
◎ **tablet** [ˋtæblɪt] 名 藥片

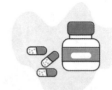

身體不舒服 Feeling Unwell

◎ **diarrhea** [ˌdaɪəˋriə] 名 腹瀉
◎ **dizziness** [ˋdɪzənɪs] 名 頭暈；暈眩
◎ **fatigue** [fəˋtig] 名 疲倦
◎ **fever** [ˋfivə] 名 發燒
◎ **vomit** [ˋvɑmɪt] 動 嘔吐

內科 Internal Medicine

◎ **cardiology** [ˌkɑrdɪˋɑlədʒɪ] 名 心臟內科
◎ **oncology** [ɑŋˋkɑlədʒɪ] 名 腫瘤科
◎ **ENT (Ear, Nose, Throat)** 縮 耳鼻喉科
◎ **pediatrics** [ˌpidɪˋætrɪks] 名 小兒科

大小病痛 Being Sick

◎ **allergy** [ˋælədʒɪ] 名 過敏
◎ **asthma** [ˋæzmə] 名 氣喘
◎ **diabetes** [ˌdaɪəˋbitiz] 名 糖尿病
◎ **hypertension** [ˌhaɪpəˋtɛnʃən] 名 高血壓
◎ **pneumonia** [njuˋmonjə] 名 肺炎

実用句練習 Sentences ～「聊」癒你的破英文！

- I am not feeling well and will take a sick leave today. 今天我人不太舒服，會請假一天。

- I have an appointment with Dr. Lee this afternoon. 我和李醫生今天下午有約。

- Dr. Lin is with a patient now and he will be with you shortly. 林醫生目前在為病人看診，馬上就輪到您了。

- He is coming down with a cold. 他感冒了。

- She was diagnosed with diabetes in her early childhood. 她在很小的時候就被診斷出得了糖尿病。

- Susan didn't come to work today. She is in bed with stomach flu. 蘇珊得了腸胃炎，所以今天沒去上班，而是在家休息。

- High blood pressure increases the risks of having a heart attack. 高血壓會增加得到心臟病的風險。

- This ointment will help get rid of your rashes. 這個藥膏有助於治療你的疹子。

- This is your prescription. Please pick up your medicine at the pharmacy. 這是你的處方簽，請去藥局領藥。

- Please get well/better soon. 祝你早日康復。

文化大不同 Did you know?

　　在美國看病和在台灣非常不一樣，一定要事前預約，不是隨時走進診所掛號即可，且預約看診時，醫生會先問過症狀，如果只是小感冒，醫生們多半都會請患者在家多休息、多喝水，讓感冒自然痊癒；再來，領藥的系統也不一樣，在美國一定要有醫生開的處方簽（prescription）才能去藥局領藥、買藥。而因為看診和處方簽藥物都很貴，所以一般來說如果只是小病痛，都會去藥局買不需要處方簽的成藥，稱之為 OTC medicines（Over The Counter medicines）。

出入公眾場所 Public Places

Part 5

145

Unit 07

連希特勒也怕的牙科
At a Dentist's

MP3 42

Part 5

出入公眾場所 *Public Places*

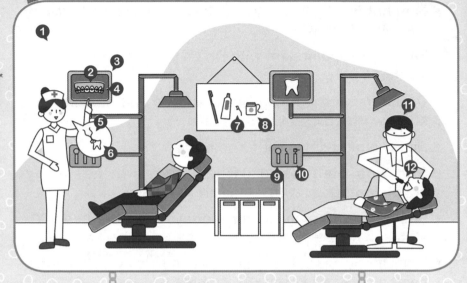

1 **dental office** 片 牙醫診所　　2 **gum** [gʌm] 名 牙齦

3 **orthodontic treatment** 片 牙齒矯正

4 **brace** [bres] 名 矯正器　　5 **tooth extraction** 片 拔牙

6 **wisdom tooth** 片 智齒　　7 **floss stick** 片 牙線棒

8 **floss** [flɔs] 名 牙線　　9 **mouth mirror** 片 口腔鏡

10 **dental handpiece** 片 鑽牙機　　11 **dentist** [ˋdɛntɪst] 名 牙醫

12 **root canal therapy** 片 根管治療

 故事記憶 Scenario ～劇情超連結，讓文字活起來！

　　Linda is having trouble eating because every time she tries to bite, her tooth hurts badly. She is now undergoing root canal therapy at the dentist's office. Her dentist then tells her that it will take weeks to complete the treatment procedure.

　　琳達每次咬東西時，牙齒都很疼，所以她現在正在牙醫診所接受根管治療，同時，牙醫師也告訴她，要完成所有治療程序得花數週的時間。

146

單字延伸學 Vocabulary ～聯想看看相關單字！

蛀牙與牙齒痛 Tooth Pain

◎ **bad breath** 片 口臭
◎ **gingivitis** [ˌdʒɪndʒəˈvaɪtɪs] 名 牙齦炎
◎ **periodontal disease** 片 牙周病
◎ **oral cancer** 片 口腔癌
◎ **sensitive teeth** 片 敏感性牙齒

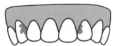

牙齒矯正 Orthodontics

◎ **dental bridge** 片 牙橋
◎ **crown** [kraʊn] 名 牙套
◎ **dental guard** 片 護牙套
◎ **interdental brush** 片 齒間刷
◎ **retainer** [rɪˈtenɚ] 名 固定器

牙齒說法 Types of Teeth

◎ **canine tooth** 片 虎牙
◎ **enamel** [ɪˈnæml] 名 琺瑯質
◎ **inlay** [ˈɪnˌle] 名 鑲牙
◎ **premolar** [priˈmolɚ] 名 前臼齒
◎ **denture** [ˈdɛntʃɚ] 名 假牙
◎ **front tooth** 片 門牙
◎ **molar** [ˈmolɚ] 名 臼齒
◎ **root canal** 片 根管

牙齒照顧 Treatments

◎ **dental implant** 片 植牙
◎ **fluoride treatment** 片 牙齒氟處理
◎ **filling** [ˈfɪlɪŋ] 名 補牙填料
◎ **tooth scaling/cleaning** 片 洗牙
◎ **tooth whitening** 片 美白牙齒

實用句練習 Sentences～「聊」癒你的破英文！

- ✎ I would like to make an appointment with Dr. Chen for a dental implant. 我想預約陳醫生、掛號做植牙。

- ✎ What brings you to my clinic today? 您今天哪裡不舒服？

- ✎ Hi, Doc; I have the worst toothache. I can't sleep or eat! 醫生您好，我的牙齒超痛，害我吃不下也睡不著！

- ✎ How long have you had this pain? 您牙齒痛持續多久了？

- ✎ For about a week or so, but it got really bad last night. 大約一星期左右，但昨晚開始就痛得特別厲害。

- ✎ Did you do anything that might have aggravated your tooth? 您有做什麼才讓您的牙痛更嚴重嗎？

- ✎ I think one of my fillings might be coming loose. 我覺得其中一個補牙填料好像快掉下來了。

- ✎ We will have your fillings replaced. 我們將立即幫您更換補牙填料。

- ✎ She had a bad tooth pulled out yesterday. 她昨天拔了一顆牙。

- ✎ She has a loose tooth. 他有顆牙齒快掉了。

- ✎ Most dentists recommend a tooth scaling every six months. 多數的牙醫生建議每六個月就要洗牙一次。

- ✎ This mouthwash helps reduce cavities. 這款漱口水可幫助你減少蛀牙。

文化大不同 Did you know?

　　美國人非常注重牙齒保健及牙齒美白，上至總統、明星名流，下至一般老百姓，都對於擁有一口潔白美觀的牙齒幾乎到了癡迷的地步，所以也衍生出許多牙齒整形、牙齒美白等相關產業及產品，像是修正筆（touch-up pen）、美白牙膏（whitening toothpaste）、美白牙齒貼條（whitening strip）等等，盡量維持牙齒整齊雪白！

銀行開戶辦正事
At the Bank

貴重物品保險櫃

❶ teller [`tɛlə] 名 銀行行員　　**❷ passbook** [`pæs,bʊk] 名 存摺

❸ checking/savings account 片 活期存款 / 儲蓄帳戶

❹ balance [`bæləns] 名 餘額　　**❺ money order** 片 匯票

❻ bill [bɪl] 名 紙鈔　　**❼ deposit** [dɪ`pazɪt] 動 存款

❽ stock [stak] 名 股票

❾ safety deposit box 片 貴重物品保險櫃

 故事記憶 Scenario ～劇情超連結，讓文字活起來！

　　Monica would like to open a bank account. The bank teller helps her set up both a checking account and a savings account. After her bank accounts are set up, Monica deposits her checks in her checking account. Then, the teller also informs her that she will receive her bank card within a week.

　　莫妮卡想開立銀行帳戶，於是請銀行出納員幫她設立活期帳戶和儲蓄帳戶；當帳戶設立完成後，她便將支票存入她的活期帳戶。之後，出納員也順便通知她，將可在一週之內收到金融卡。

單字延伸學 Vocabulary～聯想看看相關單字！

金融卡與支票 Cards & Checks

- ◎ **bank card** 片 銀行卡；金融卡
- ◎ **bank statement** 片 銀行對帳單
- ◎ **credit card** 片 信用卡
- ◎ **debit card** 片 簽帳卡
- ◎ **traveler's check** 片 旅行支票

警衛與運鈔車 Bank Safety

- ◎ **alarm** [ə`larm] 名 警鈴
- ◎ **armored truck** 片 運鈔車
- ◎ **security camera** 片 監視器
- ◎ **security guard** 片 守衛
- ◎ **vault** [vɔlt] 名 金庫

帳戶相關 About Your Accounts

- ◎ **cash** [kæʃ] 名 現金 動 兌現
- ◎ **check / cheque** [tʃɛk] 名 （美 / 英）支票
- ◎ **corporate account** 片 企業帳戶
- ◎ **wire transfer** 片 電匯
- ◎ **interest** [`ɪntərɪst] 名 利息
- ◎ **joint account** 片 聯合帳戶
- ◎ **withdraw** [wɪð`drɔ] 動 提款

金融業務 Financial Services

- ◎ **currency exchange** 片 外幣兌換
- ◎ **loan** [lon] 名 貸款
- ◎ **mortgage** [`mɔrgɪdʒ] 名 房貸
- ◎ **security** [sɪ`kjurətɪ] 名 有價證券
- ◎ **SIP (Systematic Investment Plan)** 縮 定期定額

🖋 **Hi! What can I help you with?** 您好！有什麼需要幫忙？

🖋 **I'd like to open a bank account.** 我想要在貴行開戶。

🖋 **What kind of bank account would you like to open?** 請問您要辦理哪種帳戶？

🖋 **A checking account, please.** 請幫我開個活期存款帳戶。

🖋 **Would you also like to open a savings account?** 請問您要順便開定期存款帳戶嗎？

🖋 **To open a checking account, you will need to make a deposit of at least $100.** 如果要開活期存款帳戶，您需要先至少存一百元進去帳戶裡面。

🖋 **I will set up your accounts right way.** 我馬上幫您辦理開戶。

🖋 **I'd like to cash a check.** 我想要兌現支票。

🖋 **I need to withdraw some money.** 我想要提款。

🖋 **How much would you like to take out?** 請問您要提領多少金額？

🖋 **Which account would you take the money from?** 請問您要從哪個帳戶提領？

🖋 **I would like to withdraw $2,000 from my checking account.** 我想從我的活期帳戶中提領兩千元。

Part 5

出入公眾場所 Public Places

文化大不同 Did you know?

　　在美國開戶不需要印章，但須攜帶兩種附照片的有效證件，例如護照、駕照或社保卡，也可能需出示水電費帳單以確認居住地址、電話號碼等個人資訊；此外，在國外通常都是自行上網查詢帳戶資料，或是申請銀行對帳單（bank statement）寄到信箱，並不會用到紙本存摺；營業時間方面，美國銀行星期六大多都會營業到中午十二點，平日則是上午九點到下午五點，相對國內來說方便許多。

藥局買藥治小病
At the Drugstore

❶ **drugstore** [`drʌɡ,stor] 名 藥妝店　　❷ **feminine product** 片 女性用品

❸ **off the shelf makeup** 片 開架式彩妝

❹ **dental care** 片 牙齒護理　　❺ **mouth wash** 片 漱口水

❻ **OTC medicine** 片 成藥　　❼ **vitamin** [`vaɪtəmɪn] 名 維他命

❽ **pharmacist** [`farməsɪst] 名 （醫院或藥局的）藥劑師

❾ **cold medicine** 片 感冒藥

 故事記憶 Scenario ～劇情超連結，讓文字活起來！

　　Ellen is talking to a pharmacist about taking some non-prescription medicine for her flu. The pharmacist recommends several types of OTC (over-the-counter) medicines based on her symptoms, and Ellen picks up a generic one, which is the less expensive one.

　　艾倫正和一位藥劑師談論要吃哪種非處方藥來治她的流感，藥劑師根據她的症狀推薦了幾種非處方藥，而艾倫最後則選擇了較便宜的通用藥。

單字延伸學 Vocabulary ～聯想看看相關單字！

成藥 OTC Medicine

◎ **antacid** [æntˋæsɪd] 名 （降低胃灼熱的）抗酸劑
◎ **cough syrup** 片 咳嗽糖漿
◎ **insect repellent** 片 防蚊液
◎ **NSAIDs** 縮 非類固醇抗發炎藥物（感冒藥成分）
◎ **painkiller** [ˋpenˏkɪlə] 名 止痛藥

照顧口腔 Dental Care

◎ **floss** [flɔs] 名 牙線
◎ **lip balm** 片 護唇膏
◎ **breathe spray** 片 口氣芳香噴霧
◎ **tooth brush** 片 牙刷
◎ **tooth paste** 片 牙膏

包紮傷口 Bandaging up Wounds

◎ **Band-Aid** [ˋbændˏed] 名 OK 繃
◎ **cotton ball** 片 棉球
◎ **gauze** [gɔz] 名 醫用紗布
◎ **iodine** [ˋaɪəˏdaɪn] 名 碘酒
◎ **hand sanitizer** 片 乾洗手液；消毒液
◎ **rubbing alcohol** 片 醫用酒精
◎ **sling** [slɪŋ] 名 三角巾

女性用品 Feminine Products

◎ **deodorant** [diˋodərənt] 名 體香劑
◎ **panty liner** 片 護墊
◎ **sanitary napkin** 片 衛生棉
◎ **sunscreen** [ˋsʌnˏskrin] 名 防曬乳
◎ **tampon** [ˋtæmpɑn] 名 衛生棉條

實用句練習 Sentences～「聊」癒你的破英文！

✏ **I have a prescription here. Can you please fill it for me?**
我這裡有處方籤，可以請你幫我照處方配藥嗎？

✏ **How much and how often should I take it?** 請問要服用多少劑量？多久要服用一次？

✏ **It says on the directions that you should take two tablets every four hours.** 處方籤上寫一次吃兩顆藥，每四小時一次。

✏ **Should I take it with or without food?** 需要跟著食物一起服藥嗎？

✏ **It is fine to take it with or without food.** 搭不搭配食物一起服藥都可以。

✏ **Are there any side effects?** 有任何副作用嗎？

✏ **You might feel drowsy. Please be careful when you drive.** 您可能會覺得昏昏欲睡，所以開車時請注意安全。

✏ **I would like OTC medicine for my stomachache. Do you have one?** 我想要買能治療胃痛的成藥，請問你們有賣嗎？

✏ **Are there any restrictions to taking this kind of medicine? Any side effects?** 這藥安全嗎？有沒有任何副作用？

✏ **If you don't get better, please go to your doctor.** 如果服用後仍未見好轉，請去看醫生。

文化大不同 Did you know?

　　美國的藥妝店（drugstore）裡面除了有專門的藥局部門及駐點的藥劑師外，其他東西也應有盡有，商品種類如超級市場一般，非常多元，且開架式美妝產品也很受歡迎。而服務方面，在藥局部門除了可憑處方籤請藥劑師配藥之外，也可以配眼鏡、諮詢與用藥或健康保健等相關問題。目前，美國的藥妝店規模發展愈來愈大，像是知名度最高的兩家連鎖藥妝店——Walgreens 與 CVS，他們都已搶攻超市客群，所以想要採購生活雜貨的話，也可以去藥妝店喔！

Unit 10 入學第一天
First Day At School

Part 5 出入公眾場所 Public Places

❶ **campus** [`kæmpəs] 名 校園　　❷ **lecture hall** 片 講堂

❸ **extracurricular activity** 片 課外活動

❹ **class schedule** 片 課表

❺ **freshman** [`frɛʃmən] 名（大學或高中）一年級生

❻ **drama club** 片 戲劇社　　❼ **faculty staff** 片 教職員工

❽ **recruit** [rɪ`krut] 動 招募

❾ **orientation** [ˌorɪɛn`teʃən] 名 新生訓練

故事記憶 Scenario ～劇情超連結，讓文字活起來！

Jane is a freshman at UCLA and today is her first day at school. She attends the orientation, which offers her an idea of college life, how to enroll in classes, and the campus. After the orientation, she signs up for the drama club and really looks forward to her college life.

簡是加州大學洛杉磯分校的新生，今天是她上學的第一天；她參加了新生訓練，讓她更了解大學生活、如何報名參加課程以及認識校園。新生訓練後，她便報名參加戲劇俱樂部，並很期待她的大學新生活。

155

單字延伸學 Vocabulary ～聯想看看相關單字！

論文報告 Curriculum

◎ **final exam** 片 期末考
◎ **midterm exam** 片 期中考
◎ **syllabus** [ˋsɪləbəs] 名 課程大綱
◎ **term paper** 片 學期報告論文
◎ **thesis** [ˋθisɪs] 名 論文

教職員工 Faulty Staff

◎ **dean** [din] 名 （學院）院長
◎ **lecturer** [ˋlɛktʃərə] 名 （大學）講師
◎ **principal** [ˋprɪnsəpḷ] 名 校長
◎ **professor** [prəˋfɛsə] 名 教授
◎ **tutor** [ˋtjutə] 名 助教

校園生活 Enjoying Campus Life

◎ **cafeteria** [͵kæfəˋtɪrɪə] 名 學生餐廳
◎ **sophomore** [ˋsɑfmor] 名 （大學或高中）二年級生
◎ **junior** [ˋdʒunjə] 名 （大學或高中）三年級生
◎ **senior** [ˋsinjə] 名 （大學或高中）四年級生

社團活動 Extracurricular Activity

◎ **art club** 片 美術社（例：水彩、油畫、素描等）
◎ **choir** [kwaɪr] 名 合唱團
◎ **debate club** 片 辯論社
◎ **tennis club** 片 網球社
◎ **varsity** [ˋvɑrsətɪ] 名 （大學）校隊

實用句練習 *Sentences～*「聊」癒你的破英文！

- **What clubs are you thinking of joining?** 你想參加哪個社團？

- **What are you majoring in?** 你的主修是什麼？

- **Living in a dorm will help you bond with your new friends and form lasting friendships with people.** 住宿舍可以結交新朋友，而且也有機會和他們成為一輩子的朋友。

- **One of the reasons for choosing to live in a dorm is to expand your social life.** 住宿舍的好處就是可以拓展你的社交圈。

- **Attending campus events can make you feel more a part of the school community.** 參加校園活動能讓你覺得自己是學校的一份子。

- **When choosing classes, determine how many credit hours you should take per semester.** 當選修課程時，要先決定你打算一學期修多少個學分。

- **Focus on taking your general education classes in your freshmen and sophomore years.** 盡量將通識課程在大一和大二修完。

- **The earlier you register, the more likely it is that you will get the classes you want.** 愈早註冊，就愈有機會能搶到你想要讀的課程。

part
5
出入公眾場所 *Public Places*

文化大不同 *Did you know?*

　　在美國唸書可一點都不簡單，學生們課業繁重，還要參加小組討論，每學期還需繳交論文（term papers），而且，國外非常重視智慧財產權，所有參考文獻都必須引述清楚，如果沒有引述清楚就節錄別人的資料，則會被認定為抄襲（plagiarism），後果相當嚴重，不僅會被退學，也可能吃上官司。而因為大學學費昂貴、寒暑假學分較便宜，所以許多學生也會趁寒暑假多修些學分，或直接改讀兩年制的社區大學（community college）以節省學費。

157

Unit 11
企業公司大環境
At the Office

Part 5

出入公眾場所 *Public Places*

❶ **punch in/out** 片 打卡上 / 下班　❷ **break room** 片 茶水間

❸ **conference/meeting room** 片 會議室

❹ **corner office** 片 大辦公室　❺ **operator** [ˋɑpəˌretɚ] 名 總機

❻ **partition** [parˋtɪʃən] 名 (辦公)屏風　❼ **cubical** [ˋkjubək!] 名 辦公空間

❽ **colleague** [ˋkɑlig] 名 同事　❾ **salary** [ˋsælərɪ] 名 薪水

❿ **filing cabinet** 片 檔案櫃

故事記憶 Scenario ～劇情超連結，讓文字活起來！

　　Jack is calling Helen's office to confirm his meeting with Helen at 2 p.m. Jill, Helen's assistant takes Jack's call and advises him that Helen is on another line with an other client. Jill takes Jack's message and will have Helen call Jack back as soon as she is done with her conference call.

　　傑克打電話到海倫辦公室，想確認下午兩點與她的會面；海倫的助手吉兒接到了電話，便告訴他，海倫與客戶正在講電話，於是請傑克留下訊息，等海倫講完電話後，再請海倫馬上回電給他。

 單字延伸學 Vocabulary～聯想看看相關單字！

辦公室用品 Office Appliances

◎ **paper shredder** 片 碎紙機
◎ **photocopier** [ˋfotə͵kɑpɪə] 名 影印機
◎ **printer** [ˋprɪntə] 名 印表機
◎ **punch/time clock** 片 打卡鐘
◎ **stationary** [ˋsteʃən͵ɛrɪ] 名 文具用品

辦公相關 Environment

◎ **letter of resignation** 片 辭呈
◎ **mailroom** [ˋmelrum] 名 收發室
◎ **overtime work** 片 加班
◎ **reception** [rɪˋsɛpʃən] 名 櫃台；接待處
◎ **show room** 片 樣品室

公司政策福利 Welfare & Policies

◎ **annual/sick/personal leave** 片 年 / 病 / 事假
◎ **demotion** [dɪˋmoʃən] 名 降職
◎ **maternity/parental leave** 片 產 / 陪產假
◎ **promotion** [prəˋmoʃən] 名 升職

公司職位 Job Titles

◎ **account executive** 片 專員（專案執行）
◎ **chairman** [ˋtʃɛrmən] 名 主席；總裁
◎ **manager** [ˋmænɪdʒə] 名 經理
◎ **president** [ˋprɛzədənt] 名 董事長
◎ **supervisor** [͵supəˋvaɪzə] 名 主管

- I have to punch in by 9 o'clock. 我必須要在九點前打卡上班。

- Tommy clocked out early yesterday. 湯米昨天提早打卡下班了。

- This is Jack from Peace Company. I'd like to speak to Helen, please. 我是和平公司的傑克,請問海倫在嗎?

- Hi, this is Helen's assistant. I am sorry, she is not in at the moment, may I take a message? 嗨,我是海倫的助理;很抱歉,她現在不在辦公室,我可以替您留個言嗎?

- He is on another line now. Please leave your name and phone number, and I will have him call you back as soon as possible. 他現在正在講電話,麻煩您留下姓名和電話,我會請他盡快回電給您!

- Just a moment, please. I will connect you. / I will put you through. 請稍候,我將為您轉接。

- What time would be best for you to meet? 您幾點方便碰面?

- Please hold your questions until the end of presentation. 請在發表結束後再提問。

- I would love to hear any feedback or suggestions you have. 我很期待能聽到你們的回饋意見或任何建議。

文化大不同 Did you know?

在工作上的管理與領導型態而言,東西方有顯著的差異,西方重成效(result-oriented),各方面較彈性,福利也多,但若無法達成目標,主管或老闆資遣人時將毫不留情;而東方重人情,有較多規矩要遵守,但也相對較有人情味。不過,兩者都強調領導能力,像中文的「千軍易得,一將難求。」,西方也有句類似的諺語「An army of sheep led by a lion is better than an army of lions led by a sheep.」,強調領導有方的話,團隊才能輕而易舉地達到目標。

'HEAL' YOUR BROKEN ENGLISH IMMEDIATELY

Part 6

旅遊與娛樂
Travel and Entertainment

好康旅遊情報,當然知道愈多愈好!
Knowing more travel information makes your trips more fun and smooth !

名 名詞　動 動詞　形 形容詞　副 副詞　縮 縮寫　片 片語

Unit 01 先來研究世界地圖
Studying the World Map

Part 6

旅遊與娛樂 Travel and Entertainment

❶ geography [`dʒɪˋagrəfɪ] 名 地理；地形

❷ hemisphere [`hɛməs͵fɪr] 名 （地球的）半球

❸ direction [dəˋrɛkʃən] 名 方向 　**❹ seven continents** 片 七大洲

❺ five oceans 片 五大洋 　**❻ equator** [ɪˋkwetə] 名 赤道

❼ atlas map 片 地圖集

❽ GPS (Global Positioning System) 縮 全球衛星定位系統

 故事記憶 Scenario 〜劇情超連結，讓文字活起來！

Jason is driving from Seattle to San Francisco to visit his friends, but his GPS is on the fritz, and there is no one around to ask for directions. Jason pulls out a road map from his glove compartment, tries to figure out where he is, and finally pinpoints his destination and moves on.

傑森正要從西雅圖開車去舊金山拜訪他的朋友，但他的 GPS 故障了，周圍還沒有人可以問路；於是他便從前座置物箱裡拿出地圖，試圖找出目前的位置，最後，他便精確定位，並朝目的地繼續前進。

單字延伸學 Vocabulary～聯想看看相關單字！

七大洲 Seven Continents

◎ **Africa** [ˋæfrɪkə] 名 非洲
◎ **Antarctic** [ænˋtɑrktɪk] 名 南極洲
◎ **Asia** [ˋeʃə] 名 亞洲
◎ **Europe** [ˋjurəp] 名 歐洲
◎ **North/South America** 片 北 / 南美洲
◎ **Oceania** [ˌoʃɪˋænɪə] 名 大洋洲

五大洋 Five Oceans

◎ **Antarctic Ocean** 片 南極海
◎ **Arctic Ocean** 片 北極海
◎ **Atlantic Ocean** 片 大西洋
◎ **Indian Ocean** 片 印度洋
◎ **Pacific Ocean** 片 太平洋

方向方位 Directions

◎ **East** [ist] 名 東方
◎ **South** [sauθ] 名 南方
◎ **Northeast** [ˋnɔrθˋist] 名 東北方

◎ **North** [nɔrθ] 名 北方
◎ **West** [wɛst] 名 西方
◎ **Southwest** [ˌsauθˋwɛst] 名 西南方

研究地圖 Reading Different Maps

◎ **latitude** [ˋlætəˌtjud] 名 緯度
◎ **longitude** [ˋlandʒəˋtjud] 名 經度
◎ **road map** 片 道路地圖
◎ **topographical map** 片 地形圖
◎ **tourist map** 片 旅遊指南地圖

- **Asia is the biggest and the most populated continent on Earth.** 亞洲是世界上最大的，同時也是人口最多的一個大陸。

- **The water that surrounds the Antarctic is called the Southern Ocean (the Antarctic Ocean).** 圍繞著南極洲的水域就叫做南極海。

- **The world is divided into two parts by the equator.** 赤道將這個世界分成兩半。

- **Before you use a map to help you find your way, make sure you choose the right type of map.** 在你使用地圖找路前，先確定你選對了地圖的種類。

- **There are different kinds of maps for different uses, for example, road maps are for helping drivers navigate roads and highways.** 不同種類的地圖有著不同的用途，比方說，道路地圖是用來引導駕駛回到正路或高速公路上面的。

- **Unless otherwise specified, the top of the map will always correspond with North.** 除非有特別說明，否則一般來說，地圖的最上方就是北方。

- **The scale is usually found at the bottom or off to one side of the map.** 比例尺通常都標註在地圖的最下方或最旁邊。

文化大不同 Did you know?

　　如果開車時要找路，我們多半會依賴導航系統（navigation system），而常說的 GPS（Global Positioning System）就是指「全球定位系統」，此系統包括了人造衛星、地面監測站等設備，由美國研發並維護；而「衛星導航」叫做 Satellite Navigation System，一般簡稱 Sat Nav，為運用 GPS 信號的一種軟體，例如，如果在地圖輸入地址，衛星導航便會根據 GPS 信號，計算出距離、路線、預估到達時間、如何更快到達目的地等各種資訊。

Unit 02
選擇住宿訂房去
Hotel Bookings and Reservations

Part **6** 旅遊與娛樂 *Travel and Entertainment*

❶ **comparison** [kəmˋpærəsn] 名 比較
❷ **hotel booking site** 片 訂房網　❸ **hotel chain** 片 連鎖旅館
❹ **accommodation** [əˌkɑməˋdeʃən] 名 住宿
❺ **destination** [ˌdɛstəˋneʃən] 名 目的地
❻ **check-in date** 片 入住日　❼ **check-out date** 片 退房日
❽ **secret deal** 片 （提供給會員的）降價優惠
❾ **make a reservation** 片 預定　❿ **confirm booking** 片 確認訂房

 故事記憶 Scenario ～劇情超連結，讓文字活起來！

　　Jean is planning a vacation and looking for affordable accommodations. After comparing all kinds of options, including room rates, locations, and facilities, Jean decides to book a deluxe room at the Holiday Inn through the Trivago website.

　　琴正在規劃度假、尋找價格合理的住宿；她在比較各種選擇，包括房價、地點和設施之後，便決定通過 Trivago 網站來預訂假日酒店的豪華客房。

単字延伸學 Vocabulary ～聯想看看相關單字!

附加優惠及設備 Extras

◎ **amenity** [ə`mɪnətɪ] 名 便利設施
◎ **breakfast** [`brɛkfəst] 名 早餐
◎ **free cancellation** 片 免費取消
◎ **internet access** 片 網際網路連線
◎ **kitchenette** [,kɪtʃɪn`ɛt] 名 小廚房

旅館必備用品 Toiletries

◎ **bath towel** 片 浴巾
◎ **hair dryer** 片 吹風機
◎ **shower cap** 片 浴帽
◎ **toiletry kit** 片 盥洗用具包
◎ **tooth mug** 片 漱口杯

房型選擇 Choosing Room Types

◎ **executive room** 片 行政客房　　◎ **mini/junior suite** 片 小套房
◎ **standard room** 片 標準房　　◎ **superior room** 片 高級客房
◎ **two-bed room (twin room)** 片 雙人房

各式旅館 Accommodations

◎ **B & B (Bed and Breakfast)** 縮 民宿（附住宿及早餐）
◎ **boutique hotel** 片 精品旅館
◎ **inn** [ɪn] 名 旅店；客棧
◎ **motel** [mo`tɛl] 名 汽車旅館
◎ **youth hostel** 片 青年旅館

實用句練習 Sentences～「聊」癒你的破英文！

- First, identify your ideal location or area. 你必須先確認理想的住宿地點。

- Use discounted search tools to compare hotel options all at once. 你也可利用網路上面比價的工具來一次性地比較各個旅館。

- Many online bookings will require payment via a credit card. 線上訂房大多都會要求用信用卡付款。

- You will get the best rates by making a hotel reservation as far in advance of the departure date as possible. 離出發日期愈早訂房就可以拿到愈好的價格。

- Look at the photos and virtual tours available online to get a feel for what the hotel and the rooms look like. 參考線上提供的照片及虛擬導覽可以讓你對旅館及其房間的樣貌有個概念。

- Print or write down your confirmation number and bring it with you on the trip. 可列印或是寫下你的訂房確認號碼，並在旅途中隨身帶著。

- If a hotel is not full, you might get an upgraded room, like a king-size bed or corner room, just by asking the front desk when checking in. 如果旅館沒有客滿，只要在櫃台報到時詢問一下，就有可能將房間升等，例如，可升等成超大尺寸的床型或換成邊間的大客房。

" 文化大不同 Did you know?

　　線上訂房真的非常方便，不過在操作的同時，也要注意下面情形，才不會與預期落差太大：(1) 一定要了解飯店的確切地點，避免實際到了才發現飯店位在繁忙的大馬路上而吵雜不已，或位於交通不便的地方 (2) 別忘了查看旅館是否有提供往返機場的交通車 (3) 若為自駕一族，則要了解旅館是否有提供停車場及其收費 (4) 要注意，有些房價是不含早餐的 (5) 有些旅館的無線網路是要收費的。
"

偶爾體驗豪華住宿
Staying at a Luxury Hotel

MP3
49

❶ **luxury** [ˋlʌkʃərɪ] 名 奢華　　❷ **presidential suite** 片 總統套房

❸ **indulgence** [ɪnˋdʌldʒəns] 名 放縱；寵愛

❹ **private Jacuzzi** 片 私人按摩浴缸

❺ **room service** 片 客房服務

❻ **room service attendant** 片 客房服務專員

❼ **bellboy** [ˋbɛl͵bɔɪ] 名 （旅館）行李搬運員

 故事記憶 Scenario 〜劇情超連結，讓文字活起來！

After wrapping up an intensive project, Lisa decides to indulge herself with two nights at a luxury hotel where she can pamper herself with spa treatments, fine dining and relaxing personal time. She first orders room service for a bottle of top-shelf wine. Then, she is ready for a bubble bath in the Jacuzzi and a fantastic view outside the window.

在完成一項密集專案之後，麗莎決定在一家豪華酒店盡情享受兩個晚上，她想要盡情享受水療、美食和輕鬆愜意的個人時光；於是她先叫了客房服務、點瓶高級紅酒，便準備好在按摩浴缸裡面享受泡泡浴以及窗外美麗的景色。

單字延伸學 Vocabulary～聯想看看相關單字！

旅館接待 Hosting Customers

◎ **assistant manager** 片 大堂副理
◎ **concierge** [ˌkɑnsɪˋɛrʒ] 名 禮賓員
◎ **executive housekeeper** 片 行政管家
◎ **housekeeping** [ˋhaʊsˌkipɪŋ] 名 房務工作
◎ **receptionist** [rɪˋsɛpʃənɪst] 名 櫃檯接待人員

附加設施 Facilities You Can Use

◎ **fitness center** 片 健身中心
◎ **banquet hall** 片 宴會廳
◎ **business center** 片 商務中心
◎ **helicopter apron** 片 直升機停機坪
◎ **recreation room** 片 娛樂室；康樂室

高級住宿 Luxury Accommodations

◎ **chalet** [ˋʃæle] 名 小木屋　　◎ **château** [ʃæˋto] 名 莊園
◎ **five-star resort** 片 五星級渡假村
◎ **penthouse** [ˋpɛntˌhaʊs] 名 頂層豪華公寓
◎ **vacation rental** 片 度假別墅　◎ **villa** [ˋvɪlə] 名 別墅

奢華享受 Indulging Yourself

◎ **abundance** [əˋbʌndəns] 名 豐富；充足
◎ **exceptional** [ɪkˋsɛpʃənḷ] 形 優秀的；卓越的
◎ **exclusive** [ɪkˋsklusɪv] 形 高級的；獨一無二的
◎ **expensive** [ɪkˋspɛnsɪv] 形 昂貴的
◎ **sumptuous** [ˋsʌmptʃʊəs] 形 奢侈的；豪華的

實用句練習 Sentences～「聊」癒你的破英文！

🖋 **A luxury hotel is one which provides a luxurious accommodation experience to guests.** 高級旅館是能提供賓客奢華住宿體驗的旅館。

🖋 **Hi, I have a reservation under the name Jason Wang.** 你好，我有用王傑森這個名字預約訂房。

🖋 **I'd like a room for two people, three nights, please.** 我要一個雙人房，需要住三個晚上。

🖋 **Do you have any vacancies tonight?** 請問你們今晚還有空房嗎？

🖋 **How long will you be staying?** 請問您要住幾天呢？

🖋 **Breakfast is from 6 a.m. to 9:30 a.m. each morning in the dining room.** 早餐是每天的早上六點到九點半，會在餐廳裡供餐。

🖋 **I'd like to check out, please.** 我要退房。

🖋 **What's your room number?** 請問您的房號是幾號？

🖋 **That will be $200, including mini bar charges. How do you like to pay for that?** 包含房內迷你酒吧的消費一共是兩百元，請問您要怎麼付款？

🖋 **On my card, please. And I also need a receipt, thank you.** 我用信用卡付款，麻煩請給我收據，謝謝。

❝ 文化大不同 Did you know? 💡

　　高級旅館（luxury hotel）並不一定是以星級區分的，而須能帶給賓客奢華的住宿體驗，因此要能提供：(1) 簡易方便的訂房 (2) 快速、方便又周到的入住及退房 (3) 工作人員記得賓客的名字、友善有禮 (4) 客房內部從整體裝潢到細節都很有質感 (5) 設施多包含 SPA 水療、美容、二十四小時健身中心、游泳池、米其林餐廳等 (6) 提供二十四小時客房服務、私人健身教練、代照顧小孩或寵物、遛狗、採購等各項服務，通常自豪地認為他們的禮賓員能做到比 Google 更多的服務！ ❞

順利通過機場安檢
Going Through Airport Security

CHINA AIRLINE

C13

AIRPORT SECURITY

CHECK-IN

❶ **metal detector** 片 金屬探測儀　　❷ **security guard** 片 保全人員

❸ **checkpoint** [`tʃɛk,pɔɪnt] 名 檢查站

❹ **contraband** [`kɑntrə,bænd] 名 違禁品

❺ **immigration** [,ɪmə`greʃən] 名 出入境櫃檯

❻ **passport** [`pæs,port] 名 護照　　❼ **boarding pass** 片 登機證

❽ **baggage** [`bægɪdʒ] 名 行李　　❾ **scale** [skel] 名 磅秤

 故事記憶 Scenario ～劇情超連結，讓文字活起來！

　　Lisa and Julia are at China Airline's check-in counter. They are traveling to San Francisco today, and the ground staff is checking their bags and giving them their boarding passes. Going through airport security can take a lot of time. Fortunately, they always arrive at the airport three hours ahead so that they won't miss their flight.

　　麗莎和茱莉亞在中華航空的櫃檯，準備前往舊金山，而地勤人員正在檢查他們的行李並發給他們登機牌。雖然出關的機場安全檢查可能會占用很多時間，不過，他們總是會提前三小時到機場，就不會錯過班機了。

 單字延伸學 Vocabulary 〜聯想看看相關單字！

檢驗護照 Immigration

◎ **automated e-gate service** 片 自動通關
◎ **diplomatic channel** 片 外交禮遇通道
◎ **foreign national** 片 外國國籍
◎ **passport control** 片 護照查驗
◎ **visa** [`vizə] 名 簽證

機場報到 Checking in

◎ **airport terminal** 片 機場航廈
◎ **baggage claim area/carousel** 片
提領行李處 / 行李轉盤
◎ **checked baggage** 片 拖運行李
◎ **check-in counter** 片 報到櫃台
◎ **departure gate** 片 登機口

安全檢查 At the Checkpoint

◎ **conveyer belt** 片 輸送帶　　◎ **security officer** 片 安檢員
◎ **physical/X-Ray inspection** 片 身體接觸 / X 光檢查
◎ **thermal scanner** 片 體溫監控設備

海關查驗注意事項 Customs

◎ **agriculture produce** 片 農產品
◎ **confiscate** [`kɑnfɪsˏket] 動 沒收
◎ **declaration** [ˏdɛkləˋreʃən] 名 申報
◎ **prohibit** [prəˋhɪbɪt] 動 禁止
◎ **quarantine** [`kwɔrənˏtin] 名 檢疫；隔離

- **Where are you traveling today? / What is your final destination?** 請問您這趟旅行的目的地是哪裡？

- **Where is the check-in counter for China Airlines?** 請問中華航空的報到櫃檯在哪裡？

- **How many bags are you checking in today?** 請問您今天要拖運幾件行李？

- **Do you have any carry-on bags?** 請問您有手提行李嗎？

- **Don't bring more than 3.4 ounces (100 ml.) of any liquid on board.** 不要帶超過一百毫升的液體上機。

- **Is the flight on time?** 請問這班航班會準時抵達嗎？

- **Your flight is expected to take off on time.** 您的班機預計會準時起飛。

- **Flight 171 to Hong Kong has been cancelled.** 一七一號飛往香港的航班已經取消了。

- **Flight 771 to San Francisco is now boarding at Gate number 2. Please have your passport and boarding pass ready for boarding.** 搭乘七七一號班機飛往舊金山的乘客現在請準備登機，請將您的護照及登機證準備好。

文化大不同 Did you know?

　　從美國出發的航班，最好提早三個小時報到，免得卡在安檢隊伍當中而延誤登機，此外，還要注意：(1) 不帶超過一百毫升的液體上機，若有特殊狀況（如個人藥品、母乳等）須先向航空公司報備 (2) 進入安檢站前可先將護照及登機證拿在手上，方便查驗 (3) 一到安檢站就盡快將外套、帽子、鞋子、手錶、首飾等脫下，到金屬探測門前時馬上放輸送帶上過 X 光檢查機 (4) 要將大型電子產品如手提電腦、遊戲機等拿出 (5) 拖運行李要用海關認可的鑰匙鎖 (6) 不要亂開飛安的玩笑！

Unit 05

奢華頭等艙
Flying First Class

Part 6

旅遊與娛樂 Travel and Entertainment

1 apron [`eprən] 名 停機坪　　**2** jet bridge 片 上下機的梯子

3 cargo [`kɑrgo] 名 貨物　　**4** red-eye [`rɛd,aɪ] 片 紅眼航班的

5 lounge [laʊndʒ] 名 機場貴賓休息室；候機室

6 first class 片 頭等艙　　**7** top notch 片 第一流的；頂級的

8 emergency exit 片 緊急逃生口　　**9** legroom [`lɛg,rum] 名 放腳空間

10 inflight meal 片 機上餐點　　**11** cabin crew 片 機組人員

12 catering service 片 飲食服務

故事記憶 Scenario 〜劇情超連結，讓文字活起來！

Lisa is flying first class from Singapore to Sydney. She is sitting in the VIP lounge, holding her ticket, and waiting for boarding. Although it's midnight, she is still excited for her trip to Sydney.

麗莎將從新加坡飛往雪梨，她已訂好了頭等艙的機位，現在正在貴賓休息室，手中握著機票、等待登機；雖然現在已經半夜了，她還是感到很興奮，也很期待她的雪梨一遊。

 單字延伸學 Vocabulary〜聯想看看相關單字！

安全須知 About Safety

◎ **brace position** 片 防撞保護姿勢
◎ **life jacket** 片 救生衣
◎ **oxygen mask** 片 氧氣面罩
◎ **safety card** 片 安全指示說明卡
◎ **safety demonstration** 片 機上安全示範影片

機上餐點 In-flight Meals

◎ **galley** [ˈɡælɪ] 名 飛機上的廚房
◎ **diabetic meal** 片 專給糖尿病人的餐點
◎ **gluten-free meal** 片 無麩質餐
◎ **Kosher meal** 片 （宗教餐）猶太餐
◎ **vegetarian meal** 片 素食餐

客艙等級及服務 Travel Class & Services

◎ **business class** 片 商務艙　　◎ **economy class** 片 經濟艙
◎ **complimentary** [ˌkɑmpləˈmɛntərɪ] 形 免費贈送的
◎ **over-the-top amenities** 片 頂級的便利設施
◎ **premium economy class** 片 豪華經濟艙

機場人員 Cabin Crew

◎ **baggage handler** 片 行李搬運人員
◎ **chief purser** 片 座艙長
◎ **ground staff** 片 地勤人員
◎ **maintenance crew** 片 維修人員
◎ **pilot** [ˈpaɪlət] 名 機長

🖊 **On an airplane, first class is usually in the front of the plane.** 頭等艙通常都是位於飛機的前半部。

🖊 **First class passengers usually have special check-in and security zones at the airport.** 機場通常都有頭等艙乘客專用的報到櫃台及安檢通道。

🖊 **The first class cabin at the front of the plane may be just a few yards from your economy seat, but it might as well be in a different world.** 頭等艙或許離經濟艙不遠，但兩邊宛如是完全不同的世界。

🖊 **First class passengers get to board and de-board first, often without coming into contact with passengers in other sections.** 頭等艙乘客可優先上下機，而不會碰到其他艙等的旅客。

🖊 **Flying first class gives you the ability to work, as first class offers the space and power for you to stay productive.** 搭乘頭等艙讓你有機會能在航程中工作，因為頭等艙提供寬敞的空間及充足的電源，能讓你保持高效的工作效率。

🖊 **First class provides gourmet meals prepared by chefs with white linen tablecloth and real cutlery.** 頭等艙提供主廚準備的高級美食，桌上鋪著白色亞麻布桌巾及餐具組。

❝ 文化大不同 Did you know?

　　雖然現在出現了愈來愈多的尊榮／豪華頭等艙，但實際上，許多航空公司因為同業競爭、價格因素及廉航興起等因素，已縮減頭等艙的座位席次，所以有些航空公司會將頭等艙改為豪華商務艙，或增加商務艙席次，將機位做更有效的運用。而為將經濟艙獲利最大化，維京航空是第一家引進「高級經濟艙」（Premium Economy Class）概念的航空公司，此艙等較常出現在中或長程的航線，而價格位於一般經濟艙與商務艙中間，不過，空間通常比一般經濟艙大，也會免費提供個人用品（如牙刷、牙膏等物品）。❞

Part 6

旅遊與娛樂 Travel and Entertainment

海外留遊學體驗
Being Prepared to Study Abroad

❶ look up 片 查詢資料　　　　**❷ write down** 片 （在紙上）寫下
❸ university [ˌjunəˋvɝsətɪ] 名 大學　**❹ tertiary education** 片 高等教育
❺ alumni [əˋlʌmnaɪ] 名 校友　**❻ mortar board** 片 學士帽
❼ faculty [ˋfækḷtɪ] 名 大學教職員　**❽ study abroad** 片 遊學；留學
❾ study abroad agency 片 留遊學代辦

故事記憶 Scenario ～劇情超連結，讓文字活起來！

　　Kevin is a freshman at the University of Washington, and he is excited about the exchange-student program. He has never traveled overseas before and now he is looking forward to studying abroad. To be fully prepared, he is now looking into the history and culture of the university and checking out some language programs he can sign up before the semester starts.

　　凱文即將到交換到華盛頓大學留學，而感到非常興奮；他以前從未到過海外旅行，所以現在，他很期待可以出國留學。為了準備這趟旅程，他正研究著學校的歷史以及風氣，順便看看在學期開始之前可以參加哪些語言課程。

單字延伸學 Vocabulary ～聯想看看相關單字！

教職員工 Faculty & Staff

◎ **chancellor** [ˋtʃænsələ] 名 （大學）校長
◎ **associate professor** 片 副教授
◎ **assistant professor** 片 助理教授
◎ **sabbatical leave** 片 美國大學教授特休
◎ **tenure** [ˋtɛnjur] 形 終身聘僱的

大學講堂 In a Classroom

◎ **projector** [prəˋdʒɛktə] 名 投影機
◎ **screen** [skrin] 名 （投影機用的）布幕
◎ **slide** [slaɪd] 名 投影片
◎ **interactive whiteboard** 片 電子白板
◎ **dry erase marker** 片 白板筆

留學須知 Going Abroad

◎ **community college** 片 社區大學（兩年制大學）
◎ **homestay** [ˋhom͵ste] 名 寄宿家庭
◎ **language institute/school** 片 語言學校
◎ **student/visitor visa** 片 學生 / 停留簽證

學院 Colleges

◎ **College of Engineering** 片 工學院
◎ **College of Laws** 片 法學院
◎ **College of Liberal Arts** 片 文學院
◎ **College of Physical Education** 片 體育學院
◎ **College of Science** 片 理學院

🔍 For most freshmen, university is their first experience of living away from home. 對於大部分的大一新生而言，上大學是他們第一次體驗遠離家鄉的生活。

🔍 The biggest reason you should consider a study abroad program is the opportunity to see the world. 你一定要將出國留學納入考慮的一大原因是能有機會周遊世界、增廣見聞。

🔍 Also, you get to make friends from all over the world by studying abroad! 況且，你還可以交到來自世界各地的朋友！

🔍 Another reason you might consider studying abroad is for the chance to experience different styles of education. 另一個考量出國留學的原因是，你可以體驗不同的教育方式。

🔍 In college, there are so many things going on - among classes, clubs, and the social scene, your schedule will be full! 在大學裡，有許多各式各樣的活動，你的時間一下子就會被課業、社團、社交生活等填滿！

🔍 Studying abroad grants you the opportunity to completely immerse yourself in a new language, and there is no better way to learn than to dive right in. 出國留學讓你有機會能完全沉浸在新的語言環境裡，想要學習新的語言，沒有什麼方式會比這更好了。

❝ 文化大不同 Did you know? 💡

　　遊學和留學在英文的表達都是 study abroad，但遊學是指短期的時間到海外去進修（多數是語言方面）順便旅遊，而留學則是在海外大學或是研究所攻讀學位，少則一兩年，多則數年以上。不管是遊學也好，留學也好，最棒的一點就是可以體驗當地不同的民情文化；或許過程中要克服許多困難，例如會想家（homesick）、飲食及文化上的差異導致的文化衝擊（culture shock）、語言隔閡（language barriers）等問題，但克服之後，在海外求學必定收穫良多！❞

Unit 07

唱歌狂歡夜
Singing Karaoke All Night Long

 MP3 53

Part 6

旅遊與娛樂 Travel and Entertainment

❶ **private karaoke room** 片 卡拉 OK 包廂

❷ **karaoke machine** 片 卡拉 OK 機

❸ **lyric** [ˋlɪrɪk] 名 歌詞　　　❹ **melody** [ˋmɛlədɪ] 名 旋律

❺ **microphone** [ˋmaɪkrəˏfon] 名 麥克風

❻ **belting** [ˋbɛltɪŋ] 名 （用真聲）唱高音

❼ **clap** [klæp] 動 拍手

 故事記憶 Scenario ～劇情超連結，讓文字活起來！

　　Singing Karaoke is one of Monica's favorite things to do. This weekend, Monica and her friends decided to check out a new karaoke bar and they all had a great time together. In the newly-opened karaoke bar, they enjoyed singing the latest songs and having tons of delicious snacks, sweets and beverages.

　　唱卡拉 OK 是莫妮卡最喜歡做的事情之一。這個週末，莫妮卡和她的朋友們決定去一個新的卡拉 OK 吧，一起度過愉快的時光；而這間新的卡拉 OK 除了提供最新的流行歌曲之外，還有好吃的點心、甜點和飲料供他們享受。

182

單字延伸學 Vocabulary ～聯想看看相關單字！

唱歌技巧 Singing Techniques

◎ **bridging** [ˋbrɪdʒɪŋ] 名 轉音
◎ **falsetto** [fɔlˋsɛto] 名 假音
◎ **scat singing** 片 擬聲吟唱
◎ **vibrato** [vɪˋbrɑto] 名 顫音
◎ **whistle register** 片 海豚音

音樂類型 Music Genres

◎ **heavy metal** 片 重金屬樂
◎ **jazz** [dʒæz] 名 爵士樂
◎ **R&B (Rhythm & Blues)** 縮 節奏藍調
◎ **reggae** [ˋrɛge] 名 雷鬼樂
◎ **soft rock** 片 抒情搖滾

跟著旋律節奏 Melodies & Rhythm

◎ **high note** 片 高音
◎ **off key** 片 走調
◎ **rhythm** [ˋrɪðəm] 名 節奏
◎ **vocal cords** 片 聲帶

◎ **low note** 片 低音
◎ **pitch** [pɪtʃ] 名 音高
◎ **tempo** [ˋtɛmpo] 名 節拍
◎ **vocal range** 片 音域

享受唱歌時間 Enjoying Karaoke

◎ **accompaniment** [əˋkʌmpənɪmənt] 名 伴奏
◎ **backing** [ˋbækɪŋ] 名 伴唱
◎ **impress** [ɪmˋprɛs] 動 給…極深的印象
◎ **jukebox** [ˋdʒuk͵bɑks] 名 投幣式點唱機
◎ **lip-sync** [ˋlɪpsɪŋk] 動 對嘴

旅遊與娛樂 Travel and Entertainment

實用句練習 *Sentences～*「聊」癒你的破英文！

- **Pick songs that you know by heart and work for your voice.** 選你熟悉的並適合你的聲音的歌曲來唱。

- **Don't sing karaoke on an empty stomach.** 不要在空腹時唱卡拉 OK。

- **Lose yourself in the moment.** 沉浸在歌唱的當下吧。

- **Your breathing should be more controlled while singing.** 唱歌時應該要控制好你的呼吸。

- **Memorizing the lyrics of the song is the rule that all professional karaoke singers follow.** 唱卡拉 OK 的高手們一定會遵守的一項規則就是，要熟記歌詞。

- **Karaoke singing is a stress-reliever, and it makes you happy.** 唱卡拉 OK 可以紓壓，還能使你快樂。

- **Singing karaoke helps build your confidence.** 唱卡拉 OK 能幫你建立自信心。

- **Karaoke singing is another way of socializing with your friends and other people.** 唱卡拉 OK 是和朋友或其他人交際互動的一種方式。

- **Singing karaoke can also help you discover your hidden talent.** 唱卡拉 OK 也可幫助你找出不為人知的天份。

文化大不同 *Did you know?*

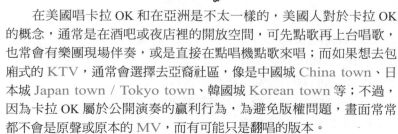

　　在美國唱卡拉 OK 和在亞洲是不太一樣的，美國人對於卡拉 OK 的概念，通常是在酒吧或夜店裡的開放空間，可先點歌再上台唱歌，也常會有樂團現場伴奏，或是直接在點唱機點歌來唱；而如果想去包廂式的 KTV，通常會選擇去亞裔社區，像是中國城 China town、日本城 Japan town / Tokyo town、韓國城 Korean town 等；不過，因為卡拉 OK 屬於公開演奏的贏利行為，為避免版權問題，畫面常常都不會是原聲或原本的 MV，而有可能只是翻唱的版本。

週末的電影時間
Going to the Movies

旅遊與娛樂 Travel and Entertainment

❶ **theater** [ˋθɪətə] / **cinema** [ˋsɪnəmə] 名 （美／英）電影院
❷ **box office** 片 售票處　　❸ **movie poster** 片 電影海報
❹ **silver screen** 片 電影銀幕　❺ **row** [raʊ] 名 一排
❻ **auditorium** [ˏɔdəˋtorɪəm] 名 觀眾席
❼ **action movie** 片 動作片　　❽ **popcorn** [ˋpɑpˏkɔrn] 名 爆米花
❾ **soda pop** 片 汽水　　❿ **combo** [ˋkɑmbo] 名 套餐
⓫ **movie ticket** 片 電影票

故事記憶 Scenario 〜劇情超連結，讓文字活起來！

　　Simon is asking Peter to go to the movies with him on the weekend. Peter wants to see action movies, so they are going to see Fast and Furious 8. They are also looking forward to the comfortable seats in the newly-renovated auditorium.

　　西蒙正在問彼得這個週末要不要和他一起去看電影，因為彼得想看動作片，所以他們將會去觀賞電影——玩命關頭八；而他們也很期待翻新後的電影院中，觀眾席會有舒適的座椅可以坐。

單字延伸學 Vocabulary ～聯想看看相關單字！

各種電影 Types of Movies

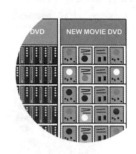

◎ **animation movie** 片 動畫片
◎ **chick flick** 片 愛情電影
◎ **horror movie** 片 恐怖片
◎ **mystery movie** 片 懸疑片
◎ **romance comedy (romcom)** 片 浪漫喜劇

放映前準備 At the Box Office

◎ **3D glasses** 片 3D 眼鏡
◎ **churro** [ˋtʃʊro] 名 吉拿棒
◎ **show time** 片 放映時刻表
◎ **slush** [slʌʃ] 名 冰沙
◎ **snack bar** 片 能量棒；穀物棒

電影迷須知 All About Movies

◎ **cast** [kæst] 名 卡司
◎ **prequel** [ˋprikwl] 名 前傳
◎ **sequel** [ˋsikwəl] 名 續集
◎ **Easter egg** 片 彩蛋（演員列表之後的劇情片段）

◎ **premiere** [prɪˋmjɛr] 名 首映
◎ **trailer** [ˋtrelə] 名 預告
◎ **blockbuster** [ˋblɑkˌbʌstə] 名 電影巨片

參與電影製作 About the Cast

◎ **A-lister** [ˋeˌlɪstə] 名 一線演員（相當於口語中的 A 咖）
◎ **cameo** [ˋkæmɪˌo] 名 客串演出
◎ **closing credits** 片 演員與職員名單
◎ **director** [dəˋrɛktə] 名 導演
◎ **producer** [prəˋdjusə] 名 製作

♣ **Would you like to go to the movies with me this weekend?** 這個週末要不要和我一起去看電影？

♣ **What movies are out now?** 現在正在上映什麼電影？

♣ **Hi! May I have two tickets to see "Jurassic World", please?** 你好，我要買兩張《侏儸紀世界》的電影票。

♣ **What time do you want the tickets for?** 您要看幾點的呢？

♣ **When is the next show?** 下一場電影是什麼時間？

♣ **The next show time is at 7 p.m.** 下一場的放映時間是晚上七點。

♣ **I would like to buy three tickets for the 5 p.m. showing of "Avengers", please.** 我要買三張下午五點的《復仇者聯盟》。

♣ **How much are tickets for children and adults?** 請問小孩及成人的電影票是多少錢？

♣ **We would like seats in row F, seat 11-13.** 我們想要 F 排十一到十三號的座位。

♣ **I would like a medium popcorn and a large Coke, please.** 我要一個中的爆米花還有大杯可樂。

♣ **"The Lord of the rings" was a blockbuster.** 《魔戒》是部很熱賣的強檔片。

文化大不同 Did you know?

　　在美國看電影和在台灣有幾個不同的地方：(1) 美國電影院大多沒有劃位制度，都是先到先入座（first come, first serve），所以熱門強檔上映時，大家都會提早去排隊買票、搶個好位子 (2) 美國的電影票比台灣便宜，且早場電影（matinee）可以省下近 30% 的費用 (3) 美國電影院大多會在入口處驗票，而不是每個放映廳口都有驗票人員查票，所以有些人會貪小便宜，用一張票看好幾場電影，這是很不好的行為 (4) 在美國看電影，只要是英語發音的電影都沒有字幕喔！

Unit 09 一起變沙發馬鈴薯吧
Couch Potatoes

❶ couch potato 片 電視迷；老是坐在電視機前的人

❷ remote control 片 遙控器　　　**❸ potato chips** 片 洋芋片

❹ home theater 片 家庭劇院　　**❺ speaker** [`spikə] 名 喇叭

❻ documentary [ˌdɑkjə`mɛntərɪ] 名 紀錄片

❼ subtitle [`sʌbˌtaɪtl] 名 字幕　　　**❽ DVD player** 片 DVD 放映機

❾ TV cabinet 片 電視櫃　　　**❿ surround sound** 片 環繞立體聲

故事記憶 Scenario 〜劇情超連結，讓文字活起來！

Claire and Penny are talking about their favorite TV shows. Claire loves to watch reality shows, such as Master Chief, while Penny prefers legal TV dramas, Law & Order, for example. Both of them are big fans of NatGeo's wildlife programs.

　　克萊兒和佩妮正在談論他們最喜歡的電視節目；克萊兒喜歡觀看真人秀節目，例如《地獄廚房》，而佩妮則喜歡有關法律的電視劇，像是《法網遊龍》，而且，他們倆還剛好都是國家地理野生動物頻道的忠實粉絲。

單字延伸學 Vocabulary～聯想看看相關單字！

電視節目 What to Watch

◎ **cartoon** [kɑr`tun] 名 卡通
◎ **drama** [`drɑmə] 名 劇情片
◎ **stand-up comedy** 片 獨角喜劇
◎ **talk show** 片 脫口秀
◎ **TV series** 片 影集；電視劇

CAST

Chen Zhen	JET LI
Ko Yamada	NAKAYAMA SHINO
Hou	CHIN SIU HO
General	BILLY CHAU
Funakoshi	KURATA YASUAKI
Uncle	PAUL CHIANG
Rose	ADA CHOI
Jie	YUEN CHEUNG
Ambassador	TOSHIMICHI
Wei	CAROL T

演員列表 Staff

◎ **co-star** [`ko‚stɑr] 名 聯合主演
◎ **dub** [dʌb] 動 配音
◎ **screenplay** [`skrin‚ple] 名 劇本
◎ **star** [stɑr] 名 明星 動 主演
◎ **voice over** 片 旁白

電視迷必知用語 TV Series

◎ **back to back** 片 連續播放
◎ **binge-watch** [`bɪndʒ‚wɑtʃ] 動 追劇
◎ **channel** [`tʃænl] 名 頻道
◎ **rerun** [`ri‚rʌn] 名 重播
◎ **episode** [`ɛpə‚sod] 名 一集
◎ **grand finale** 片 大結局
◎ **season** [`sizn] 名 （影集）一季

電視設備 Home Theater Essentials

◎ **AV receiver (AVR)** 片 擴音機
◎ **caption machine** 片 字幕機
◎ **live streaming** 片 直播
◎ **pay per view** 片 付費收看
◎ **set-top box (STB)** 片 電視機上盒

✍ **I binge-watched the entire season of "CSI: Las Vegas" last weekend.** 我上個週末追了整季的《CSI 犯罪現場：拉斯維加斯》。

✍ **I have been waiting for the third season of "Good Wife" for so long.** 我等第三季的《傲骨賢妻》等了好久啦。

✍ **Did you watch "CSI: New York" last night? I never miss it!** 你昨晚有看《CSI 犯罪現場：紐約》嗎？我每集必看！

✍ **I don't believe I will ever get tired of watching it.** 我絕對不會看膩這部影集的。

✍ **I am such a big fan of the show.** 我是這個節目的鐵粉。

✍ **What's on right now?** 現在電視上在播什麼節目？

✍ **Have you heard about "Friends"?** 你有聽過《六人行》嗎？

✍ **Who hasn't? It's my favorite sitcom!** 當然有聽過！這是我最喜歡的情境喜劇！

✍ **My favorite show is about to start.** 我最喜歡的節目要開始播了。

✍ **A season finale is the final episode of the season.** 本季的結局就是這季影集的最後一集。

✍ **Can you please stop channel surfing?** 拜託你，可不可以不要一直轉台？

文化大不同 Did you know?

　　看美劇能了解美國最新的文化、流行事物、口語用詞等，是個能快速增進聽力及口語的好方法，不過，像是熱門的 Game of Thrones（冰與火之歌 / 權力遊戲）、Walking Dead（陰屍路）、CSI（CSI 犯罪現場）、Doctor House（豪斯醫生）等，劇中有許多專有名詞或不會出現在現實生活中的情形（如殭屍等等），雖然影集很好看，但對初學者來說，較適合拿來練習聽力及口語的，大多數人都一致推薦 Friends（六人行），風趣幽默又貼近生活，是很好的入門選擇！

'HEAL' YOUR BROKEN ENGLISH IMMEDIATELY

節日節慶與特殊日子

Holidays and Special Days

想體驗人文，不妨參加各地節慶！

Try to join a local celebration if you are traveling abroad !

名 名詞　動 動詞　形 形容詞　副 副詞　縮 縮寫　片 片語

Unit 01

新年新希望
New Year's Resolutions

Part
7

節日節慶與特殊日子 Holidays and Special Days

❶ **New Year's Eve** 片 元旦前一晚 / **New Year's Day** 片 元旦
❷ **home party** 片 （在家裡舉行的）小型聚會
❸ **count down to the new year** 片 新年倒數計時
❹ **stroke of midnight** 片 午夜十二點整
❺ **celebration** [͵sɛləˋbreʃən] 名 慶祝；慶祝活動
❻ **confetti** [kənˋfɛtɪ] 名 五彩紙屑；彩色碎紙片
❼ **firework** [ˋfaɪr͵wɝk] 名 煙火　❽ **firework display** 片 煙火秀

 **故事記憶 Scenario** ～劇情超連結，讓文字活起來！

    Ann and Dan are talking about their plans for New Year's Eve. Dan is having a party at his place. He will invite all his friends over to eat, drink and dance until midnight. On the other hand, Ann is going to Central Park with her family to see the fireworks.

    安和丹正在談論他們對新年夜的計劃；丹會在他家舉行一場慶祝派對，並將邀請朋友到家裡來吃吃喝喝、跳舞，盡興到半夜，而安將會和家人一起去中央公園看煙火。

194

 單字延伸學 Vocabulary ~聯想看看相關單字！

新年活動 New Year Activities

◎ **countdown** [ˋkaʊntˏdaʊn] 名 倒數計時
◎ **dress up** 片 盛裝打扮
◎ **polar bear plunges** 片 北極熊跳
◎ **sing Auld Lang Syne** 片 唱「友誼萬歲」
◎ **watchnight service** 片 （天主教）彌撒

歡樂新年 Celebrating New Year

◎ **flag raising ceremony** 片 升旗典禮
◎ **go to a concert** 片 聽演唱會
◎ **listen to live music** 片 聽現場音樂會
◎ **New Year's Day Parade** 片 新年大遊行

新希望 New Year's Resolutions

◎ **achievement** [əˋtʃivmənt] 名 成就
◎ **milestone** [ˋmaɪlˏston] 名 里程碑
◎ **persistence** [pəˋsɪstəns] 名 堅持；持續
◎ **resolution** [ˏrɛzəˋluʃən] 名 決心

正式慶祝 Other Formal Celebrations

◎ **black tie dinner** 片 （須著正裝的）慈善晚宴
◎ **ceremony** [ˋsɛrəˏmonɪ] 名 典禮
◎ **festival** [ˋfɛstəvl] 名 節慶
◎ **gala** [ˋgelə] 名 晚會
◎ **soiree** [swaˋre] 名 （法）晚宴

✎ **What are you doing for New Year's Eve?** 你跨年夜那天有什麼計畫嗎？

✎ **Hi, Happy New Year to you!** 嗨，祝你新年快樂！

✎ **Thanks, the same to you!** 謝謝，也祝你新年快樂！

✎ **Wish you a happy, healthy and successful New Year.** 願你新的一年喜樂、健康又成功。

✎ **Wish you a Happy New Year filled with lots of blessings!** 祝你新的一年充滿許多祝福及喜樂！

✎ **A new year's resolution is a promise to make a change for the coming year.** 新年願望是在來年要做改變的承諾。

✎ **What are your New Year's resolutions?** 你的新年新希望是什麼呢？

✎ **Write down your New Year's resolutions and be specific with your goals.** 寫下你的新年願望並具體化你的目標吧。

✎ **75% of resolution-makers slip up in the first two months.** 有七成五的人許下新年願望後，在前兩個月內就出差錯了。

✎ **If you stand on the International Date Line, you can experience New Year twice!** 如果你站在國際換日線上面，你就可以體驗兩次新年！

文化大不同 Did you know?

　　許多美國人在慶祝跨年時，一到晚上十二點，大家就會拿各式各樣能發出聲響的東西，像是派對用的喇叭、搖鈴、響砲、哨子等大聲發出聲音、互相大叫新年快樂，在路上的車子則會按喇叭，船隻也會鳴汽笛，教堂則是鐘聲大響，而煙火、鞭炮齊放；而且，各州還有各自不同的慶祝習俗，像是加州有玫瑰花會，會用鮮花裝飾遊行車隊及街道，賓州的費城則有長達十小時的化妝舞會，每年參加的人數可多達兩萬，且這兩個活動都是從以前就開始，一直持續了幾十年呢！

農曆春節喜氣洋洋
Lunar New Year

❶ **spring cleaning** 片 （農曆過年前的）年終大掃除

❷ **diamond-shaped** [ˋdaɪmənd͵ʃept] 形 菱形的

❸ **mahjong** [mɑˋdʒɔŋ] 名 麻將　❹ **tile** [taɪl] 名 麻將牌

❺ **red envelope** 片 紅包　❻ **auspicious words** 片 吉祥話

❼ **spring couplet** 片 春聯　❽ **firecracker** [ˋfaɪr͵krækə] 名 鞭炮

❾ **reunion dinner** 片 團圓飯　❿ **steamed fish** 片 清蒸魚

故事記憶 Scenario ～劇情超連結，讓文字活起來！

　　Lydia is busy helping her mom clean the house, decorating front gates with spring couplets and preparing many gourmet dishes for tonight's reunion dinner. All family members will gather together to eat, drink and play mahjong on Chinese New Year's Eve.

　　莉迪亞正在忙著幫媽媽打掃房子，並幫忙在前門貼上春聯，還要為今晚的團圓飯準備許多美食，因為在春節前夕，所有家庭成員總是會聚在一起吃飯、喝酒和打麻將。

單字延伸學 Vocabulary～聯想看看相關單字！

恭賀新年 New Year's Blessings

恭喜發財

◎ **fortune** [ˈfɔrtʃən] 名 好運
◎ **longevity** [lɑnˈdʒɛvətɪ] 名 長壽
◎ **prosperity** [prɑsˈpɛrətɪ] 名 豐盛；富饒
◎ **surplus** [ˈsɝpləs] 名 盈餘
◎ **wealth** [wɛlθ] 名 財富

慶祝活動 Celebrations

◎ **ancestor worship** 片 祭祖
◎ **beehive fireworks** 片 鹽水蜂炮
◎ **dragon dance** 片 舞龍舞獅
◎ **sky lantern** 片 天燈
◎ **Chinese New Year visit** 片 拜年

團圓飯 Reunion Dinner

◎ **abalone** [ˌæbəˈlonɪ] 名 鮑魚
◎ **mustard green** 片 芥菜
◎ **red date** 片 紅棗
◎ **spring roll** 片 春捲
◎ **Buddha's delight** 片 佛跳牆
◎ **red cooked beef** 片 紅燒牛肉
◎ **sticky rice cake** 片 年糕
◎ **white cut chicken** 片 白斬雞

過年活動 Happy Lunar New Year

◎ **entertaining show** 片 表演活動
◎ **prize draw** 片 抽獎
◎ **reward** [rɪˈwɔrd] 名 獎賞
◎ **year-end bonus** 片 年終獎金
◎ **year-end party (Weiya)** 片 尾牙

實用句練習 Sentences～「聊」癒你的破英文！

- **Wishing you prosperity and wealth!** 恭喜發財！

- **May everything go as you hope!** 萬事如意！

- **Great fortune and great favor!** 大吉大利！

- **May you live long and prosper!** 願您多福多壽！

- **Wish you good fortune, and may all your wishes come true!** 祝您吉祥如意！

- **One of the traditional Spring Festival activities is decorating windows and front gates with spring couplets.** 在窗戶及門貼上春聯是春節的傳統活動之一。

- **Families gather together for the reunion dinner on Chinese New Year's Eve.** 家人們會在除夕夜團聚共享年夜飯。

- **It is believed that a thorough cleaning of a house can sweep away the bad fortune and welcome in good luck.** 人們相信大掃除可以將壞運趕出家門，並帶來好運。

- **Giving red envelopes is a gesture of giving good luck and wealth to the recipient.** 發紅包象徵為對方帶來好運及財富。

- **Every employee is expecting his/her year-end bonus.** 每位員工都在期待自己的年終獎金。

文化大不同 Did you know?

　　近幾年來，隨著社會變遷，可以明顯感覺到過年的氣氛越來越淡了；不過，在東南亞及其他的華人社會，農曆新年是最重要的中華傳統節慶，他們仍維持著舊有的傳統習俗，熱熱鬧鬧地過年，家家戶戶會忙著準備年夜飯、妯娌姑嫂廚房裡忙進忙出，也維持著寫對聯、貼春聯等傳統，當然也少不了年夜飯後發紅包、放鞭炮、家人團聚看台灣或中國的衛星節目（晚會節目）、話家常；而元旦當天，大家仍會忙著到親戚家拜年，還有舞龍舞獅及各種表演活動，好不熱鬧！

中秋烤肉賞圓月
Mid-Autumn Festival

❶ **autumn** [ˋɔtəm] 名 秋天　　❷ **full moon** 片 滿月
❸ **moon gazing** 片 賞月　　❹ **admire** [ədˋmaɪr] 動 欣賞
❺ **barbecue** [ˋbɑrbɪkju] 動 烤肉　　❻ **BBQ tong** 片 烤肉夾
❼ **BBQ skewer** 片 烤肉串　　❽ **BBQ grill** 片 烤肉爐
❾ **moon cake** 片 月餅　　❿ **cassia wine** 片 桂花酒
⓫ **picnic mat** 片 野餐墊

 故事記憶 **Scenario** ～劇情超連結，讓文字活起來！

　　Lynn and her family are having a barbecue party at the riverside park in Taipei. They gather together to share food, moon cakes, pastries and pomelos while gazing at the fullest and roundest moon. Laughter fills the park and people are having a great time celebrating Mid-Autumn Festival.

　　琳恩和她的家人正在台北一座河畔公園舉行燒烤派對，他們聚在一起分享食物、月餅、糕點和柚子，同時也一同欣賞漂亮的滿月。而在公園中，也有很多人在慶祝中秋節，而讓公園充滿了人們的歡笑聲。

 單字延伸學 Vocabulary～聯想看看相關單字！

故事與傳統 Mythology & Traditions

◎ **elixir** [ɪˋlɪksə] 名 仙丹；靈藥
◎ **folklore** [ˋfok͵lor] 名 民間故事；民間傳說
◎ **immortality** [͵ɪmɔrˋtælətɪ] 名 長生不老
◎ **jade rabbit** 片 玉兔
◎ **pomelo** [ˋpaməlo] 名 柚子

其他烤肉用具 Tools for BBQ

◎ **BBQ sauce** 片 烤肉醬
◎ **BBQ spatula** 片 烤肉鏟
◎ **charcoal** [ˋtʃɑr͵kol] 名 木炭
◎ **chimney starter** 片 木炭助燃器
◎ **flame gun** 片 噴火槍

賞月 Admiring the Moon

◎ **crescent** [ˋkrɛsnt] 名 新月；弦月　　◎ **lunar eclipse** 片 月蝕
◎ **moon phase** 片 月相　　　　　　　◎ **new moon** 片 新月
◎ **first/last quarter** 片 上弦月 / 下弦月
◎ **waxing/waning crescent** 片 眉月 / 殘月

各式月餅 Moon Cakes

◎ **coffee moon cakes** 片 咖啡月餅
◎ **jujube paste moon cakes** 片 棗泥月餅
◎ **lotus seed paste moon cakes** 片 蓮蓉月餅
◎ **salty egg yolk moon cakes** 片 蛋黃月餅
◎ **snowy moon cakes** 片 冰皮月餅

✒ **Mid-Autumn Festival is held on the 15th day of the eighth month of the lunar calendar with a full moon.** 中秋節是在農曆的八月十五日、滿月的夜晚舉辦的節慶。

✒ **Moon-gazing is a must-activity for families during Mid-Autumn Festival.** 賞月是闔家必在中秋節進行的活動。

✒ **Mid-Autumn festival, known as The Moon Festival, is also celebrated in many Asian countries.** 許多亞洲國家也慶祝中秋節，亦稱之為月亮節。

✒ **In Chinese tradition, the full moon is the symbol of family reunion.** 在中華傳統文化中，滿月象徵著家庭團圓。

✒ **Moon cakes are mostly round-shaped because it symbolizes completeness and togetherness in Chinese culture.** 月餅一般都是圓形的，因為圓形在中華文化中象徵著圓滿及和睦。

✒ **Many kids are excited about the Moon Festival because they get to make colorful lanterns and pomelo hats.** 許多小孩都很期待中秋節，因為他們可以動手做彩色燈籠及柚皮帽。

✒ **Chinese folklore has it that Chang'E drank the elixir of immortality and flew to the moon.** 在中國民間傳說中，嫦娥喝了長生不老藥後便飛去了月球。

66 文化大不同 Did you know?

　　韓國的中秋節也是他們的三大節慶之一，不過，他們稱之為「秋夕」，英文則說成 Korean's Thanksgiving（韓國的感恩節），韓國人在這一天，也會與家人團聚吃團圓飯，不過，他們一早就會開始準備盛宴、祭祀祖先，等早上的祭祀儀式結束後，全家就一起團聚、享用豐盛又美味的早餐，之後再一起去墓地掃墓、替墓地除草，以示孝道。另外，韓國一樣也有中秋送禮的習俗，不過他們是送一般的禮盒，從罐頭製品到高級人蔘都有呢！

99

享用感恩節大餐
Thanksgiving Dinner

Happy Thanksgiving!

❶ **parade** [pə`red] 名 遊行　　❷ **marching band** 片 軍樂隊

❸ **feast** [fist] 名 盛宴　　❹ **turkey** [`tɜkɪ] 名 火雞

❺ **gravy** [`grevɪ] 名 肉汁　　❻ **stuffing** [`stʌfɪŋ] 名 填料

❼ **green bean casserole** 片 青豆砂鍋

❽ **pumpkin pie** 片 南瓜派

故事記憶 Scenario ～劇情超連結，讓文字活起來！

Mika is an exchange student from Taiwan, and he is invited to spend the Thanksgiving holiday with Jack's family. Jack is Mika's roommate, and he is happy to help Mika understand more about American cultures and traditions. After learning the history of Thanksgiving, Mika is very much looking forward to his first Thanksgiving in the States and the very famous turkey dinner!

米卡是來自台灣的交換生，他被邀請與傑克的家人一起度過感恩節假期，而傑克是米卡的室友，很樂意幫他更了解美國的文化和傳統；在聽了感恩節的故事之後，米卡便更加期待他第一次的感恩節體驗以及最著名的火雞大餐！

單字延伸學 Vocabulary 〜聯想看看相關單字！

火雞大餐 A Lavish Dinner

◎ **cornbread** [ˋkɔrn͵brɛd] 名 玉米麵包
◎ **cranberry sauce** 片 蔓越莓醬
◎ **mashed potato** 片 馬鈴薯泥
◎ **pecan pie** 片 美洲山核桃派
◎ **sweet potato** 片 地瓜

遊行樂隊 Parades

Macy's Thanksgiving Day Parade

◎ **baton twirler** 片 指揮棒旋轉者
◎ **costumed** [ˋkastjumd] 形 變裝的
◎ **float** [flot] 名 花車
◎ **helium-filled balloon** 片 氦氣氣球
◎ **performance** [pəˋfɔrməns] 名 表演

感恩節起源 Origins of Thanksgiving

◎ **grow crops** 片 種植作物　　◎ **harsh winter** 片 嚴冬
◎ **native American** 片 美洲原住民（印地安人）
◎ **pilgrim** [ˋpɪlgrɪm] 名 清教徒　　◎ **settler** [ˋsɛtlə] 名 開拓者

火雞相關諺語 Turkey Slangs

◎ **cold turkey** 片 突然終止某種成癮的習慣
◎ **be stuffed like a turkey** 片 吃得太撐了
◎ **talk turkey** 片 嚴肅地談正經事；打開天窗說亮話
◎ **turkey pardon** 片 （美國總統）赦免火雞
◎ **What a turkey!** 片 真是個笨蛋！

- **Americans in the United States celebrate Thanksgiving on the fourth Thursday of November.** 美國人通常會在每年十一月的第四個星期四來慶祝感恩節。

- **Thanksgiving was initially a holiday to give thanks to God for the harvest.** 感恩節原本是個感謝上帝帶給人們豐收的節日。

- **The traditional turkey is the most important dish cooked in every house. Pumpkin pie, cranberry sauce, and cornbread are also part of the feast.** 對每個家庭來說，感恩節晚餐最重要的一道菜就是火雞，不過，南瓜派、蔓越莓醬、玉米麵包也是感恩節晚餐的一部分。

- **Many cities have large parades on Thanksgiving, and the most famous one is Macy's Thanksgiving Day Parade in New York City.** 許多城市在感恩節當天都會舉辦遊行活動，其中最有名的就是紐約市的梅西百貨感恩節大遊行。

- **Another popular activity to do on Thanksgiving is to watch NFL football.** 感恩節另一個受歡迎的活動就是看美式足球賽。（NFL = National Football League 美國的國家美式足球聯盟）

- **People also help the less fortunate on Thanksgiving Day by volunteering to serve food at homeless shelters.** 許多人也會在感恩節當天志願到收容所提供食物給有需要的人。

文化大不同 Did you know?

　　感恩節是美國最重要的節日之一，散布在全美各地的人們都趕在這一天回家團聚，和家人一起享用大餐。而傳統感恩節大餐的重頭戲就是火雞，人們一大清早就要起床處理火雞，從解凍、塞餡料（stuffing）、放入烤箱烘烤，還需準備配菜，如青豆砂鍋、玉米麵包、南瓜派、山胡桃派、蘋果派、餅乾或其他點心，之後還要布置餐桌、擺放餐具，所以美國人在下午時間（約兩點前後）就會開始吃感恩節晚餐，且一直進行到傍晚，而不是等到晚上才開始吃。

part 7

節日節慶與特殊日子 Holidays and Special Days

Unit 05 復活節尋彩蛋
Hunting for Easter Eggs

1 **Easter bunny** 名 復活節兔子　　**2** **Easter egg** 片 復活節彩蛋

3 **Easter egg hunt** 片 尋找復活節彩蛋活動

4 **Easter basket** 片 復活節彩蛋提籃

5 **cross** [krɔs] 名 十字架　　**6** **church** [tʃɝtʃ] 名 教堂

7 **paint/dye Easter egg** 片 彩繪復活節彩蛋

8 **religious** [rɪˋlɪdʒəs] 形 篤信宗教的；宗教上的

9 **Bible** [ˋbaɪbḷ] 名 聖經

 故事記憶 Scenario ～劇情超連結，讓文字活起來！

　　Madeline, a Sunday School teacher, is telling her students the origin of Easter Sunday. Later, they all go out to the garden to find the hidden Easter eggs. Kids are all having fun and love their chocolate eggs!

　　瑪德琳是主日學校的老師，她先向學生們說明了復活節的起源，之後，學生們便都到花園尋找被藏起來的復活節彩蛋。而孩子們都很開心，也很喜歡他們拿到的巧克力蛋！

單字延伸學 Vocabulary～聯想看看相關單字！

各宗教經典 Scriptures

◎ **Book of Mormon** 名 摩門經
◎ **Koran** [ko`rɑn] 名 可蘭經
◎ **New Testament** 名 （聖經）新約
◎ **Old Testament** 名 （聖經）舊約
◎ **Veda** [`vedə] 名 吠陀經

起源與甜食 Origins & Sweets

◎ **chocolate egg** 片 巧克力做成的彩蛋
◎ **jelly bean** 片 雷根糖
◎ **faith** [feθ] 名 信念；信任
◎ **Jesus Christ** 片 耶穌基督
◎ **resurrection** [.rɛzə`rɛkʃən] 名 耶穌復活

不同宗教信仰 Religious Belief

◎ **atheist** [`eθɪɪst] 名 無神論
◎ **Catholic** [`kæθəlɪk] 名 天主教徒
◎ **Hindu** [`hɪndu] 名 印度教徒
◎ **Muslim** [`mʌzləm] 名 回教徒
◎ **Buddhist** [`budɪst] 名 佛教徒
◎ **Christian** [`krɪstʃən] 名 基督徒
◎ **Jewish** [`dʒuɪʃ] 形 猶太教的
◎ **Taoist** [`tauɪst] 名 道教徒

崇拜聖殿 Places of Worship

◎ **cathedral** [kə`θidrəl] 名 天主教大教堂
◎ **chapel** [`tʃæpl̩] 名 小禮拜堂
◎ **mosque** [mɑsk] 名 清真寺
◎ **synagogue** [`sɪnəgɔg] 名 猶太教禮拜堂
◎ **temple** [`tɛmpl̩] 名 （佛教）寺廟

207

📝 **Easter falls on a different date each year.** 復活節每年的日期都不一樣。

📝 **Depending on when there is a full moon in Spring, Easter always falls on a Sunday between March 22 and April 25.** 復活節通常落在三月二十二日到四月二十五日的其中一個星期天，視哪一天為滿月而定。

📝 **Rabbits are ancient symbols of fertility and life, which is probably the inspiration for Easter bunnies.** 兔子在早期代表生育及生命，而這可能就是復活節兔子的起源。

📝 **For many Americans, Easter is all about sweet stuff: candy, of course!** 對許多美國人來說，復活節也是能大吃糖果的節日！

📝 **The Easter Bunny delivers candies and chocolate eggs in an Easter basket to children on Easter Sunday morning.** 復活節兔子會在復活節早上將糖果及巧克力蛋裝在籃子裡，並送到小朋友家門口。

📝 **In Switzerland, a cuckoo bird delivers Easter eggs, and in different parts of Germany, children wait for a fox to deliver Easter eggs.** 在瑞士，是由布穀鳥送復活節彩蛋給小朋友；而在德國某些地方則是由狐狸來分送復活節彩蛋的。

文化大不同 Did you know?

復活節原是為紀念耶穌基督在十字架上被處死後死而復生，到了今日，則演變成基督教最重要的節日之一，基督徒會在這一天慶祝耶穌基督的復活。不過，現在的復活節不只是宗教性的節日，更是充滿商業化的節慶，人們會採購如賀卡、糖果、巧克力彩蛋、巧克力兔子等各式各樣的禮物；另外，各國還有不同的慶祝活動及習俗，例如，美國有白宮的滾彩蛋活動，大家也會穿著新衣、象徵帶來好運，英國則有個遊戲是兩人將手中的雞蛋相互碰擊，看誰的蛋先破，誰就輸了；而在法國，送孩子們糖果的並不是兔子，而是長著翅膀的鐘呢！

萬聖節化身妖魔
Halloween Costume Party

❶ **Halloween** [ˌhælo`in] 名 萬聖節　　❷ **pumpkin** [`pʌmpkɪn] 名 南瓜

❸ **doorplate** [`dor͵plet] 名 門牌　　❹ **trick or treat** 片 不給糖就搗蛋

❺ **carve** [kɑrv] 動 割開；雕刻　　❻ **spider web** 片 蜘蛛網

❼ **witch** [wɪtʃ] 名 女巫　　　　　❽ **superman** [`supɚ͵mæn] 名 超人

❾ **grim reaper** 片 死神　　　　　❿ **costume** [`kɑstjum] 名 服裝

⓫ **fairy** [`fɛrɪ] 名 仙女　　　　　⓬ **mummy** [`mʌmɪ] 名 木乃伊

 故事記憶 Scenario ～劇情超連結，讓文字活起來！

Jane and Emily are planning to go trick or treating on Halloween night. They are talking about costumes they will wear and the activities they will do on Halloween. And, there are kids waiting at their doorstep, ready to fill their baskets with sweets!

簡和愛蜜麗計劃在萬聖節之夜去搗蛋，他們正在談論要穿的服裝以及想參加哪些活動；而在門前，已有一些小朋友等著將籃子塞滿糖果了！

單字延伸學 Vocabulary ～聯想看看相關單字！

萬聖節變身 Costumes

- **disguise** [dɪs`gaɪz] 動 喬裝；假扮
- **eye patch** 片 眼罩
- **magic wand** 片 魔杖
- **themed costume** 片 主題服裝
- **freak sb. out** 片 嚇著某人

嚇人裝扮 Trying to be Scary

- **living dead** 片 活死人
- **skeleton** [`skɛlətn] 名 骷髏頭
- **vampire** [`væmpaɪr] 名 吸血鬼
- **werewolf** [`wɪr,wʊlf] 名 狼人
- **zombie** [`zambɪ] 名 殭屍

其他萬聖節活動 More Activities

- **apple bobbing** 片 咬蘋果遊戲
- **haunted house** 片 鬼屋
- **Jack-O-Lantern** 片 南瓜燈籠
- **prank** [præŋk] 名 惡作劇
- **masquerade** [,mæskə`red] 名 化妝舞會

死亡相關諺語 Idioms Associated with Death

- **cheat death** 片 死裡逃生
- **dead man walking** 片 行屍走肉
- **Dead right!** 片 完全正確！
- **Over my dead body!** 片 想都別想！
- **You are dead meat.** 片 你死定了；你完蛋了

🔍 **Halloween is coming up!** 萬聖節快到了！

🔍 **What do you want to be for Halloween?** 萬聖節當天你想要打扮成怎樣呢？

🔍 **Telling ghost stories and watching horror films are popular activities at Halloween parties.** 說鬼故事及看恐怖電影是萬聖節派對中很受歡迎的活動。

🔍 **When most people think of Halloween, they think of trick-or-treating, parades, bobbing for apples and other family-friendly activities.** 當大部分的人想到萬聖節時，他們通常想到的都是「不給糖就搗蛋」、遊行、咬蘋果遊戲，還有一些適合闔家進行的活動。

🔍 **Halloween today is less about the fear of ghosts and more about costumes and candies.** 萬聖節已不再是關於對鬼魂的恐懼，而多半是變裝及糖果了。

🔍 **Today, Halloween is a big business, and the second-biggest commercial holiday after Christmas in the States.** 現今的萬聖節是個大商機，是美國繼聖誕節以來第二大的商業化節慶。

🔍 **Legend has it that unmarried women were told if they sat in a darkened room and gazed into a mirror on Halloween night, the face of their future husband would appear in the mirror.** 傳說中，如果未婚的女性在萬聖節夜晚坐在鏡子前面，可以看到她未來丈夫的長相。

Part
7

節日節慶與特殊日子 Holidays and Special Days

66 文化大不同 Did you know? 💡

　　根據統計，國外最受歡迎的十項與萬聖節有關的事依序為：(1) 美麗的秋天景緻 (2) 秋天涼爽的氣候 (3) 萬聖節裝飾與創意布置 (4) 令人毛骨悚然的恐怖電影 (5) 鬼屋 (6) 萬聖節糖果（特別是巧克力）(7) 各式各樣的慶祝活動及派對 (8) 變裝成另一個角色 (9) 萬聖節大採購（如服裝、面具、道具、糖果等）(10) 不給糖就搗蛋。 99

Unit 07 聖誕老公公來訪
Santa Claus Is Coming to Town

Part 7

節日節慶與特殊日子 Holidays and Special Days

❶ **Christmas Eve** 片 平安夜（即聖誕節的前一天晚上）

❷ **Christmas carol** 片 聖誕頌歌

❸ **mistletoe** [ˋmɪsḷ͵to] 名 槲寄生

❹ **European holly** 片 冬青

❺ **Santa Claus** 片 聖誕老公公

❻ **Christmas stocking** 片 聖誕襪

❼ **poinsettia** [pɔɪnˋsɛtɪə] 名 聖誕紅

❽ **mantel** [ˋmæntḷ] 名 壁爐台

❾ **Christmas tree** 片 聖誕樹

❿ **star of David** 片 大衛之星（常作為聖誕樹頂端裝飾）

⓫ **bow** [bo] 名 蝴蝶結

⓬ **Christmas bauble** 片 裝飾球

⓭ **candy cane** 片 拐杖糖

 故事記憶 Scenario 〜劇情超連結，讓文字活起來！

　　Jake and Madeline are talking about getting some Christmas shopping done together over the weekend. They have already put the Christmas tree up. The only thing missing is a gift for their child.

　　傑克和瑪德琳正討論要在週末一起購買一些聖誕禮物，目前，他們已經準備好聖誕樹了，現在就剩給孩子的禮物還沒準備好而已。

212

單字延伸學 Vocabulary ～聯想看看相關單字！

聖誕樹 Decorating the Tree

◎ **Christmas tree light** 片 聖誕樹彩燈
◎ **Christmas tree topper** 片 聖誕樹頂端裝飾
◎ **Christmas wreath** 片 聖誕花圈
◎ **ornament** [ˈɔrnəmənt] 名 裝飾品
◎ **tinsel** [ˈtɪnsl̩] 名 金蔥彩帶

聖誕食物 Food for Christmas

◎ **Christmas pudding** 片 聖誕布丁
◎ **eggnog** [ˈɛɡˌnɑɡ] 名 蛋酒
◎ **gingerbread house** 片 薑餅屋
◎ **roast ham** 片 煙燻火腿
◎ **roast turkey** 片 烤火雞

耶穌降生 Celebrating Jesus's Birth

◎ **angel** [ˈendʒl̩] 名 天使   ◎ **wise men** 片 智者
◎ **crib** [krɪb] 名 耶穌誕生的馬槽；搖籃
◎ **Nativity** [nəˈtɪvətɪ] 名 耶穌誕生（須大寫）
◎ **star of Bethlehem** 片 伯利恆之星

聖誕節氣氛 All about Christmas

◎ **Rudolph the red-nosed reindeer**
　　片 馴鹿（紅鼻子魯道夫）
◎ **sleigh** [sle] 名 雪橇
◎ **snowflake** [ˈsnoˌflek] 名 雪花
◎ **stocking stuffer** 片 塞在聖誕襪中的小禮物

✎ **Christmas is a few days away.** 再過幾天就是聖誕節了。

✎ **Christmas is around the corner!** 聖誕節快到了！

✎ **Merry Christmas and Happy New Year to you and your family!** 祝你和你的家人聖誕節快樂與新年快樂！

✎ **Children hang their Christmas stockings on mantels and wait for Santa's visit on Christmas Eve.** 小朋友們會將他們的聖誕襪掛在壁爐上，並等待聖誕老公公在平安夜來訪。

✎ **Decorating trees, exchanging gifts and singing songs about Santa Claus is what most people think of when it comes to Christmas.** 當提到聖誕節，大多數人通常都會想到裝飾聖誕樹、交換禮物，還有唱有關聖誕老公公的歌曲。

✎ **Santa Claus is based on Saint Nicholas of Myra, who was famous for giving gifts.** 聖誕老公公是依據土耳其瑪拉的聖尼可拉斯為雛形，而這位聖人是以贈送禮物而出名的。

✎ **Kissing under the mistletoe is one of the Christmas traditions.** 在槲寄生下接吻是聖誕節的傳統之一。

✎ **In the Catholic Church, Christmas and Easter are the only times that Mass is allowed to be held at midnight.** 只有在聖誕節及復活節，天主教堂才會舉辦午夜彌撒。

❝文化大不同 Did you know?

　　在美國，小朋友們會在平安夜要上床睡覺前，刻意留一塊餅乾及一杯牛奶，放在壁爐旁或是小桌子上，專門請聖誕老公公享用、來慰勞忙著辛苦送禮物的聖誕老公公，而英國則是放甜果派（mince pie），有時再加一杯白蘭地給聖誕老公公，並留下牛奶和一些紅蘿蔔給馴鹿；而英美的聖誕大餐都會吃烤火雞，但在甜點方面，英國有 Christmas pudding（聖誕節布丁），裡面含有各式大量的水果乾，常搭配白蘭地一起吃，美國則是吃南瓜派、蘋果派或水果蛋糕。❞

規畫生日派對
Planning a Birthday Party

❶ **bunting** [`bʌntɪŋ] 名 彩旗

❷ **balloon** [bə`lun] 名 氣球

❸ **banner** [`bænə] 名 橫幅

❹ **party hat** 片 派對帽

❺ **ribbon** [`rɪbən] 名 緞帶

❻ **host** [host] 名 東道主

❼ **birthday cake** 片 生日蛋糕

❽ **Pinata** [pin`jɑtə] 名 皮納塔（內部滿玩具與糖果的紙糊容器，於節慶或生日宴會上懸掛起來，讓人用棍棒打擊，打破時玩具與糖果會掉落下來）

故事記憶 Scenario ～劇情起連結，讓文字活起來！

Jason is planning a birthday party for Kenny, but he is struggling with ideas. So, Jason reaches out to Susan, Kenny's girlfriend, for suggestions. Susan proposes throwing a theme party, like a Casino Night, and Jason likes the idea! They are now decorating and preparing for this surprise party.

傑森正計劃為肯尼舉辦生日派對，但還拿不定主意，於是便向肯尼的女朋友蘇珊求助，蘇珊建議他可以舉辦一場主題式派對，像是「賭場之夜」，而傑森認為是個好主意！現在，他們正在布置、準備這場驚喜派對。

215

 單字延伸學 Vocabulary～聯想看看相關單字！

派對氛圍 Birthday Party

◎ **confetti cannon** 片 五彩紙屑拉炮
◎ **clown** [klaʊn] 名 小丑
◎ **party blower** 片 派對吹笛
◎ **wall decal** 片 牆上的貼花
◎ **wrapping paper** 片 包裝紙

壽星特權 Happy Birthday

◎ **birthday boy/girl** 片 壽星
◎ **birthday card** 片 生日卡片
◎ **birthday wish** 片 生日願望
◎ **blow out** 片 吹熄
◎ **candle** [ˋkændl̩] 名 蠟燭

慶生遊戲 Games You Can Play at a Party

◎ **bingo** [ˋbɪŋgo] 名 賓果
◎ **blow bubbles** 片 吹泡泡
◎ **charade** [ʃəˋred] 名 猜字謎（常寫作 charades，且作單數用）
◎ **musical chairs** 片 大風吹
◎ **Marco Polo** 片 抓人遊戲
◎ **Simon says** 片 老師說
◎ **trivia quiz** 片 機智問答

派對食物 More Food to Eat

◎ **corn dog** 片 美式熱狗
◎ **cup cake** 片 杯子蛋糕
◎ **frosting** [ˋfrɔstɪŋ] 名 （蛋糕上面的）糖霜
◎ **ice cream** 名 冰淇淋
◎ **mac and cheese** 片 起司通心麵

🔍 **What kind of birthday party will you hold?** 你要辦場什麼樣的生日派對呢？

🔍 **How's your party planning going?** 生日派對準備得如何了？

🔍 **Not well. I really can't think of anything to do.** 一點都不好，我實在想不到什麼好點子。

🔍 **Kenny loves going to a casino, so how about throwing him a Casino Night?** 肯尼喜歡賭場，要不要幫他辦個「賭場之夜」的主題生日派對？

🔍 **How do you celebrate your birthday?** 你都如何慶祝生日呢？

🔍 **What are you going to get for her birthday?** 你要送她什麼生日禮物呢？

🔍 **We will throw our son a birthday party next week. Do come!** 下禮拜，我們會幫我們兒子辦場生日派對，歡迎參加！

🔍 **We threw a surprise birthday party for our dear friend, Kelly.** 我們為好友凱莉舉辦了一場驚喜生日派對。

🔍 **She is the life and soul of the party.** 她是這個派對的靈魂人物。

🔍 **We had a whale of a time at Tommy's birthday.** 我們在湯米的生日派對上玩得非常開心。

文化大不同 Did you know? 💡

　　在歐美國家，許多家長通常都會在小朋友生日的好幾個星期之前，就先擬好賓客名單並將邀請函寄出，在收到客人的回函（R.S.V.P）確定人數後，再決定生日派對的主題及場地，通常地點會在自家庭院、餐廳或速食店等地方，之後還要布置場地、準備生日蛋糕、飲料、點心、遊戲活動、送參加派對的人的小禮物等事情要忙；除此之外，還得應付緊急情況，例如，有的小朋友會對某些食物過敏、在派對中受傷等大大小小的突發狀況，可是一點都不輕鬆呢！

手牽手走紅地毯
Walking Down the Aisle

❶ wedding ceremony 片 婚禮　　**❷ priest** [prist] 名 牧師

❸ bride [braɪd] 名 新娘　　**❹ veil** [vel] 名 面紗

❺ pronouncement of marriage 片 宣布成為夫妻

❻ groom [grum] 名 新郎　　**❼ wedding arch** 片 婚禮拱門

❽ newlywed [ˋnjulɪˌwɛd] 名 新婚夫婦（常用複數）

❾ wedding reception 片 婚宴

❿ cake topper 片 蛋糕最上層的裝飾

 故事記憶 Scenario ～劇情超連結，讓文字活起來！

　　Ryan and Amy are attending Beth's wedding ceremony. They are talking about how astonishing the bride is and how they also recall what their wedding was like. The guests are all glad for the newly weds, and everyone enjoys the lovely feast as well.

　　萊恩和艾咪參加了貝絲的婚禮，他們正在談論新娘是多麼令人驚豔，也回憶起他們的婚禮；而賓客們都替這對新人感到高興，也很享受豐盛的大餐。

單字延伸學 Vocabulary～聯想看看相關單字！

婚禮流程 Wedding Rundown

◎ **procession** [prə`sɛʃən] 名 家屬陸續進場
◎ **vow** [vaʊ] 名 誓言
◎ **exchange of vows** 片 新人交換誓言
◎ **ring exchange** 片 新人交換婚戒
◎ **kiss the bride** 片 親吻新娘

結婚周邊 Wedding Ceremony

◎ **best man** 片 伴郎
◎ **matchmaker** [`mætʃ`mekə] 名 媒人
◎ **maid of honor** 片 伴娘
◎ **flower girl** 片 花童
◎ **ring bearer** 片 戒童（通常為小男孩）

婚前慶祝 Before the Wedding

◎ **bachelor party** 片 告別單身漢派對
◎ **bachelorette party** 片 告別單身女派對
◎ **bridal shower** 片 為新娘舉辦的婚前派對（只限女生參加）
◎ **rehearsal dinner** 片 婚禮前一晚預演後的晚宴

婚禮服裝 Wedding Costumes

◎ **engagement ring** 片 訂婚戒指
◎ **garter** [`gɑrtə] 名 新娘的吊襪帶
◎ **tuxedo** [tʌk`sido] 名 新郎禮服
◎ **wedding band** 片 結婚戒指
◎ **wedding gown** 片 新娘婚紗

- **Rick is going to propose to his girlfriend tonight.** 瑞克今晚要向他的女朋友求婚。

- **Rebecca has been waiting for Rick to pop the question for years.** 蕾貝卡已經等瑞克求婚等好多年了。

- **Rebecca will walk down the aisle with Rick later this year.** 蕾貝卡今年將和瑞克結婚。

- **It's great that you will tie the knot.** 恭喜你們結為連理！

- **The bride and groom are perfect for each other.** 新娘和新郎真是天生一對。

- **You two are a match made in Heaven.** 你們倆真是天作之合。

- **I raise my glass to the happy couple, wishing you a long life together.** 我為這一對幸福的新婚夫妻乾杯，願你們白頭偕老。

- **In Western culture, it is the bride's father who pays for the wedding reception.** 在西方文化，會由新娘的父親支付喜宴費用。

- **Breaking glass is a Jewish wedding ritual.** 打碎酒杯是猶太婚禮中的其中一個習俗。

- **Throwing rice or confetti is a Western wedding custom.** 婚禮結束後向賓客撒米或彩色碎紙片是西方婚禮的習俗。

文化大不同 Did you know?

　　在美國婚禮，新娘一定要準備四樣物品穿戴在身上，簡稱「新、舊、借、藍」：(1) 新（something new）：新的婚紗禮服，表示新的開始 (2) 舊（something old）：家中相傳下來的古物，代表世代延續 (3) 借（something borrowed）：向親朋好友借東西，表示從別人得到祝福 (4) 藍（something blue）：只要是藍色的物品都可以，通常是指新娘穿的吊襪帶（garter）；而在婚禮結束之前，新郎會從新娘身上解下吊襪帶拋出，誰接到就意味著下一個結婚的人就是他。

Unit 10 黑髮人送白髮人
Attending a Funeral

Part 7 節日節慶與特殊日子 Holidays and Special Days

❶ **funeral** [`fjunərəl] 名 喪禮;出殯行列 形 葬儀的
❷ **bereavement** [bə`rivmənt] 名 喪親之痛
❸ **wake** [wek] 名 守夜　　❹ **casket** [`kæskɪt] 名 棺材
❺ **mortician** [mɔr`tɪʃən] 名 (美) 殯葬業者
❻ **hearse** [hɜs] 名 / **funeral car** 片 靈車
❼ **tombstone** [`tum,ston] 名 墓碑

 故事記憶 Scenario 〜劇情超連結,讓文字活起來!

Sarah's uncle passed away two weeks ago, and John was invited to attend the funeral. After the memorial service, they went to the cemetery to say the final goodbye to her uncle. John assured Sarah that he will always be there for her whenever she needs him.

莎拉的叔叔兩週前去世了,約翰也參加了這場葬禮。在追悼會結束後,他們便去墓地向叔叔說最後的告別,同時,約翰向莎拉保證,只要她需要他,他便會永遠在她身邊。

221

 單字延伸學 Vocabulary～聯想看看相關單字！

傷心哀痛 Bereavement

◎ **grieve** [griv] 動 悲傷
◎ **mourn** [morn] 動 哀慟；哀悼
◎ **pass away** 片 （委婉說法）過世
◎ **sympathy** [ˋsɪmpəθɪ] 名 同情心
◎ **weep** [wip] 動 哭泣；流淚

安息之地 Places for the Dead

◎ **cemetery** [ˋsɛmə͵tɛrɪ] 名 墓園
◎ **churchyard** [ˋtʃɝtʃ͵jɑrd] 名 教堂的墓地
◎ **graveyard** [ˋgrev͵jɑrd] 名 墓園
◎ **memorial park** 片 公墓；紀念公園
◎ **morgue** [mɔrg] 名 太平間；停屍間

追悼亡者 Grieving for Those Who Passed Away

◎ **crematory** [ˋkrimə͵torɪ] 名 火葬場 形 火葬的
◎ **burial at sea** 片 海葬　　　◎ **embalm** [ɪmˋbɑm] 動 防腐處理
◎ **memorial service** 片 告別式；追悼會儀式
◎ **undertaker** [͵ʌndɚˋtekɚ] 名 （英）殯葬業者

參加葬禮 Funerals

◎ **ash** [æʃ] 名 骨灰；灰燼
◎ **cremation** [krɪˋmeʃən] 名 火化
◎ **eulogy** [ˋjulədʒɪ] 名 悼詞
◎ **obituary** [əˋbɪtʃu͵ɛrɪ] 名 訃文
◎ **urn** [ɝn] 名 骨灰罈

✏ **I am so sorry for your loss.** 對於您所失去的，我感到非常遺憾。

✏ **I am here to help. Is there anything I can do?** 我會盡全力來幫忙您，有什麼是我可以做的嗎？

✏ **Please accept our deepest condolences.** 請節哀順變。

✏ **Our thoughts and prayers will be with you and your family.** 我們會替您和您的家人禱告的。

✏ **I have such fond memories of your uncle. He will be missed greatly.** 我對您的舅舅有著非常美好的回憶，我們會想念他的。

✏ **It took Tim over a year to get over the loss of his brother.** 提姆花了一年的時間才克服失去哥哥的傷痛。

✏ **John gave a touching eulogy at the memorial service.** 約翰在告別式上說的悼詞很感人。

✏ **A small gesture, like a phone call, can express your empathy.** 一個小小的舉動，像是一通電話，就可以表達你的憐憫與同理心。

✏ **Offer to help, but give the bereaved the space they need.** 你可以主動提議要幫忙，同時給失去至親的遺族一點空間。

✏ **When you are ready, I am here for you. I am only a phone call away.** 當您準備好時，只要一通電話，我便會為您而來。

文化大不同 Did you know?

　　參加喪禮時，人們總是覺得不知道該說什麼才好，但事實上，像喪禮這樣的場合，就適用 less is more（少即是多）原則，只要表達出心意以及關心即可，例如，可告訴服喪的家屬「I really don't know what to say, but I am so sorry for your loss.」（我真的不知該說什麼才好，但我對您的失去深感遺憾）。而不同於台灣大聲痛哭、擺宴席等習俗，美國的葬禮當天，親友會聚集在一起回憶、懷念死者，而在棺材入土後，親友及家屬便會丟鮮花，之後再封墓。

培養運動習慣與
新嗜好
Sports and Hobbies

運動揮汗，順便揮走你的破英文！
Time to say goodbye to your "broken English"!

名 名詞　動 動詞　形 形容詞　副 副詞　縮 縮寫　片 片語

永不滅的棒球魂
Always a Fan of Baseball

培養運動習慣與新嗜好 *Sports and Hobbies*

① **baseball field** 片 棒球場　② **pitcher** [ˋpɪtʃə] 名 投手

③ **outfielder** [ˋaʊt͵fildə] 名 外野手　④ **infielder** [ˋɪn͵fildə] 名 內野手

⑤ **inning** [ˋɪnɪŋ] 名 局次　⑥ **ball** [bɔl] 名 壞球

⑦ **strike** [straɪk] 名 好球　⑧ **batter** [ˋbætə] 名 打者

⑨ **baseball bat** 片 棒球球棒　⑩ **swing** [swɪŋ] 動 揮棒

⑪ **plate umpire** 片 主審裁判　⑫ **catcher** [ˋkætʃə] 名 捕手

故事記憶 Scenario ～劇情超連結，讓文字活起來！

　　Tommy and Jerry are huge fans of WBC (World Baseball Classic). They wouldn't miss tonight's final game against the Japanese team for the world. Most of all, they are going to the stadium to watch the game!

　　湯姆和傑瑞是世界棒球經典賽的忠實粉絲，所以他們一定不會錯過今晚對陣日本隊的決賽，而且最棒的是，他們還會去棒球場觀看現場的球賽！

 單字延伸學 Vocabulary ～聯想看看相關單字！

球員位置 Positions

- ◎ **center fielder** 片 中外野手
- ◎ **left-handed specialist** 片 左投
- ◎ **relief pitcher** 片 救援投手
- ◎ **shortstop** [`ʃɔrt͵stɑp] 名 游擊手
- ◎ **starting pitcher** 片 先發投手

投球技術 Pitching

- ◎ **curve ball** 片 曲球
- ◎ **foul ball** 片 界外球
- ◎ **ground ball** 片 滾地球
- ◎ **hit by pitch (HBP)** 片 觸身球
- ◎ **strike out** 片 三振

得分失分 Earning & Loosing Points

- ◎ **base on balls** 片 四壞球；保送上壘
- ◎ **bases loaded** 片 滿壘
- ◎ **hit** [hɪt] 名 安打
- ◎ **sacrifice hit** 片 犧牲打
- ◎ **tag out** 片 觸殺出局
- ◎ **walk-off home run** 片 再見全壘打

棒球場地 Baseball Field

- ◎ **base bag** 片 壘包
- ◎ **bull pen** 片 牛棚（候補投手練習區）
- ◎ **diamond** [`daɪəmənd] 名 內場
- ◎ **dug-out** [`dʌg͵aut] 名 球員休息區
- ◎ **on-deck circle** 片 打擊準備區

Part **8**

培養運動習慣與新嗜好 *Sports and Hobbies*

227

- **Do you follow baseball games?** 你有在關注棒球比賽嗎？

- **Would you like to join me to watch a live baseball game tonight?** 你今晚要不要和我一起看現場轉播的棒球賽？

- **Tommy and Jerry are crazy about baseball.** 湯米和傑瑞都非常熱衷於棒球。

- **Go, go Chinese Taipei! Go, go Chinese Taipei!** 中華隊加油！中華隊加油！

- **Final score in the baseball game was 7 to 5.** 這場棒球比賽最後的比數是七比五。

- **That player is stealing second base.** 這個球員盜上了二壘。

- **This player won the Major League MVP award last year.** 這位球員去年拿下大聯盟「最有價值球員」的頭銜。

- **My house is close to Taipei Municipal Baseball Stadium.** 我家離台北市立棒球場很近。

- **He wishes to join the professional baseball league when he grows up.** 他希望長大後能加入職業棒球隊。

- **What position do you play on your team?** 你是你們隊上打什麼位置的？

文化大不同 Did you know?

　　考證顯示，古希臘及印度的寺廟已有持棒打球的雕刻，不過一般認為，棒球最初起源於英國的板球運動（Cricket），是後來在美國十九世紀中，才被改良、發展成現在棒球運動的原型，並詳細規範了比賽方式。而相信有看棒球的朋友們都知道，如果兩隊平手，便會延長比賽直到分出勝負，因為這項規定，美國史上延續最長的棒球比賽就在一九八四年，芝加哥白襪隊對密爾瓦基釀酒人隊的比賽，在這場比賽中，兩隊竟僵持了二十五局、總共八小時六分鐘的時間！

Part 8 培養運動習慣與新嗜好 *Sports and Hobbies*

籃球賽拚輸贏
Winning Basketball Games

❶ **game clock** 片 比賽用的時鐘
❷ **basketball court** 片 籃球場
❸ **dribble** [`drɪbl̩] 名 運球
❹ **coach** [kotʃ] 名 教練
❺ **offense** [`ɔfɛns] 名 進攻
❻ **slam dunk** 片 灌籃
❼ **center line** 片 中線
❽ **three-point line** 片 三分線
❾ **free throw line** 片 罰球線
❿ **basket** [`bæskɪt] 名 籃網
⓫ **backboard** [`bæk͵bord] 名 籃板

 故事記憶 Scenario ～劇情超連結，讓文字活起來！

   Norman and his teammates are warming up at the basketball court. Coach Lee goes over the strategy with the team and gives them a pep talk before the game starts. The game today is very important to them. If they win, they'll get a chance to compete in the regionals!

   諾曼和他的隊友正在籃球場上熱身，而李教練正與球隊一起討論戰略，並在比賽開始前鼓舞他們。今天的這場比賽對他們來說很重要，因為如果贏了，才有機會可以參加區域大賽！

單字延伸學 Vocabulary～聯想看看相關單字！

隊伍構成 Player Positions

◎ **bench player** 片 替補球員
◎ **center** [ˋsɛntə] 名 中鋒
◎ **forward** [ˋfɔrwəd] 名 前鋒
◎ **guard** [gɑrd] 名 後衛
◎ **point guard** 片 控球後衛

磨練球技 Mastering Skills

◎ **assist** [əˋsɪst] 名 助攻
◎ **box out** 片 卡位
◎ **defense** [dɪˋfɛns] 名 防守
◎ **fast break** 片 快攻
◎ **crossover** [ˋkrɔs͵ovə] 名 胯下運球

犯規行為 Fouls

◎ **blocking foul** 動 阻擋犯規
◎ **foul** [faʊl] 名 犯規
◎ **push** [pʊʃ] 動 推人
◎ **throw a punch** 片 出拳打人

◎ **charge** [tʃɑrdʒ] 動 撞人
◎ **foul out** 片 五次犯規離場
◎ **technical foul** 片 技術犯規
◎ **travel** [ˋtrævl] 動 走步

籃球必知術語 Basketball Terms

◎ **block** [blɑk] 名 火鍋
◎ **fake** [fek] 名 假動作
◎ **free throw** 片 罰球
◎ **rebound** [rɪˋbaʊnd] 名 籃板球
◎ **three-pointer** [ˋθriˋpɔɪntə] 名 三分球

- If a player commits five fouls, he will be kicked out of the game. 如果同一球員犯規五次，他就會被罰下場。

- What's worse is that he can't take any further part in the game. 更糟的是，他不能繼續參加比賽。

- It's only 10 minutes into the game, too early to tell which team will win. 才剛剛開場比賽十分鐘，還不知道哪一隊會得勝。

- Come on, the other team has scored 15 points already; they are never going to catch up. 拜託，那隊已經領先十五分，對手不可能反超了。

- Are you guys up for a full court game? 你們要打全場嗎？

- Pass the ball to Norman. He is good at shooting. 把球傳給諾曼，他很擅長射籃。

- Let's hurry up; we can beat them in the first half. 我們加快腳步，在上半場打敗他們吧。

- He shot five 3-pointers and added 3 rebounds in this game. 這場比賽他總共投進了五個三分球，還搶了三個籃板球。

- In last night's game, Team USA took down Team Canada in a dramatic win. 昨晚的比賽中，美國隊戲劇性地打敗了加拿大隊。

part 8

培養運動習慣與新嗜好 *Sports and Hobbies*

文化大不同 Did you know?

　　籃球運動起源於十九世紀末的美國，是由美國一所基督教學校的體育教授所發明的；而早期籃球運動中使用的球是足球，一直到二十世紀中，才定義出籃球專用的球體及顏色（褐色），規定出比賽人數、場地規格、比賽規格等等，並將籃球比賽分為四節，在前二節及後二節之間設下十五分鐘的中場休息時間。現今，籃球比賽是世界觀看人數最多的運動項目之一，所產生的商業活動及利益也非常龐大，特別是美國，不僅是籃球的發源地，更是目前世界上籃球的霸主！

Unit 03 激起熱情的足球賽事
Cheering for Football Teams

Part **8**

培養運動習慣與新嗜好 *Sports and Hobbies*

❶ **sports bar** 片 運動酒吧
❷ **glass rack** 片 酒杯架
❸ **cheer** [tʃɪr] 動 歡呼
❹ **live stream** 片 實況轉播
❺ **national flag** 片 國旗
❻ **football field/pitch** 片 足球場
❼ **goal line** 片 球門線
❽ **goal** [gol] 動 進球
❾ **goal keeper** 片 守門員
❿ **kick** [kɪk] 動 踢球
⓫ **post** [post] 名 門柱

 故事記憶 Scenario 〜劇情超連結，讓文字活起來！

　　Max and Justin are watching a football match at a local sports bar. It is their home team playing against the away team. Everyone at the bar is cheering for their home team and yelling "GOAL!" whenever they score.

　　麥克斯和賈斯汀正在當地的體育酒吧觀看足球比賽，在這場比賽當中，他們的主場球隊將對陣客場球隊；酒吧裡面，每個人都為他們的主隊加油，而每當他們得分時，大家都會大聲歡呼。

232

 單字延伸學 Vocabulary ～聯想看看相關單字！

踢球技術 Kicking & Scoring

◎ **bicycle/overhead kick** 片 倒掛金鉤
◎ **corner kick** 片 角球
◎ **penalty kick** 片 點球（十二碼罰球）
◎ **tackle** [`tækl̩] 動 鏟球
◎ **triangular pass** 片 三角傳球

基本認識 Football Basics

◎ **crossbar** [`krɔs͵bɑr] 名 門楣
◎ **halftime** [`hæf͵taɪm] 名 半場（四十五分鐘）
◎ **kick-off circle** 片 開球區；中圈
◎ **penalty area** 片 禁區（罰球區）
◎ **touchline** [`tʌtʃ͵laɪn] 名 邊線

犯規與處罰 Fouls & Penalty

◎ **yellow card** 片 黃牌（小犯規）
◎ **red card** 片 紅牌（被舉紅牌的球員須立即下場）
◎ **diving** [`daɪvɪŋ] 名 假摔（犯規）
◎ **hand ball** 片 手球（以手碰球而犯規）

各球員職責 Football Positions

◎ **captain** [`kæptɪn] 名 隊長
◎ **center back** 片 中後衛
◎ **center forward** 片 中鋒
◎ **lineman** [`laɪnmən] 名 巡邊員
◎ **striker** [`straɪkə] 名 前鋒

培養運動習慣與新嗜好 *Sports and Hobbies*

Part 8
培養運動習慣與新嗜好 Sports and Hobbies

- ✎ **Let's watch the game together!** 一起來看場足球比賽吧！

- ✎ **What's the score?** 比賽分數如何？

- ✎ **It's 2-1 for Brazil.** 巴西隊目前以二比一領先。

- ✎ **Who are you cheering for?** 你支持哪一隊？

- ✎ **Who plays today?** 今天比賽的隊伍是哪兩隊？

- ✎ **In Group A, Spain advanced.** 在 A 組中，西班牙隊晉級了。

- ✎ **Whichever team wins will go on to play in the final game.** 不論是哪一隊贏，都可以晉級到總決賽。

- ✎ **Both teams have been good this year. It's hard to tell who'll be the champion.** 這兩隊今年都表現得很好，誰是冠軍很難說。

- ✎ **My favorite team didn't make the semi-finals this year.** 我最喜歡的球隊今年沒打進半決賽。

- ✎ **He almost scored. That was so close!** 他差點就得分了，好險！

- ✎ **It looks like he hurt his knee.** 他的膝蓋似乎受傷了。

- ✎ **There should be injury time added to the clock.** 應該要有傷停補時才對。

- ✎ **They tied up the score.** 他們打成平手了。

文化大不同 Did you know?

　　足球最早的起源是在中國戰國時代的「蹴鞠」，且此運動在二〇〇四也被國際足球總會認證；不過，在同時期的其他地方，也有類似的運動遊戲，像是古希臘也有類似足球的運動。而現代的足球是從十九世紀中的英國發展，至今已成為當今最具影響力的運動項目之一，在很多國家踢足球甚至是一門「藝術」，因此一個頂尖的足球運動員身價更是其他職業運動員所難以項背的，而每四年舉辦一次的世界杯足球賽（World Cup）更是與奧運並稱為地球上的兩大賽事！

深入認識排球
Knowing More About Volleyball

Unit 04

Part 8 培養運動習慣與新嗜好 *Sports and Hobbies*

❶ **referee** [ˌrɛfəˋri] 名 裁判　　❷ **boundary line** 片 界線
❸ **outside** [ˋautˋsaɪd] 名 出界
❹ **antenna** [ænˋtɛnə] 名 / **vertical rod** 片 標誌桿
❺ **receive** [rɪˋsiv] 動 接球　　❻ **serve** [sɝv] 動 發球
❼ **game** [ɡem] 名 （比賽）一局　　❽ **service line** 片 發球線
❾ **volleyball net** 片 球網

 故事記憶 Scenario ～劇情超連結，讓文字活起來！

Annie was invited to watch a volleyball match at a local stadium. Annie had never been to a volleyball game before, and she knew nothing about volleyball. With help from her friend, Max, who walked her through with the basic rules, Annie had a great time watching the game.

安妮被邀請到體育場觀看一場排球比賽，而安妮以前從未去過排球比賽，所以對排球一無所知，不過，在朋友馬克斯的幫助下，安妮便懂了基本規則，並愉快地看完這場比賽。

單字延伸學 Vocabulary～聯想看看相關單字！

傳球 Passing the Ball

◎ **blocker** [ˋblɑkɚ] 名 副攻手
◎ **libero** [ˋlibəro] 名 自由球員
◎ **passer** [ˋpæsɚ] 名 二傳手
◎ **setter** [ˋsɛtɚ] 名 舉球員
◎ **spiker** [ˋspaɪkɚ] 名 主攻手

排球基本 Basic Skills

◎ **block** [blɑk] 動 攔網
◎ **drop shot** 片 吊球
◎ **hold** [hold] 動 持球
◎ **pass** [pæs] 動 傳球
◎ **spike** [spaɪk] 動 扣球

排球必學用語 Terms

◎ **back flight** 片 背飛
◎ **dig** [dɪg] 動 救球
◎ **touch net** 片 觸網
◎ **spike off the block** 片 打手出界
◎ **double hit** 片 連擊
◎ **over-net hit** 片 過網擊球
◎ **set** [sɛt] 動 舉球

其它相關用語 More About Volleyball

◎ **beach volleyball** 片 沙灘排球
◎ **free ball** 片 自由球
◎ **official's tribune** 片 判台
◎ **pepper** [ˋpɛpɚ] 名 （熱身時）互相傳球及扣球
◎ **windmill smash** 片 鉤手扣球

- **Volleyball was first introduced as an Olympic sport in 1964.** 排球於西元一九六四年第一次在奧運亮相。

- **Volleyball took some of its characteristics from tennis and handball.** 排球同時融合了網球與手球的特點。

- **Volleyball is a game of two teams of six players separated by the net.** 排球比賽是由六人組成的球隊，而兩隊會分別站在球網的兩側。

- **A player on one team serves the ball from behind the back boundary line of the court.** 兩隊伍中，其中一隊的球員必須從球場底線發球。

- **The ball must travel over the net and into the opposing team's court.** 球必須要飛過球網到達對方場區。

- **The team can touch the ball up to three times in an attempt to hit the ball over the net and onto their opponent's side.** 每一隊都有三次碰球的機會，以將球打到對方的場區。

- **The longest recorded volleyball game was played in Kingston, North Carolina. It took 75 hours and 30 minutes.** 紀錄上，比賽時間最長的排球賽是在北卡羅萊納州的京士頓，這場比賽花了七十五小時又三十分鐘。

part **8**

培養運動習慣與新嗜好 *Sports and Hobbies*

文化大不同 Did you know?

　　排球起源於美國，因為當時的人們覺得排球和羽毛球很相似，所以排球以前被稱為 mintonette（意為「小網子」），之後才被改名為 volleyball（有「空中擊球」之意）；排球比賽中，有很多需要跳躍的動作，排球員一場比賽中，竟然會有多達三百次的跳躍動作，而排球中舉球及扣球的動作，便是由菲律賓在一九一六年推廣的。除了正規排球場中的比賽，沙灘排球也被列入奧運比賽之一，不過，場上每隊只能派出兩人，還是奧運唯一一項規定不可穿太多的比賽項目呢！

海灘與水上運動
Relaxing at a Beach

Part 8

培養運動習慣與新嗜好 *Sports and Hobbies*

① **snorkelling** [`snɔklɪŋ] 名 浮潛
② **beach umbrella** 片 陽傘
③ **beach lounger** 片 海灘躺椅
④ **bikini** [bɪ`kinɪ] 名 比基尼
⑤ **sunscreen lotion** 片 防曬乳
⑥ **banana boat** 片 香蕉船
⑦ **surfing** [`sɜfɪŋ] 名 衝浪
⑧ **swim ring** 片 游泳圈
⑨ **canoeing** [kə`nuɪŋ] 名 划獨木舟（單槳）
⑩ **lifeguard** [`laɪf͵gɑrd] 名 （泳池或海邊的）救生員
⑪ **heat stroke** 片 中暑

故事記憶 Scenario ～劇情超連結，讓文字活起來！

Allan and friends are going to Kenting to enjoy the summer sun and ocean. They are getting very tanned by doing lots of fun water sports, such as surfing, snorkeling and water skiing. It's the best summer ever!

艾倫和朋友們將前往墾丁享受夏日的陽光和海洋。他們會玩各種有趣的水上運動，像是衝浪、浮潛或騎水上摩托車等，來曬黑他們的皮膚；而對他們來說，這是有史以來最棒的夏日假期！

 單字延伸學 Vocabulary～聯想看看相關單字！

沙灘必備 On the Beach

◎ **lifeguard tower** 片 救生塔
◎ **board shorts** 片 海灘褲
◎ **kickboard** [ˋkɪkˌbord] 片 浮板
◎ **speedo** [ˋspido] 名 男子緊身（三角）泳褲
◎ **swim fin** 片 蛙鞋

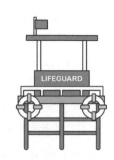

划船相關活動 Canoeing

◎ **kayaking** [ˋkaɪækɪŋ] 名 划獨木舟（雙槳）
◎ **paddle** [ˋpædl] 名 船槳 動 用槳划船
◎ **rafting** [ˋræftɪŋ] 名 泛舟
◎ **river tracing** 片 溯溪
◎ **windsurfing** [ˋwɪndˌsɝfɪŋ] 名 風帆衝浪

沙灘活動 What to Do on the Beach

◎ **water skiing** 片 滑水
◎ **dune buggy** 片 沙灘車
◎ **parasailing** [ˋpærəˌselɪŋ] 名 拖曳傘
◎ **scuba diving** 片 潛水（深潛）
◎ **Jet Ski** 片 水上摩托車
◎ **sand castle** 片 沙堡
◎ **sunbathe** [ˋsʌnˌbeð] 動 做日光浴

泳姿 Swimming Styles

◎ **backstroke** [ˋbækˌstrok] 名 仰式
◎ **breaststroke** [ˋbrɛstˌstrok] 名 蛙式
◎ **butterfly stroke** 片 蝶式
◎ **freestyle** [ˋfriˌstaɪl] 名 自由式
◎ **diving** [ˋdaɪvɪŋ] 名 跳水

- **I didn't expect the beach area in Kenting to be so crowded.** 我沒料想到墾丁沙灘上會有這麼多人。

- **I can't wait to go jet skiing!** 我已經等不及要騎水上摩托車了！

- **And the scuba diving is also amazing. I love to see coral and other marine life under the sea.** 潛水也很棒，我喜歡欣賞海底世界裡的珊瑚及海洋生物。

- **We should check out the aquarium, too. But for now, let's get a tan!** 我們應該也去海生館看看，但現在先一起享受日光浴吧！

- **I think I got too much sun today.** 我今天可能曬太多陽光了。

- **You really got burned. What happened?** 你是怎麼曬傷的？

- **I went swimming. Not only did I get a tan, but I also got a sunburn.** 我只是去游個泳，結果不僅曬黑，還曬傷了。

- **Rafting on the Xiuguluan River is a good way to experience nature.** 在秀姑巒溪泛舟是一種體驗大自然很棒的方式。

- **Safety is the main concern for all water sports.** 所有的水上活動，最重要的事就是安全。

- **Ask a lifeguard to help if you see someone in danger or drowning.** 當看到有人有危險或是溺水時，要尋求救生員的幫助。

文化大不同 Did you know?

　　最普遍和最早發展的水上運動就是游泳，它也是最早成為奧運比賽項目的水上運動之一。水上運動項目有很多種，主要分為水面上（如帆船、划船等）、水中（如游泳、水球）及水面下（如潛水等）；而連結水上的海灘，亦是休閒活動的重心，像是沙灘排球、沙灘足球、沙灘車等都很常見。不過，在台灣的民俗文化，農曆七月是忌諱去海邊或進行水上活動的，以科學角度來看，主要是因為那時候正值颱風季，海象多變，再加上若沒有安全意識，就很容易引起意外！

欣賞冬季運動
Enjoying Winter Sports

❶ **skiing** [`skiɪŋ] 名 滑雪 　　　❷ **ski** [ski] 名 滑雪板

❸ **build/make a snowman** 片 堆雪人

❹ **knee injury** 片 膝蓋受傷 　　❺ **snowball fight** 片 雪仗

❻ **alpine skiing (downhill skiing)** 片 高山滑雪

❼ **ski slope** 片 滑雪道 　　　　❽ **ski pole** 片 滑雪桿

❾ **goggles** [`gɑglz] 名 護目鏡 　❿ **sledding** [`slɛdɪŋ] 名 乘坐雪橇

 故事記憶 Scenario 〜劇情超連結，讓文字活起來！

　　Rita and Eric are learning how to ski at a skiing resort. Later, they are going to take a rest and watch the opening of the Winter Olympics. Their favorite event is ice hockey, and they are ready to cheer for their national team, Team Canada.

　　麗塔和艾瑞克正在滑雪山莊學滑雪，而他們待會休息時，還要順便觀看冬季奧運會的開幕典禮；他們最喜歡的冬奧賽事是冰上曲棍球，也已經準備好要為加拿大國家隊加油了。

滑雪 Enjoying Skiing

◎ **artificial snow** 片 人造雪
◎ **cross country skiing** 片 越野滑雪
◎ **snowboarding** [ˋsnoˏbordɪŋ] 名 單板滑雪
◎ **ski jumping** 片 跳台滑雪
◎ **snowmobile** [ˋsnomoˏbɪl] 名 雪上摩托車

運動傷害 Injuries

◎ **ACL injury** 片 前十字韌帶傷害
◎ **concussion** [kənˋkʌʃən] 名 腦震盪
◎ **shoulder dislocation** 片 肩膀脫臼
◎ **spinal injury** 片 脊椎傷害
◎ **wrist fracture** 片 手腕骨折

相關配備 Equipment & Facilities

◎ **bobsleigh** [ˋbabˏsle] 名 雪車；長雪橇
◎ **luge** [luʒ] 名 平底無舵雪橇（仰式雪橇）
◎ **cable car** 片 纜車　　◎ **chair lift** 片 吊椅
◎ **ice skating** 片 滑冰　　◎ **skating rink** 片 滑冰場

冬季運動 Winter Sports

◎ **curling** [ˋkɝlɪŋ] 名 冰壺
◎ **figure skating** 片 花式滑冰
◎ **ice fishing** 片 冰上釣魚
◎ **snowshoeing** [ˋsnoˏʃuɪŋ] 名 雪地健行
◎ **speed skating** 片 競速滑冰

🖊 **What's your favorite winter sport? Mine is ice hockey!**
你最喜歡哪項冬季運動？我最喜歡冰上曲棍球了！

🖊 **What Winter Olympics event would you most like to see?** 在冬季奧運當中，你最想看哪項比賽？

🖊 **Which country do you guess will win the most medals?**
你猜哪一個國家會贏得最多的金牌？

🖊 **Figure skating is one of the most popular events during the Winter Olympics.** 花式溜冰是冬季奧運比賽當中最受歡迎的賽事之一。

🖊 **There are men's, women's and pairs figure skating. And there is also dance figure skating.** 花式溜冰有分男子組、女子組、雙人組，還有舞蹈溜冰。

🖊 **The people who compete in the Olympic Games are mostly amateur athletes.** 參加奧運的選手大多是業餘運動員。

🖊 **Alpine skiing is just basically coming down a mountain.** 高山滑雪基本上就是從山頂上往下滑。

🖊 **Cross-country skiing is like a marathon for runners, except people do it on skis.** 越野滑雪就好比像是跑馬拉松，只是他們是用滑雪板來比賽。

part

8

培養運動習慣與新嗜好 *Sports and Hobbies*

❝ 文化大不同 Did you know? 💡

冬季奧運的比賽項目雖然比夏季奧運少很多，但這些賽事都很精彩刺激，其中，最受歡迎、最多人觀看的兩項比賽就是冰上曲棍球（ice hockey）與花式滑冰（figure skating）了，而這兩項比賽最初都是夏季奧運的比項目，之後的一九二四年才在法國冬奧正式登場；除了以上兩個熱門比賽項目之外，近年來，人們也開始對冰壺（curling）比賽產生興趣，看著選手們小心翼翼、精準地掃著冰壺前進的比賽，也是很令人屏息期待的呢！

❞

Unit 07 登山與露營
A Good Time in the Mountains

Part 8

培養運動習慣與新嗜好 *Sports and Hobbies*

① **hiking** [ˋhaɪkɪŋ] 名 登山　　② **trail** [trel] 名 小徑

③ **tent** [tɛnt] 名 帳篷　　　　④ **rope** [rop] 名 繩索

⑤ **cooler** [ˋkulə] 名 /cooler bag 片 保冷箱

⑥ **compass** [ˋkʌmpəs] 名 指南針　⑦ **flashlight** [ˋflæʃ͵laɪt] 名 手電筒

⑧ **campfire** [ˋkæmp͵faɪr] 名 營火；營火會

⑨ **slip** [slɪp] 動 滑跤　　　　⑩ **hiking pole** 片 登山杖

 故事記憶 Scenario ～劇情超連結，讓文字活起來！

Emily is going hiking with Nick. Emily is a beginner hiker, so Nick shows her how to prepare and things to know before they go hiking. After they arrive at the campsite, they build a tent and a campfire, and spend a nice day in the mountain.

艾蜜莉正要和尼克一起去登山，但艾蜜莉在登山方面仍只是初學，所以尼克便在事前向她說明如何做好準備與必須知道的事情。而到達營地之後，他們便一起搭了帳篷、建好營火，在山裡度過了美好的一天。

244

單字延伸學 Vocabulary ～ 聯想看看相關單字！

必要配備 Tools

- ◎ **first aid kit** 片 急救箱
- ◎ **navigation** [ˌnævəˋgeʃən] 名 導航
- ◎ **match** [mætʃ] 名 火柴
- ◎ **pocket knife** 片 小刀
- ◎ **tarp** [tɑrp] 名 防水布

登山用具 Hiking Gears

- ◎ **bandana** [bænˋdænə] 名 頭巾
- ◎ **bug spray** 片 防蟲噴霧劑
- ◎ **headlamp** [ˋhɛdˌlæmp] 名 頭燈
- ◎ **hiking boots** 片 登山靴
- ◎ **sun hat** 片 遮陽帽

裝備齊全 Must-have Equipment

- ◎ **air bed** 片 充氣床
- ◎ **altimeter** [ælˋtɪmətə] 名 高度計
- ◎ **rain jacket** 片 雨衣
- ◎ **air pump** 片 空氣幫浦
- ◎ **nylon cord** 片 尼龍繩
- ◎ **sleeping bag** 片 睡袋

準備食物 Food Preparation

- ◎ **roast marshmallow** 片 烤棉花糖
- ◎ **camping chair** 片 露營椅
- ◎ **canister stove** 片 登山爐
- ◎ **fire starter** 片 火種
- ◎ **griddle** [ˋgrɪdl] 名 淺鍋

🍃 **Hiking helps strengthen your core.** 登山能增強你的核心肌群。

🍃 **Hiking doesn't have to happen in mountains.** 登山健行並不是只有爬山而已。

🍃 **Hiking encompasses brisk walking and sometimes going up and down hills.** 登山還包含了快走還有上下山坡。

🍃 **Always be aware of your surroundings and conditions so you won't slip or fall.** 要隨時注意四周環境，才不會失足或摔跤。

🍃 **Consider using hiking poles to take the stress off from your knees and thighs.** 你可以考慮用登山杖減輕膝蓋及大腿的壓力。

🍃 **Test your gear before you go camping and hiking.** 去露營及登山健行前，要先檢查你的裝備。

🍃 **My favorite part about camping is the campfire!** 我最喜歡露營的其中一個原因就是營火會！

🍃 **Camping is an opportunity to bond with new and old friends and spend quality time with family.** 露營是個讓你和新、舊朋友建立良好關係，或是花時間陪伴家人的好機會。

🍃 **Being in nature boosts your mood and makes you happy.** 身處大自然之中可以改善你的心情，還能令你感到快樂。

❝文化大不同 Did you know? 💡

在登山、享受大自然的同時，還是要注意安全第一，記得盡量不要獨自登山，並以洋蔥式穿著應付天候變化；而下面也會分享一些有關登山的術語：(1) AT（Appalachian Trail）：為阿拉帕契山徑，是美國東部著名的長程徒步路徑，橫跨十四州、長達三千五百公里 (2) bushwhacking：指砍伐叢林開闢道路前進 (3) camel up：指到達有水源的地方時，要盡量多喝水和儲水，以免下一站沒水源可用 (4) declination（偏角）：使用GPS或指北針時，正北及磁北產生的差異。❞

Part 8

培養運動習慣與新嗜好 *Sports and Hobbies*

健身房揮汗
Working Out at a Gym

MP3 73

GYM

Part 8

培養運動習慣與新嗜好 Sports and Hobbies

❶ **gym** [dʒɪm] 名 健身房

❷ **work out** 片 鍛鍊

❸ **squat** [skwat] 名 深蹲

❹ **fitness** [`fɪtnɪs] 名 健身

❺ **biceps curl** 片 槓鈴彎舉

❻ **dumbbell** [`dʌm,bɛl] 名 啞鈴

❼ **cardio** [`kardɪo] 名 有氧運動

❽ **treadmill** [`trɛd,mɪl] 名 跑步機

❾ **sit-up** [`sɪt,ʌp] 名 仰臥起坐

❿ **gym mat** 片 運動用墊子

 故事記憶 Scenario ～劇情超連結，讓文字活起來！

Nancy and Tim are working out at the gym, and they both love spinning classes. Nancy's goal is to lose a few pounds while Tim is hoping to build muscle. They are sharing their tips of getting in shape after their spinning class.

南希和提姆正在健身房鍛鍊身體，而他們剛好都很喜歡飛輪課程，不過，南希的目標是減掉幾磅體重，而蒂姆則是希望增加肌肉；在上完飛輪課程之後，他們便與對方分享各自的塑身技巧。

單字延伸學 Vocabulary～聯想看看相關單字！

有氧訓練 Aerobics

◎ **aerobics** [ˌeə`robɪks] 名 有氧舞蹈
◎ **body combat** 片 拳擊有氧
◎ **cardio steps** 片 有氧階梯
◎ **Pilates** [pə`lɑtiz] 名 皮拉提斯（瑜珈）
◎ **spinning** [`spɪnɪŋ] 名 飛輪課程

健身房器材 Machines

◎ **elliptical machine** 片 滑步機
◎ **exercise bike** 片 飛輪
◎ **rowing machine** 片 划船器
◎ **stair climber** 片 階梯機
◎ **stationery bike** 片 室內健身腳踏車

訓練局部肌肉 Toning Particular Muscles

◎ **barbell** [`bɑr,bɛl] 名 槓鈴　　◎ **resistance band** 片 彈力帶
◎ **chest press machine** 片 坐姿胸推機
◎ **lat pulldown machine** 片 背部下拉機
◎ **leg press machine** 片 大腿推蹬機

徒手運動 Working Out without a Machine

◎ **crunch** [krʌntʃ] 名 捲腹
◎ **jumping jack** 片 開合跳
◎ **lunge** [lʌndʒ] 名 弓步
◎ **pull-up** [`pʌl,ʌp] 名 引體向上
◎ **push-up** [`pʌʃ,ʌp] 名 伏地挺身

🔍 **I need to start working out to burn some fat and get rid of my spare tire!** 我必須開始運動，才能燃燒脂肪、消除我的贅肉！

🔍 **You look great! Have you been working out?** 你看起來棒極了！你最近有在健身嗎？

🔍 **Wow, you have made some fantastic progress! How much have you lost?** 哇，看起來成效很棒！你瘦了幾公斤呀？

🔍 **Thanks! I have been working out for months trying to lose weight.** 謝謝！我這幾個月一直在健身、減重。

🔍 **Hopefully I will get in shape soon.** 希望我很快就能瘦身成功。

🔍 **How much can you bench press?** 你仰臥舉重可以做幾下？

🔍 **This barbell feels a little light.** 這個桿鈴感覺有點輕。

🔍 **Do you have any suggestions for an ab workout?** 關於腹部運動，你有什麼建議嗎？

🔍 **Try to do different things-- do sit-ups, push-ups, pull-ups, and squats; a little bit of everything.** 試著做不同的運動，例如仰臥起坐、伏地挺身、引體向上及深蹲，且每一種都做個幾下。

🔍 **Working out at a gym gives us focus and we need a schedule to stick to it.** 在健身房運動能讓我們更有目標，並依照時間表堅持鍛鍊。

文化大不同 Did you know?

　　「健美」這項活動是由德國人發起的，主要注重現肌肉的線條與美感，而健美先生／小姐就叫做 bodybuilder，與這個詞相似的字為 powerlifter，兩者最大差別在於 bodybuilder 的目的為練就一身壯大的肌肉，但 powerlifter 則是追求能舉得更重的能力。另外，現今的運動風氣非常盛行，在運動之前，一定要做好暖身（warm up）及緩和收操（cool down），才能有效健身又不傷身！

Unit 09 幾歲都能學跳舞
Dancing to the Beat

Part 8

培養運動習慣與新嗜好 *Sports and Hobbies*

❶ **dance studio/room** 片 舞蹈教室
❷ **tap dance** 片 踢踏舞 ❸ **salsa dance** 片 騷莎舞
❹ **street dance** 片 街舞 ❺ **ballet** [ˋbæle] 名 芭蕾
❻ **ballroom dance** 片 國際標準舞 ❼ **belly dance** 片 肚皮舞
❽ **tutu** [ˋtutu] 名 芭蕾舞裙 ❾ **pointe shoes** 片 芭蕾舞鞋
❿ **flamenco** [fləˋmɛŋko] 名 弗朗明哥舞蹈

 故事記憶 Scenario ～劇情超連結，讓文字活起來！

　　Rita is inspired by "Swan Lake" and now she is thinking about taking ballet classes. Before she begins her ballet class, she needs to get a pair of ballet shoes. She also needs ballet tights and a tutu to complete her ballet outfit.

　　麗塔因為被《天鵝湖》所感動，正考慮要參加芭蕾舞課程；而她開始上課之前，她得先買一雙芭蕾舞鞋，同時，也需要緊身衣和芭蕾舞短裙，才能備齊學芭蕾舞所需的服裝。

單字延伸學 Vocabulary～聯想看看相關單字！

國際舞 Ballroom Dance

◎ **cha-cha** [`tʃa`tʃa] 名 恰恰舞
◎ **foxtrot** [`faks,trat] 名 狐步舞
◎ **samba** [`sæmbə] 名 森巴舞
◎ **tango** [`tæŋgo] 名 探戈舞
◎ **waltz** [wɔlts] 名 華爾滋舞

其他舞風 Dance Styles

◎ **country and Western dance** 片 鄉村西部舞
◎ **disco dance** 片 迪斯可舞蹈
◎ **folk dance** 片 土風舞
◎ **lambada** [læm`badə] 名 黏巴達
◎ **pole dancing** 片 鋼管舞

現代舞 Contemporary Dance & Moves

◎ **break dance** 片 霹靂舞　◎ **hip hop** 片 嘻哈
◎ **freestyle dance** 片 無特定風格的舞蹈
◎ **jazz dance** 片 爵士舞　◎ **stomp** [stamp] 名 頓足爵士舞
◎ **swing dance** 片 搖擺舞　◎ **moon walk** 片 月球漫步

芭蕾舞 Learning Ballet

◎ **ballerina** [,bælə`rinə] 名 芭蕾舞者
◎ **battement tendu** 片 （芭蕾舞）延伸動作
◎ **barre** [bar] 名 （練習芭蕾舞的）扶手
◎ **choreography** [,kori`agrəfi] 名 編舞
◎ **plié** [`plaɪ] 名 （法）下蹲（芭蕾舞動作）

📝 **International Dance Day is celebrated every year on April 29.** 國際舞蹈節是在每年的四月二十九日舉行。

📝 **Dance is a great form of aerobic exercise since it works many muscles in the body.** 舞蹈是一種很棒的有氧運動，因為會使用到許多肌肉。

📝 **Dancing provides greater self-confidence and self-esteem.** 跳舞能提升自信心以及自尊。

📝 **Do warm up stretches or exercises before you begin a dance session.** 開始上舞蹈課之前要先做好暖身運動或伸展操。

📝 **Ballet is mostly performed to classical music, and focuses on strength, technique, and flexibility.** 芭蕾舞通常伴隨著古典樂來演出，專注於力量、技巧及靈活度。

📝 **Belly dancing originated in the Middle East and is a fun way to exercise.** 肚皮舞源自於中東，是有趣的運動方式。

📝 **Pole dancing has become popular as a form of exercise.** 鋼管舞已成為一種流行的運動。

📝 **Jazz is a high-energy dance style involving kicks, leaps, and turns to the beat of the music.** 爵士舞一種高能量的舞蹈，需要隨著音樂節奏而踢、跳躍及旋轉。

文化大不同 Did you know?

　　跳舞好處多多，可以改善心肺功能、美化肌肉線條、增強耐力、增進社交能力等等，但在開始跳舞前，要記得先做好暖身運動、多補充水分，並記得要穿著合適舞蹈的專業舞鞋才不會受傷。另外，專業舞者因對身體素質要求很高，所以很多舞者都在三十幾歲時便退休；而舞者之間也有一些迷信，像是有些人在上台之前會說 break a leg（字面上為摔斷腿的意思，後來才衍伸為祝人好運之意），他們相信在上台前說相反的話，就一定不會有上述的事情發生！

Unit 10
畫出心中的世界
Painting from Imagination

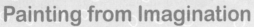

❶ **calligraphy scroll** 片 書法卷軸 ❷ **paint** [pent] 名 顏料
❸ **paint brush** 片 畫筆 ❹ **easel** [ˋizl̩] 名 畫架
❺ **drawing** [ˋdrɔɪŋ] 名 畫圖 ❻ **canvas** [ˋkænvəs] 名 畫布
❼ **portrait** [ˋportret] 名 肖像 ❽ **palette** [ˋpælɪt] 名 調色盤
❾ **painting** [ˋpentɪŋ] 名 繪畫 ❿ **abstract** [ˋæbstrækt] 形 抽象的
⓫ **frame** [frem] 名 畫框 動 裱框

故事記憶 Scenario ～劇情超連結，讓文字活起來！

Sean is interested in painting, and he is learning different types of painting and techniques. He has bought tons of books on art history and art techniques. Now, his room is full of books, his works, and painting tools.

尚恩對繪畫很感興趣，他正在學習不同類型的繪圖方式和技巧，也已經買了大量有關藝術史增進和繪畫技巧的書籍；所以現在，他的房間裡已塞滿了許多書、他的作品和繪圖用具。

 單字延伸學 Vocabulary～聯想看看相關單字！

彩繪 Painting

◎ **acrylic painting** 片 壓克力繪圖
◎ **oil painting** 片 油畫
◎ **pastel painting** 片 粉彩畫
◎ **sketch** [skɛtʃ] 名 動 素描；寫生
◎ **watercolor painting** 片 水彩畫

各種畫具 Art Supply

◎ **pastel** [pæs`tɛl] 名 乾粉彩
◎ **sketchbook** [`skɛtʃ,bʊk] 名 素描簿
◎ **tortillon** [tɔr`tijan] 名 紙捲鉛筆
◎ **varnish** [`varnɪʃ] 名 亮光漆
◎ **white school glue** 片 白膠

畫法 & 其他用具 Techniques & More Tools

◎ **digital painting** 片 電腦繪圖
◎ **fountain pen** 片 鋼筆
◎ **rendering** [`rɛndərɪŋ] 名 效果圖
◎ **shading** [`ʃedɪŋ] 名 描影法；明暗法
◎ **fresco** [`frɛsko] 名 壁畫
◎ **ink** [ɪŋk] 名 墨水
◎ **sand painting** 片 砂畫

不同畫風 Various Painting Styles

◎ **expressionism** [ɪk`sprɛʃən,ɪzəm] 名 表現主義
◎ **hyperrealism** [,haɪpə`rɪəl,ɪzəm] 名 超寫實主義
◎ **impressionism** [ɪm`prɛʃən,ɪzəm] 名 印象派
◎ **modernism** [`madən,ɪzəm] 名 現代主義
◎ **surrealism** [sə`rɪəl,ɪzəm] 名 超現實主義

✎ **Pastels, oil paints and watercolors are the basic modes of painting.** 繪畫的三大基本方式為粉彩畫、油畫以及水彩。

✎ **If you are looking for a faster-drying paint, acrylic paint is the best.** 若要找能快速乾燥的繪畫方式，壓克力是你最佳的選擇。

✎ **Sunflowers is a famous still life painting by Vincent van Gogh.** 〈向日葵〉是梵谷有名的靜物畫。

✎ **Sean has been practicing calligraphy since he was six.** 肖恩從六歲起就開始練習寫書法。

✎ **An abstract painting is a painting that doesn't show anything from real life. It is an expression of feelings.** 抽象畫描繪出來的常和真實生活無關，而是一種表現情感的繪畫方式。

✎ **Da Vinci's The Last Supper is a famous religious painting.** 達文西的〈最後的晚餐〉是幅很有名的宗教繪畫。

✎ **A landscape painting is a painting of nature, like mountains and trees.** 風景畫是描繪大自然的畫，如群山、樹木及動物。

✎ **A genre painting is a painting of a scene from everyday life, for example, a painting of regular people, musicians and farming life.** 風俗畫主要用來描繪庶民日常生活中常見的景象，像是市井小民、音樂家或農家生活。

Part 8 培養運動習慣與新嗜好 Sports and Hobbies

文化大不同 Did you know?

　　許多藝術家不只留下名作品，也留下了名言：畫家亨利‧馬諦斯說 Creativity takes courage.（創意來自於勇氣）；畢卡索則說 Every child is an artist. The problem is how to maintain an artist once we grow up（每個孩子都是藝術家，長大後能否仍保有藝術靈魂，才是關鍵）；而畫家薩爾瓦多‧達利說過 Have no fear of perfection, you'll never reach it.（別一心追求完美，沒人能達到完美的境界）。聽了這些名人的話語，是否有讓你信心又增加許多呢？

Unit 11

攝影師的角度
Improving Your Photography Skills

培養運動習慣與新嗜好 Sports and Hobbies

❶ **selfie stick** 片 自拍棒　　　❷ **scenic photo** 片 風景照
❸ **photography** [fə`tɑgrəfɪ] 名 攝影；攝影業
❹ **photograph** [`fotə,græf] 名 照片　❺ **close-up** [`klos,ʌp] 名 特寫
❻ **digital photo album** 片 電子相簿　❼ **flash** [flæʃ] 名 閃光燈
❽ **camera** [`kæmərə] 名 相機　　❾ **tripod** [`traɪpɑd] 名 三腳架

故事記憶 Scenario ～劇情超連結，讓文字活起來！

　　Ben just got back from Thailand. He shared his selfies taken in Thailand with his friend, Rick, who happens to be a famous photographer. Then, they discussed which one was the best shot and what photographic techniques Ben needed to improve on.

　　班剛從泰國回來，便和瑞克分享了他在泰國拍攝的自拍照，而瑞克剛好是一位有名的攝影師，所以他們之後便開始討論哪張照片拍得最好，還有班需要改進哪些攝影技巧。

單字延伸學 Vocabulary～聯想看看相關單字！

攝影基本 Photography

◎ **backlighting photograph** 片 逆光照
◎ **framing** [ˈfremɪŋ] 名 取景
◎ **photogenic** [ˌfotəˈdʒɛnɪk] 形 上相的
◎ **selfie** [ˈsɛlˌfi] 名 自拍
◎ **snapshot** [ˈsnæpˌʃat] 名 快照

各式照相機 Various Cameras

◎ **action shot camera** 片 動態照相機
◎ **cine/movie camera** 片 電影攝影機
◎ **folding camera** 片 風箱式照相機
◎ **single lens reflex camera** 片 單眼相機
◎ **vintage box camera** 片 復古箱式照相機

鏡頭及設備 Lens & Equipment

◎ **aperture** [ˈæpətʃə] 名 光圈
◎ **focus** [ˈfokəs] 名 調焦（相機聚焦）
◎ **shutter** [ˈʃʌtə] 名 快門
◎ **macro lens** 片 微距鏡頭
◎ **telephoto lens** 片 遠攝鏡頭
◎ **wide-angle lens** 片 廣角鏡頭
◎ **remote shutter** 片 遠距遙控快門

照片顯影 Developing

◎ **darkroom** [ˈdɑrkˌrum] 名 暗房
◎ **developer** [dɪˈvɛləpə] 名 顯影劑
◎ **emulsion** [ɪˈmʌlʃən] 名 感光
◎ **exposure** [ɪkˈspoʒə] 名 曝光
◎ **negative** [ˈnɛgətɪv] 名 負片

實用句練習 Sentences～「聊」癒你的破英文！

- **Can you take a picture for us?** 可以請你幫我們拍張照嗎？

- **I'd like to take a picture of it.** 我想拍這個物品。

- **Don't forget to take off the lens cap before you snap pictures.** 拍照前別忘了將鏡頭的蓋子取下。

- **Shoot during the best light whenever possible-- morning and evening.** 盡量在光線最佳的時間，即早晨或傍晚的時候拍照。

- **A good exposure is needed for taking a good photo.** 好的曝光意味著你照片的亮度是你所想要的。

- **If it's brighter than you want, it's overexposed. If it's darker than you want, it's underexposed.** 如果照出來太亮，就表示過度曝光；如果照出來太暗，則表示曝光不足。

- **One way to improve your shooting is to learn and understand your camera inside and out.** 徹底了解並學習使用你的相機是改善你拍照技巧的一個方法。

- **The best way to improve your photographic skills is practice. Shoot as much as you can.** 改善你攝影技巧的最佳方法就是不斷地練習，並盡可能多去拍照。

- **Make sure your subject is in focus.** 你必須確定你有對焦到欲拍攝的物件。

文化大不同 Did you know?

　　若你也是攝影愛好者，不妨參考以下拍出好照片的訣竅：(1) 隨時攜帶相機 (2) 了解你的相機 (3) 掌握基本原則，像是三分法則 (4) 從別人的照片中學習 (5) 一定要多拍；而術語方面，則必須記得景深（depth of field）、光圈（aperture range）、對焦（focal point）以及水平（horizon）；另外，近距離拍攝時，也別忘了準備微距鏡頭（macro lens），才能拍出完美的近距拍攝（close-up）喔！

Unit 12

寫作怡情養性
Writing Out Your Thoughts

 MP3 77

Part 8

培養運動習慣與新嗜好 *Sports and Hobbies*

❶ **paragraph** [ˋpærəˏɡræf] 名 （文章的）一段
❷ **expository writing** 片 說明文
❸ **journal** [ˋdʒɝn!] 名 期刊
❹ **thesis** [ˋθisɪs] 名 論文
❺ **script** [skrɪpt] 名 劇本
❻ **essay** [ˋɛse] 名 作文；短文
❼ **take notes** 片 做筆記

 故事記憶 **Scenario** ～劇情超連結，讓文字活起來！

Allan is taking English Writing 101, and he is trying to understand different writing styles and rhetorical modes. In the class, the professor talks about various types of creative writing and how students can proofread their own works. In addition, the professor also warns them that they must avoid plagiarism because any intent to steal others' works is considered unethical.

艾倫正在上英語寫作課，並試著了解不同的寫作風格和修辭技巧。在課堂中，教授介紹了幾種不同的寫作方式，也建議學生們可以怎樣校對自己的作品；另外，教授還警告他們不得抄襲別人的作品，因為意圖偷走別人的構想是很不道德的。

259

單字延伸學 Vocabulary～聯想看看相關單字！

各種寫作媒介 Writing Platforms

◎ **blogging** [ˋblɑɡɪŋ] 名 經營網誌
◎ **diary** [ˋdaɪərɪ] 名 日記
◎ **memoir** [ˋmɛmwɑr] 名 回憶錄
◎ **poetry** [ˋpoɪtrɪ] 名 詩；詩歌
◎ **song lyrics** 片 歌詞

寫作工具 Pens & Stationaries

◎ **ballpoint pen** 片 原子筆；圓珠筆
◎ **gel pen** 片 中性筆
◎ **highlighter** [ˋhaɪˌlaɪtə] 名 螢光筆
◎ **mechanical pencil** 片 自動鉛筆
◎ **paper weight** 片 紙鎮

文章構成 Article Composition

◎ **introduction** [ˌɪntrəˋdʌkʃən] 名 引言；序言（文章第一段）
◎ **topic sentence** 片 主題句（為每段第一句話）
◎ **supporting sentence** 片 支持論點的句子
◎ **conclusion** [kənˋkluʒən] 名 結論（文章最後一段）

不同文體 Writing Styles

◎ **argumentative writing** 片 論說文
◎ **descriptive writing** 片 描述文
◎ **narrative writing** 片 記敘文
◎ **persuasive writing** 片 說服文（說服讀者認同作者觀點）
◎ **rhetorical mode** 片 表達方式

- **A writing style is how the writer chooses to express himself or herself through writing.** 寫作文體是作者透過書寫來闡述他／她的觀點的一種寫作方式。

- **The explanatory article in an encyclopedia is a kind of expository writing.** 百科全書的條目釋文也是一種說明文。

- **Descriptive writing's main purpose is to describe, which focuses on describing anything in great details.** 描述文的主要目的就是描述，即把事情鉅細靡遺地描寫出來。

- **Persuasive writing's main purpose is to convince others to agree with the author's point of view.** 說服文的主旨就是說服別人認同作者的觀點。

- **Narrative writing can be found in fiction, poetry, biographies and anecdotes.** 記敘文的文體可以在小說、詩歌、傳記和軼事中看到。

- **The purpose of rhetorical modes is to persuade and get a message across.** 在文章中，修辭方式的目的是在於說服讀者，並將信息傳遞給其他讀者。

- **Essay writing is a common school assignment and a requirement on college applications.** 短文寫作是很常見的作業形式，更是美申請美國大學的要件之一。

Part

8

培養運動習慣與新嗜好 *Sports and Hobbies*

文化大不同 Did you know?

　　完整的英文作文至少會包括五個段落：(1) 第一段：為 introduction，旨在介紹文章大意，常以 hook（勾引讀者注意力的句子）開頭，激起讀者的好奇心，並以 thesis statement（主旨句）點出整個文章的大方向及核心，(2) 第二至四段：為 body paragraph（主文），需搭配 supporting idea（支持論點）來說服讀者 (3) 第五段：為 conclusion，需簡潔有力地再重申一次你的論點。

99

表演藝術表現自我
Performing Arts

❶ **recital** [rɪ`saɪtl̩] 名 獨奏會；獨自演出

❷ **performing arts** 片 表演藝術（包含音樂、舞蹈、歌劇、音樂劇等）

❸ **production** [prə`dʌkʃən] 名 （戲劇）演出

❹ **stage** [stedʒ] 名 舞台　　❺ **stage curtain** 片 舞台布幕

❻ **props** [praps] 名 道具　　❼ **theater** [`θɪətə·] 名 劇院

❽ **masterpiece** [`mæstə·ˌpis] 名 傑作；名作

 故事記憶 Scenario ～劇情超連結，讓文字活起來！

　　Emily went to see the Broadway musical Les Miserables, and she was deeply touched by the beautiful performance and the music. She's thinking of getting a ticket for another famous musical-Mamma Mia-for next month.

　　艾蜜莉去看了百老匯音樂劇〈悲慘世界〉，而被表演和音樂深深打動，於是計畫在下個月預約另一部著名音樂劇〈媽媽咪呀〉的票券。

 單字延伸學 Vocabulary ～聯想看看相關單字！

舞台 On the Stage

◎ **audio** [`ɔdɪ͵o] 名 音響裝置
◎ **box office** 片 售票處
◎ **curtain** [`kɝtn] 名 布幕
◎ **dressing room** 片 演員化妝室
◎ **lighting** [`laɪtɪŋ] 名 燈光

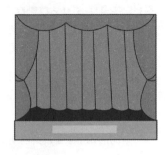

名作品 Masterpiece

◎ **Hamlet** [`hæmlɪt] 名 哈姆雷特
◎ **Henry V** 片 亨利五世
◎ **Macbeth** [mək`bɛθ] 名 馬克白
◎ **Oedipus the king** 片 伊底帕斯王
◎ **Romeo and Juliet** 片 羅密歐與茱麗葉

表演活用技術 Techniques

◎ **abdominal breathing** 片 腹式呼吸法
◎ **body movement** 片 肢體動作
◎ **improvise** [`ɪmprəvaɪz] 動 即興創作；即興表演
◎ **monologue** [`manl͵ɔg] 名 獨白

更多表演藝術 More about Performing Arts

◎ **acting** [`æktɪŋ] 名 演戲
◎ **circus acts** 片 馬戲團表演
◎ **crosstalk** [`krɔs͵tɔk] 名 相聲
◎ **drama** [`dramə] 名 戲劇
◎ **magic** [`mædʒɪk] 名 魔術

實用句練習 *Sentences* ～「聊」癒你的破英文！

🖊

- **Performing arts refer to the forms of art where an artist uses his or her own face, body and presence.** 表演藝術是指藝術家使用他 / 她的臉龐、肢體及自身的存在來表現的一種藝術形式。

- **The most common forms of performing arts in theaters are acting and music.** 在劇院中最常見的表演藝術為演戲與音樂表演。

- **Music can occur in purely instrumental or vocal form.** 音樂的形式可以是純樂器演奏或是聲樂。

- **Opera is a form of performing arts and is usually done in an opera house.** 歌劇是表演藝術的一種，通常都是在歌劇院進行。

- **Most live theater venues consist of an elevated stage and a space for an audience.** 大部分的劇院會包含一個升高的舞台及可供觀眾現場觀賞的空間。

- **Magic and circus arts are conducted live before an audience and may use special effects that blur the line between perceived and actual reality.** 魔術及馬戲表演都是在觀眾面前現場演出，且可能會使用特效來創造虛幻的效果。

- **Actors must have a good feel for music, even if they cannot sing a note.** 演員必須要有音感，即便他們一個音符都不會唱。

- **World Theater day is celebrated every year on March 27.** 每年的三月二十七日是「世界戲劇日」。

▌▌ 文化大不同 Did you know? 💡

國外研究發現，學習才藝對發展有五大幫助：(1) Higher academic achievement 較好的學業成績表現 (2) Confidence and self-presentation skills 培養自信及自我表現的能力 (3) A medium for self expression 藉由演出來表達自我情感 (4) Problem solving and perseverance 培養解決問題及堅毅的態度 (5) Empathy and compassion 加強同理心及同情心。有空的話不妨也培養才藝或興趣吧！ ▐▐

Part **8**

培養運動習慣與新嗜好 *Sports and Hobbies*

Unit 14 園藝花花草草
Growing Flowers and Plants

❶ **gardening** [ˋgɑrdnɪŋ] 名 園藝　　❷ **shrub** [ʃrʌb] 名 灌木

❸ **herb** [hɝb] 名 香草　　❹ **bell pepper** 片 甜椒

❺ **potting soil** 片 培養土　　❻ **seed** [sid] 名 種子

❼ **flower pot** 片 花盆　　❽ **trowel** [ˋtrauəl] 名 小鏟子

❾ **garden fork** 片 園藝叉　　❿ **garden shear** 片 園藝剪

⓫ **horticulturist** [͵hɔrtɪˋkʌltʃərɪst] 名 園藝家

故事記憶 Scenario ～劇情超連結，讓文字活起來！

　　Mika loves to play in the dirt and enjoys planting seeds in the garden. After three years of constant caring, his garden has become beautiful and vigorous. He is now trying to grow some herbs in his garden, and he really looks forward to a cup of herbal tea after succeeding in growing them.

　　米卡喜歡在泥土中玩耍，也喜歡在花園種花草；而他的花園經過三年的細心照顧，現在已經變得非常漂亮、生機盎然。現在，他正試著種植一些香草，並很期待成功之後，可以好好享用一杯花草茶。

單字延伸學 Vocabulary～聯想看看相關單字！

園藝工具 Gardening Tools

◎ **container** [kən`tenə] 名 容器
◎ **digging fork** 片 掘土叉
◎ **hoe** [ho] 名 鋤頭
◎ **shovel** [`ʃʌvl̩] 名 鏟子
◎ **watering can** 片 澆水壺；長嘴噴水壺

常見花草 Flowers

◎ **coneflower** [`kon͵flauə] 名 黃雛菊
◎ **daylily** [`daɪ͵lele] 名 萱草（一日百合）
◎ **iris** [`aɪrɪs] 名 鳶尾
◎ **orchid** [`ɔrkɪd] 名 蘭花
◎ **peony** [`piənɪ] 名 牡丹

香草 Herbs

◎ **lavender** [`lævəndə] 名 薰衣草
◎ **mint** [mɪnt] 名 薄荷
◎ **parsley** [`parslɪ] 名 荷蘭芹
◎ **rosemary** [`rozmɛrɪ] 名 迷迭香

◎ **lemon grass** 片 檸檬香茅
◎ **oregano** [ə`rɛgə͵no] 名 牛至
◎ **sage** [sedʒ] 名 鼠尾草
◎ **thyme** [taɪm] 名 百里香

照顧好花園 Attending Your Garden

◎ **botany** [`batənɪ] 名 植物學
◎ **fertilizer** [`fɜtl̩͵aɪzə] 名 肥料
◎ **mineral** [`mɪnərəl] 名 礦物質
◎ **pest** [pɛst] 名 害蟲
◎ **weed** [wid] 名 雜草 動 除雜草

🖉 **The act of caring for a garden by watering the flowers and plants and removing the weeds is called gardening.** 照顧花園、替花和植物澆水及除雜草的動作，就稱為「園藝」。

🖉 **Sunlight and water are very important to any garden.** 陽光和水分對每一個花園來說都很重要。

🖉 **Fertilizer is not the answer to growing the best plants; soil quality is.** 肥料並不是植物生長良好的因素，好的土壤才是。

🖉 **Avoid digging or planting in wet soil because it may ruin the soil structure.** 你必須避免在土壤潮濕的時候挖土或是播種，以免破壞土壤原本的結構。

🖉 **Coconut extracts are good for growing plants.** 椰子萃取物有助於植物生長。

🖉 **Gardening can reduce your risk of stroke and burn calories.** 從事園藝活動可以降低中風的機率並消耗熱量。

🖉 **Gardening strengthens your immune system and may lower the risk of dementia.** 從事園藝活動可以增強免疫系統，還可能降低失智的風險。

🖉 **My mom has a green thumb. Her garden is always beautiful.** 我媽在種花這方面很有天分，她的花園不管什麼時候都很美。

66 文化大不同 Did you know?

　　很多人都喜歡玩土、種植花花草草，而對大人而言，就稱之為「園藝」（gardening）；國外近五年來的統計還發現，有近兩成的家庭開始自己種植糧食、作物，建造能夠自給自足的花園（self-sufficient garden），且此風氣愈來愈盛行！另外，從事園藝活動對我們的身心健康都很有幫助，甚至還出現了園藝療法（horticultural therapy），即幫助人們藉由沉浸於花草世界當中，來解放自己的壓力；所以假日有空的話，不妨和家人們一起試試看種植花草吧！

99

組團玩音樂
Forming a Band

❶ wind instrument 片 管樂器　　**❷ string instrument** 片 弦樂器

❸ Chinese instrument 片 國樂器

❹ guitarist [gɪ`tɑrɪst] 名 吉他手　　**❺ bassist** [`besɪst] 名 貝斯手

❻ mic stand 片 直立式麥克風　　**❼ lead singer** 片 主唱

❽ drummer [`drʌmə] 名 鼓手　　**❾ drum kit/set** 片 爵士鼓組

❿ snare drum 片 小鼓　　**⓫ bass drum** 片 大鼓

⓬ keyboardist [`ki,bordɪst] 名 鍵盤手

 故事記憶 Scenario 〜劇情超連結，讓文字活起來！

Kurt is seriously thinking about forming a rock band. He needs to find musicians, decide his (music) genre, find a practice space, start writing songs, and the band has many other things to work on before putting on their first show.

科特正在認真考慮要組個搖滾樂隊，但他仍有很多事情要做，他得先找到樂團成員、決定他想要的音樂類型、找練習室、開始寫歌等等，此外，還必須構想怎麼進行他們的第一場演出。

 單字延伸學 Vocabulary～聯想看看相關單字！

管樂器 Wind Instruments

◎ **clarinet** [ˌklærɪˋnɛt] 名 單簧管；豎笛
◎ **flute** [flut] 名 長笛
◎ **French horn** 片 法國號
◎ **saxophone** [ˋsæksəˌfon] 名 薩克斯風
◎ **trumpet** [ˋtrʌmpɪt] 名 小喇叭；小號

弦樂器 String Instruments

◎ **cello** [ˋtʃɛlo] 名 大提琴
◎ **harp** [hɑrp] 名 豎琴
◎ **piano** [pɪˋæno] 名 鋼琴
◎ **viola** [vɪˋolə] 名 中提琴
◎ **violin** [ˌvaɪəˋlɪn] 名 小提琴

欣賞古典樂 Classical Music

◎ **composition** [ˌkɑmpəˋzɪʃən] 名 作曲
◎ **baton** [bæˋtn] 名 指揮棒
◎ **duet** [duˋɛt] 名 二重奏
◎ **solo** [ˋsolo] 名 獨奏
◎ **conductor** [kənˋdʌktɚ] 名 指揮家
◎ **orchestra** [ˋɔrkɪstrə] 名 管弦樂團
◎ **symphony** [ˋsɪmfənɪ] 名 交響樂團

國樂器 Chinese Instrument

◎ **Chinese violin (erhu)** 片 二胡
◎ **Chinese lute (pipa)** 片 琵琶
◎ **Chinese zither (guzheng)** 片 古箏
◎ **hammered dulcimer (yangqin)** 片 楊琴
◎ **gong** [gɔŋ] 名 鑼

實用句練習 *Sentences～*「聊」癒你的破英文！

🔍 **What instrument do you play?** 你會演奏什麼樂器嗎？

🔍 **I play the saxophone every day.** 我每天都會吹薩克斯風。

🔍 **I went to an awesome violin recital in Seattle.** 我曾在西雅圖聽過一個超棒的小提琴獨奏會。

🔍 **She has been playing the piano for her church for years.** 她已經為她的教會演奏鋼琴好多年了。

🔍 **Ellen majors in composition and piano in college.** 艾倫在大學主修作曲和鋼琴。

🔍 **A large orchestra is sometimes called a "symphony orchestra", and a small orchestra is called a "chamber orchestra".** 大型的管弦樂團有時也可稱之為「交響樂團」，而小型的管弦樂團有時則可稱為「室內樂團」。

🔍 **Playing a musical instrument helps increase memory capacity.** 演奏樂器可以幫助人們增加記憶力。

🔍 **Learning to play an instrument takes time and effort, and it really teaches you patience and perseverance.** 學習演奏一種樂器非常花時間及與精力，但可以讓你更有耐心和毅力。

🔍 **Playing an instrument helps improve your reading and comprehension skills.** 演奏樂器可以幫助你提升閱讀及理解能力。

❝ 文化大不同 *Did you know?* 💡

　　許多研究都顯示彈奏樂器對身、心都有很大的助益，這些好處包括可以保持頭腦敏銳、加強協調性、調節情緒，甚至能改善呼吸系統、提升專注力，還能調節體內賀爾蒙而令人感到愉快。而且，音樂治療（music therapy）也是心理治療的其中一種方法，此方法主要是藉由音樂觸發、探索自己的另一面，進而令人感受到完整、培養出正向積極的態度；另外，音樂不只對心理方面有所幫助，甚至還有助於治療阿茲海默症（Alzheimer's）喔！

'HEAL' YOUR BROKEN ENGLISH IMMEDIATELY

Part 9

周遭環境認識
Getting to Know our Surroundings

每天花一點時間，英文就能進步！
Improve your English every day through daily activities !

名 名詞　動 動詞　形 形容詞　副 副詞　縮 縮寫　片 片語

從考古開始認識世界
Studying Archaeology

❶ **geological time scale** 片 地質年代表
❷ **archaeology** [ˌɑrkɪˋɑlədʒɪ] 名 考古學
❸ **carnivorous** [kɑrˋnɪvərəs] 形 肉食性的
❹ **herbivorous** [həˋbɪvərəs] 形 草食性的
❺ **dinosaur** [ˋdaɪnəˌsɔr] 名 恐龍　　❻ **fossil** [ˋfɑsl̩] 名 化石
❼ **extinction** [ɪkˋstɪŋkʃən] 名 絕種　　❽ **terrestrial globe** 片 地球儀

 故事記憶 Scenario 〜劇情超連結，讓文字活起來！

    Jimmy has been fascinated by archeology, fossils and dinosaurs since he was a kid. He took science, history, and geography in high school and majored in archeology in college. He is now getting his master's degree and hoping to become an archeologist in the future.

吉米從小就對考古學、化石和恐龍很著迷，所以他在高中選修了自然、歷史和地理課，並在大學專攻考古學；而他現在正在攻讀碩士學位，希望將來能夠成為一名考古學家。

 單字延伸學 Vocabulary ～聯想看看相關單字！

肉食龍 Carnivorous Dinosaur

◎ **archaeopteryx** [ˌɑrkɪˋɑptərɪks] 名 始祖鳥
◎ **ichthyosaur** [ˋɪkθɪəˌsɔr] 名 魚龍
◎ **pterodactyl** [ˌtɛrəˋdæktɪl] 名 翼手龍
◎ **raptor** [ˋræptɚ] 名 迅猛龍
◎ **tyrannosaurus** [taɪˌrænəˋsɔrəs] 名 暴龍

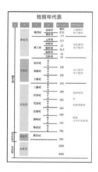

地質年代演化 Time Scale

◎ **Cretaceous** [krɪˋteʃəs] 名 白堊紀
◎ **Jurassic** [dʒʊˋræsɪk] 名 侏儸紀
◎ **Triassic** [traɪˋæsɪk] 名 三疊紀
◎ **Permian** [ˋpɝmɪən] 名 二疊紀
◎ **Devonian** [dəˋvonɪən] 名 泥盆紀

考古基本 About Archeology

◎ **anthropology** [ˌænθrəˋpalədʒɪ] 名 人類學
◎ **carbonization** [ˌkɑrbənɪˋzeʃən] 名 碳化
◎ **dustpan** [ˋdʌstˌpæn] 名 畚箕　　◎ **excavate** [ˋɛkskəˌvet] 動 挖掘
◎ **remains** [rɪˋmenz] 名 遺跡　　◎ **whisk broom** 片 刷帚

草食龍 Herbivore Dinosaur

◎ **brontosaurus** [ˌbrɑntəˋsɔrəs] 名 雷龍
◎ **stegosaurus** [ˌstɛgəsɔrəs] 名 劍龍
◎ **triceratops** [traɪˋsɛrəˌtaps] 名 三角龍
◎ **Dracorex** [ˋdrækɔrɛst] 名 龍王龍（屬）
◎ **Tanystropheus** [ˌtænɪˋstrofiəs] 名 長頸龍（屬）

- **Archaeology helps us understand not only where and when people lived on the earth, but also how they have lived.** 考古學不僅能幫助我們了解人們從何時起出現在地球上、在哪裡居住，也能幫助我們了解他們如何生活。

- **There are two types of archaeological sites. One is called "prehistoric sites", and the other is called "historic sites".** 考古遺址分成兩種，一種稱為「史前遺址」，另一種則是「歷史遺跡」。

- **Most artifacts are buried in the ground, so archaeologists have to dig them up.** 因為多數的古物都被埋在地底下，所以考古學家必須將之挖掘出來。

- **Archaeologists use many tools to excavate a site, including brushes, pointed bricklayer's trowels, hand shovels, dustpans, and sometimes even a bulldozer.** 考古學家要使用許多不同的工具來進行挖掘工作，包含刷子、尖頭磚工鏝刀、手鏟、畚箕，有時還要用到推土機。

- **Studying the past actually helps scientists understand the present and sometimes helps them predict the future.** 研究過去可以幫助科學家了解現在，甚至還可以預測未來。

- **There are several theories about the precise reason for the extinction of the dinosaurs.** 恐龍滅絕的原因有諸多假設。

文化大不同 Did you know?

　　近代的考古學源自於歐洲，不過，古代的中國在東漢時期便有所謂的「古學」，到北宋時期更發展出了「金石學」主要研究青銅器，像是上面刻的銘文或石刻碑碣，都是研究對象，可謂是早期考古學的前身；而歐洲在十六、十七世紀時，就有學者開始有系統地進行考古研究、開採並歸納、保存古化石，這樣的學問已直接、間接地影響現代科學、生物學、人類學等各種學術領域的重要發展！

Unit 02

實驗滿足好奇心
Conducting Experiments

❶ **lab** [læb] 名 實驗室 ❷ **test tube** 片 試管

❸ **atom** [`ætəm] 名 原子 ❹ **bond** [bɑnd] 名 化學鏈結

❺ **experiment** [ɪk`spɛrəmənt] 名 動 實驗

❻ **safety goggles** 片 安全護目鏡 ❼ **petri dish** 片 培養皿

❽ **dissect** [dɪ`sɛkt] 動 解剖 ❾ **Florence flask** 片 平底燒瓶

❿ **Erlenmeyer flask** 片 錐形瓶 ⓫ **microscope slide** 片 載玻片

⓬ **microscope** [`maɪkrə,skop] 名 顯微鏡

 故事記憶 **Scenario** ～劇情超連結，讓文字活起來！

　　Jason and Emily pair up in Chemistry. They are in a chemistry lab to test out some of their theories. Now, Jason is showing Emily how to conduct an experiment step by step.

　　傑森和艾蜜莉化學課是同一組，他們正在化學實驗室裡測試一些理論；而現在，傑森正在向艾蜜莉示範如何逐步進行實驗。

Part **9**

周遭環境認識 *Getting to Know our Surroundings*

277

實驗器材 Equipment

◎ **beaker** [ˋbikə] 名 燒杯
◎ **Bunsen burner** 片 本生燈
◎ **dropper pipet** 片 滴管
◎ **funnel** [ˋfʌn̩l] 名 漏斗
◎ **stirring rod** 片 攪拌棒

解剖 Dissecting

◎ **anatomy** [əˋnætəmɪ] 名 解剖學
◎ **forceps** [ˋfɔrsəps] 名 鑷子
◎ **needle** [ˋnidl̩] 名 針
◎ **scalpel** [ˋskælpəl] 名 解剖刀
◎ **scissors** [ˋsɪzɚz] 名 剪刀

化學材料 Chemicals

◎ **alkaline** [ˋælkə͵laɪn] 形 鹼性的
◎ **acid** [ˋæsɪd] 形 酸性的
◎ **ethanol** [ˋɛθə͵nol] 名 酒精
◎ **neutral** [ˋnjutrəl] 形 中性的
◎ **solvent** [ˋsɑlvənt] 名 溶劑
◎ **sulfuric acid** 片 硫酸
◎ **sodium hydrogen carbonate** 片 碳酸氫鈉（小蘇打）

實驗檢驗 Experiments

◎ **analysis** [əˋnæləsɪs] 名 分析
◎ **chemical** [ˋkɛmɪkl̩] 名 化學藥品；化學製品
◎ **hypothesis** [haɪˋpɑθəsɪs] 名 假設
◎ **research** [rɪˋsɝtʃ] 名 動 研究
◎ **variable** [ˋvɛrɪəbl̩] 名 變相；變量

✎ **Do you know how to conduct this experiment?** 你知道怎麼進行這項實驗嗎？

✎ **I have three beakers and two flasks on my desk.** 我的桌上有三個燒杯和兩個燒瓶。

✎ **These tests have to be done in a lab with an exhauster.** 這些測試必須要在裝有排氣裝置的實驗室中進行。

✎ **For safety protection, you need to wear gloves and safety goggles before running these tests.** 為了安全起見，你必須要戴上手套及護目鏡。

✎ **The hypothesis is a prediction, based on prior research, on the outcome of the experiment.** 「假設」是根據之前的研究及實驗結果而產生的預測。

✎ **Make a list of parts, materials and tools needed for your experiment.** 要列出你做實驗所需要的零件、材料和工具。

✎ **Controlled variables are things that never change, while dependent variables are what you are measuring.** 「控制變相」即實驗中不會改變的因素，而「依變相」則是被觀察及測量的變數。

✎ **When finishing the collection of data, conclude with an analysis of your experiment.** 收集完數據後，你就可以分析實驗結果來得出結論。

❝ 文化大不同 Did you know?

　　如果沒有處理好化學物質的話，可能導致失火或有毒化物質洩漏等風險，所以進行實驗時要好好遵守以下安全守則：(1) 遵守實驗室規則、按照說明指示來操作 (2) 了解安全裝置的存放位置 (3) 穿著合適的服裝，像是包覆腳趾頭的鞋子、長褲、實驗外套等 (4) 不要在實驗室裡吃東西或喝飲料 (5) 不要直接用口嚐或用鼻子聞化學製品 (6) 不要在自己身上試驗 (7) 不要在實驗室裡玩笑嬉鬧 (8) 勿隨意丟棄化學廢料。 ❞

Part 9

周遭環境認識 *Getting to Know our Surroundings*

Unit 03

遊走動物園
Field Trip in the Zoo

❶ **ice berg** 片 冰山　　　　　　❷ **frigid zone** 片 寒帶

❸ **conservation** [͵kɑnsɚˋveʃən] 名 （對自然資源的）保護

❹ **enclosure** [ɪnˋkloʒɚ] 名 人工建造的棲息地

❺ **primate** [ˋpraɪmɪt] 名 靈長類動物 形 靈長類的

❻ **mammal** [ˋmæml̩] 名 哺乳動物　　❼ **feline** [ˋfilaɪn] 名 貓科動物

❽ **field trip** 片 校外教學

故事記憶 Scenario 〜劇情超連結，讓文字活起來！

　　Lola is taking a field trip in a zoo. She really likes visiting zoos and looking at the animals. Right now, she is watching penguins sliding on ice and swimming in the pool, while her friends are in the African animal area.

　　蘿拉參加了動物園校外教學，而她剛好很喜歡到動物園觀察動物，她現在位於企鵝館裡面，看著企鵝們在冰上滑行或在游泳池裡游泳，而她的朋友則在非洲動物區。

280

 單字延伸學 Vocabulary～聯想看看相關單字！

犬科動物 Canines

◎ **coyote** [kaɪˋoti] 名 土狼
◎ **dog** [dɔg] 名 狗
◎ **fox** [faks] 名 狐狸
◎ **jackal** [ˋdʒækɔl] 名 狐狼
◎ **wolf** [wʊlf] 名 狼

貓科動物 Felines

◎ **cheetah** [ˋtʃitə] 名 獵豹
◎ **lion** [ˋlaɪən] 名 獅子
◎ **leopard** [ˋlɛpəd] 名 花豹；美洲豹
◎ **tiger** [ˋtaɪgə] 名 老虎
◎ **lynx** [lɪŋks] 名 猞猁（山貓）

動物相關知識 About Animals

◎ **cold-blooded/warm-blooded animal** 片 冷血 / 溫血動物
◎ **endangered species** 片 瀕臨絕種的動植物
◎ **habitat** [ˋhæbə͵tæt] 名 動物棲息地
◎ **wildlife** [ˋwaɪld͵laɪf] 名 野生動物

動物園種類及設備 More About Zoos

◎ **animal theme park** 片 有遊樂設施的動物園
◎ **menagerie** [məˋnædʒərɪ] 名 動物園
◎ **roadside zoo** 片 路邊動物園（通常為私人營利目的）
◎ **safari park** 片 野生動物園
◎ **underwater acrylic tunnel** 片 水底隧道

- **Mammals are warm-blooded animals with fur or hair that feed their babies milk.** 哺乳動物是有著毛皮或毛髮，並且會餵牠們的寶寶喝奶的溫血動物。

- **Cold-blooded animals get hotter or colder based on the temperature outside.** 冷血動物的體溫會隨外在環境溫度改變。

- **Some mammals are omnivores, eating both meat and plants.** 有些哺乳類動物是雜食性動物，肉和植物都吃。

- **The largest mammal is the blue whale. The blue whale grows to over 30 meters long.** 最大的哺乳類動物是藍鯨，牠可以長達三十多公尺。

- **Did you know that beavers can hold their breath for up to 15 minutes?** 你知道嗎？海狸可以屏住呼吸長達十五分鐘呢。

- **Many zoos have a petting zoo where kids are allowed a close-up look at animals, many of which are babies.** 許多的動物園都設有一區「可愛動物園」（只有幼小動物的區域），允許兒童近距離觀察和接觸小動物。

- **Good zoos educate visitors and help fight wildlife extinction.** 好的動物園會教育遊客並保護野生動物。

- **Many major cities have zoos, and they work together to study and care for their animals.** 許多大城市都設有動物園，並致力於研究及照顧園中動物。

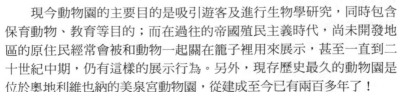

文化大不同 Did you know?

　　現今動物園的主要目的是吸引遊客及進行生物學研究，同時包含保育動物、教育等目的；而在過往的帝國殖民主義時代，尚未開發地區的原住民經常會被和動物一起關在籠子裡用來展示，甚至一直到二十世紀中期，仍有這樣的展示行為。另外，現存歷史最久的動物園是位於奧地利維也納的美泉宮動物園，從建成至今已有兩百多年了！

Unit 04

魚兒水中游
Aquatic Animals and Plants

Ocean World

① **aquarium** [əˋkwɛrɪəm] 名 水族館

② **marine life** 片 海洋生物

③ **coral** [ˋkɔrəl] 名 珊瑚

④ **stingray** [ˋstɪŋˏre] 名 魟

⑤ **aquatic** [əˋkwætɪk] 形 水生的

⑥ **clownfish** [ˋklaʊnfɪʃ] 名 小丑魚

⑦ **tropical fish** 片 熱帶魚

⑧ **kelp** [kɛlp] 名 海帶

⑨ **dolphin** [ˋdɑlfɪn] 名 海豚

⑩ **seaweed** [ˋsiˏwid] 名 海藻

⑪ **aquatic plant** 片 水生植物

故事記憶 Scenario ～劇情超連結，讓文字活起來！

Sandy is from Malaysia, and she is now traveling in Taiwan. Because she is fascinated by the beauty of ocean, she decides to visit at least one aquarium in her every trip. Now, she is in the National Museum of Marine Biology and Aquarium and excited to see a variety of aquatic animals.

珊迪從馬來西亞到台灣旅行，因為她一直都著迷於海洋之美，便決定每個旅行當中都至少要去一間水族館參觀；而她現在正在國家海洋生物和水族館博物館裡，很高興能看到各種水生動物。

Part 9
周遭環境認識 Getting to Know our Surroundings

283

常見海生動物 Ocean Animals

◎ **beluga** [bə`lugə] 名 白鯨
◎ **humpback whale** 片 座頭鯨
◎ **seal** [sil] 名 海豹
◎ **walrus** [`wɔlrəs] 名 海象
◎ **whale shark** 片 鯨鯊（豆腐鯊）

海洋生物 Marine Life

◎ **sea cucumber** 片 海參
◎ **jelly fish** 片 水母
◎ **sea anemone** 片 海葵
◎ **sea urchin** 片 海膽
◎ **squid** [skwɪd] 名 魷（管魷目）

海洋奧秘 The Ocean World

◎ **algae** [`ældʒi] 名 水藻（常用複數；單數為 alga）
◎ **food chain** 片 食物鏈　　　◎ **ocean current** 片 洋流
◎ **plankton** [`plæŋktən] 名 （海洋）浮游生物
◎ **photosynthesis** [ˌfotə`sɪnθəsɪs] 名 光合作用

食用魚 Fishes on the Dinner Table

◎ **catfish** [`kæt‚fɪʃ] 名 鯰魚
◎ **grouper** [`grupə] 名 石斑魚
◎ **sailfish** [`sel‚fɪʃ] 名 旗魚
◎ **salmon** [`sæmən] 名 鮭魚
◎ **trout** [traut] 名 鱒魚

- **Water occupies more than 70% of the earth's surface.** 水佔了地表七成以上的面積。

- **A shrimp's heart is in its head.** 蝦子的心臟位於頭部。

- **Colossal squid digest food with their brains.** 大烏賊是用牠們的腦來消化食物的。

- **Crabs' teeth are located in their stomachs.** 螃蟹的牙齒位在牠們的肚子裡。

- **Dugongs are related to elephants.** 儒艮和大象有著家族關係。

- **Seagrass is the only flowering plant found in the sea.** 在海中，海草是唯一會開花的植物。

- **An octopus has three hearts, and its blood color is blue.** 章魚有三顆心臟，而且血是藍色的。

- **Seahorses are the only animals in which the male, not the female, gives birth and cares for the young.** 海馬是唯一能生育並會照顧後代的雄性動物。

- **Dolphins sleep with only half of their brains and with one eye open so they can watch for predators and other threats.** 海豚睡覺時，半邊的大腦是醒著的，而且其中一隻眼睛也是睜開的，這樣才能隨時注意獵食者與其他危險狀況。

文化大不同 Did you know?

　　海洋公園或是海生館都是可以觀賞水中生物的櫥窗，不過，這些地方不僅只是個觀光、娛樂景點，更可以幫助我們了解水中生物、教育我們對環境保護的責任與重要性。而目前最知名的環境生態保護組織莫過於 WWF（World Wide Fund for Nature）世界自然基金會，他們致力於全球保育工作，涵括了六大範疇：淡水與溼地、海洋、氣候變化與能源、野生動物、本地生物多樣性及持續發展、公眾參與及教育，希望能建立人類和大自然和諧共存的未來。

認識太陽系
The Solar System

solar system

Astronaut

❶ Universe [ˋjunəˏvɝs] 名 宇宙
❷ outer space 片 外太空
❸ Solar System 片 太陽系
❹ Mercury [ˋmɝkjəri] 名 水星
❺ Venus [ˋvinəs] 名 金星
❻ Mars [mɑrz] 名 火星
❼ Jupiter [ˋdʒupətə] 名 木星
❽ Saturn [ˋsætən] 名 土星
❾ alien [ˋeliən] 名 外星人
❿ astronaut [ˋæstrəˏnɔt] 名 太空人

 故事記憶 Scenario ～劇情超連結，讓文字活起來！

A group of pre-school students visited the planetarium today to watch presentations on the Solar System. They learned how the universe was created and gained a basic understanding of outer space. They raised all kinds of questions after the presentations, including ones about aliens, and it was a very educative and entertaining trip for these kids.

一群幼稚園學生今天參觀了天文館，在聆聽太陽系的介紹後，他們了解宇宙如何被創造出來，並對外太空有基本的認識，他們甚至還提出各種問題，像是有關外星人的問題；對孩子們來說，這真是一次兼具教育和娛樂性的旅行。

單字延伸學 Vocabulary～聯想看看相關單字！

太陽系 Solar System

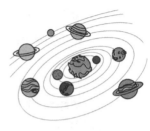

◎ **comet** [`kɑmɪt] 名 彗星
◎ **Milky Way** 片 銀河
◎ **orbit** [`ɔrbɪt] 名 天體運行軌道
◎ **planet** [`plænɪt] 名 行星
◎ **star** [stɑr] 名 恆星

天文學 Observing Outer Space

◎ **astronomy** [əs`trɑnəmɪ] 名 天文學
◎ **Hubble Space Telescope** 片 哈伯天文望遠鏡
◎ **observatory** [əb`zɝvə,torɪ] 名 天文台
◎ **planetarium** [,plænə`tɛrɪəm] 名 天文館

宇宙組成 About Universe

◎ **black hole** 片 黑洞
◎ **galaxy** [`gæləksɪ] 名 銀河系
◎ **supernova** [,supɚ`novə] 名 超新星
◎ **stardust** [`stɑr,dʌst] 名 星塵
◎ **the Big Bang** 片 大爆炸理論

其他星球 Other Planets

◎ **asteroid** [`æstə,rɔɪd] 名 小行星
◎ **dwarf planet** 片 矮行星
◎ **meteorite** [`mitɪər,aɪt] 名 隕石
◎ **meteor** [`mitɪə] 名 / **shooting star** 片 流星
◎ **meteor shower** 片 流星雨

🔍 **Do you believe life exists on other planets?** 你相信除了地球以外，其他行星上也有生物的存在嗎？

🔍 **The shape of the universe is influenced by the struggle between the pull of gravity and the rate of expansion.** 宇宙的形狀是由地心引力和膨脹的速度這兩股力量相互拉扯而形成的。

🔍 **As a matter of fact, planets, stars and galaxies that can be detected make up only four percent of the universe.** 事實上，可探測到的行星、恆星和銀河系只佔全宇宙的百分之四。

🔍 **It is estimated there are 400 billion stars in our galaxy.** 銀河系中大約有四千億顆恆星。

🔍 **There could be 500 million planets capable of supporting life in our galaxy.** 銀河系有五億個行星可供生命生存。

🔍 **In space, metals stick together. It's because space is a vacuum, and when two metals touch each other in a vacuum, they bond together.** 在外太空之中，因為外太空為真空環境，所以當兩片金屬碰到時，馬上就會黏在一起。

🔍 **A planetarium is a theater built to show educational and entertaining presentations about astronomy.** 天文館就像是個劇院，用來展示與教育人們，還有具娛樂性的影片介紹天文學。

❝ 文化大不同 *Did you know?* 💡

　　「宇宙」可說是一門艱深的學問，也激起了很多科學家的好奇心與探究的渴望，在中文，「宇」為空間之意，而「宙」指時間，而英文 universe 一詞，最根源則來自於拉丁文的 universum，其意思與現代英文一樣都有「全部、整體」之意。所以除了空間之外，宇宙也包含時間的概念；例如，在金星上的一天等於在地球上的兩百四十三天，所以在金星上的一天比地球一年的時間還要長，代表在金星上面一年還看不到日出與日落；宇宙的奇妙經常顛覆舊有的傳統觀念呢！ ❞

自然景觀收眼底
Natural Landscapes

MP3 86

❶ **volcano** [vɑl`keno] 名 火山　　❷ **crater** [`kretɚ] 名 火山口

❸ **spring** [sprɪŋ] 名 溫泉　　❹ **waterfall** [`wɔtɚ͵fɔl] 名 瀑布

❺ **canyon** [`kænjən] 名 峽谷　　❻ **stream** [strim] 名 溪流

❼ **natural vegetation** 片 自然植被

❽ **plain** [plen] 名 平原　　❾ **archway** [`artʃ͵we] 名 牌坊

故事記憶 Scenario 〜劇情超連結，讓文字活起來！

　　Brian is an ecological commentator. He loves to show tourists the magnificent natural landscape of the Hualien East Rift Valley and talk about the geological details. There are a variety of different landforms in the Hualien East Rift Valley, from canyons, waterfalls, hot springs, meanders, and faults to badlands. And the most spectacular waterfalls among these sights is the 65-meter Luoshan Waterfalls.

　　布萊恩是一位生態評論家，他喜歡向遊客介紹花東縱谷的壯麗自然景觀與地質。花東縱谷有各種不同的地貌，從峽谷、瀑布、溫泉、河曲、斷層到荒地都有，而這些景點之中最壯觀的瀑布就是高達六十五米的羅山瀑布了。

単字延伸學 Vocabulary ～聯想看看相關單字！

自然風光 Natural Scenery

◎ **landscape** [ˈlændˌskep] 名 景觀
◎ **geography** [dʒɪˈɑgrəfɪ] 名 地理
◎ **geology** [dʒɪˈɑlədʒɪ] 名 地質學
◎ **landform** [ˈlændˌfɔrm] 名 地形
◎ **terrain** [ˈtɛren] 名 地帶；地形

板塊運動與地形 Tectonics

◎ **chasm** [ˈkæzəm] 名 （地表）裂隙；裂口
◎ **geyser** [ˈgaɪzɚ] 名 間歇泉
◎ **plate** [plet] 名 板塊
◎ **ridge** [rɪdʒ] 名 山脊
◎ **trench** [trɛntʃ] 名 海溝

常見地形 Different Types of Terrain

◎ **basin** [ˈbesn] 名 盆地
◎ **fault** [fɔlt] 名 斷層
◎ **plateau** [plæˈto] 名 高原
◎ **stalactite** [stəˈlæktaɪt] 名 鐘乳石
◎ **desert** [ˈdɛzɚt] 名 沙漠
◎ **highland** [ˈhaɪlənd] 名 高地
◎ **tundra** [ˈtʌndrə] 名 凍原
◎ **swamp** [swɑmp] 名 沼澤

景觀類型 Landscapes

◎ **cultural landscape** 片 文化景觀
◎ **man-made landscape** 片 人造景觀
◎ **natural landscape** 片 自然景觀
◎ **urban landscape** 片 都市景觀
◎ **landscape painting** 片 山水畫

✎ **Earthquakes are caused by plate movement.** 地震是由板塊運動所造成的。

✎ **Africa is the only continent that covers all four hemispheres (the Northern, Eastern, Southern and Western hemispheres).** 非洲是七大洲中同時涵蓋四個半球（東、西、南、北半球）的唯一一個大陸。

✎ **China shares its borders with 14 countries.** 中國的國土和十四個國家相鄰。

✎ **Geology is the study of the earth and what it is made of.** 地質學主要是研究地球及其結構組成。

✎ **Geologists spend a lot of time in the field collecting samples to study.** 地質學家必須花許多時間在野外採集樣品來研究。

✎ **In order to collect samples, geologists work with many of the same tools as archeologists do.** 許多地質學家用來採集樣品的工具和考古學家使用的工具是一樣的。

✎ **Earthquakes, volcanic eruptions, and soil erosion affect all the people on Earth, even if the geological event occurs halfway around the world.** 地震、火山及土壤侵蝕即使是發生在地球的另一端，仍會影響所有人。

❝ 文化大不同 Did you know? 💡

　　地質學家（geologist）主要除了研究地球及其結構形成之外，他們還能協助許多產業順利發展，像是在美國中西部，作物的種植需要配合適合的土壤，所以農民們都要靠地質學家來監控土壤侵蝕及排水等情形，才能進一步增加收穫、將土地價值做最大的發揮；而當漁民們發現有特定種類的魚類消失時，也會去請教地質學家原因，這時候，地質學家便會藉由觀察海洋的狀況，來找出造成此狀況最根本的原因，並根據結論找出補救方法；所以，地質學家可說是地球的醫生呢！ ❞

291

Unit 07 氣候問題與自然災害
Weather and Natural Disasters

❶ **seminar** [ˋsɛmə͵nɑr] 名 講座　　❷ **global warming** 片 全球暖化

❸ **ultraviolet** [͵ʌltrəˋvaɪəlɪt] 名 紫外線 / **infrared** [ɪnfrəˋrɛd] 名 紅外線

❹ **ozone depletion** 片 臭氧層破洞　　❺ **climate change** 片 氣候變遷

❻ **temperature** [ˋtɛmprətʃə] 名 溫度

 故事記憶 Scenario ～劇情超連結，讓文字活起來！

　　Global warming has become a very hot issue. There are seminars held at universities to discuss global warming and climate change effects. Students in school are taught to take three personal steps to help stop global warming: reduce, reuse and recycle. We all need to take action to help reduce carbon emissions by using energy more wisely.

　　全球暖化已是一個非常熱門的議題，很多大學都舉辦了研討會，來討論全球暖化和氣候變化的影響，並教導學生們採取三個自己就能做到的步驟，來幫助防止全球暖化：即減少垃圾、資源再利用和做好回收。我們全都需要採取行動，並更有效地運用能源、減少碳排放。

Part 9　周遭環境認識 Getting to Know our Surroundings

292

環境危機 Environmental Crisis

◎ **arctic blast** 片 極地風暴
◎ **carbon emission** 片 碳排放
◎ **desertified grassland** 片 草地沙漠化
◎ **greenhouse effect** 片 溫室效應
◎ **polar vortex** 片 極地渦旋

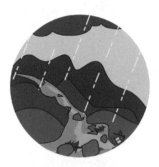

土地相關災難 Land Disasters

◎ **earthquake** [ˋɝθ͵kwek] 名 地震
◎ **flood** [flʌd] 名 水災
◎ **landslide** [ˋlænd͵slaɪd] 名 土石流；山崩
◎ **tsunami** [tsuˋnɑmi] 名 海嘯
◎ **volcanic eruption** 片 火山爆發

風災及其他天災 Wind & Other Disasters

◎ **cyclone** [ˋsaɪklon] 名 氣旋
◎ **drought** [draut] 名 乾旱
◎ **hurricane** [ˋhɝɪ͵ken] 名 颶風
◎ **typhoon** [taɪˋfun] 名 颱風
◎ **tornado** [tɔrˋnedo] 名 龍捲風
◎ **wildfire** [ˋwaɪld͵faɪr] 名 野火
◎ **sandstorm** [ˋsænd͵stɔrm] 名 沙塵暴

氣候影響 Influences on Weather

◎ **front** [frʌnt] 名 鋒面
◎ **humidity** [hjuˋmɪdətɪ] 名 濕度
◎ **precipitation** [prɪ͵sɪpɪˋteʃən] 名 降雨量；降雪量
◎ **cloudiness** [ˋklaudɪnɪs] 名 多雲；陰天
◎ **visibility** [͵vɪzəˋbɪlətɪ] 名 能見度

- **Weather is a day-to-day state of the atmosphere in a region.** 天氣是一個地區每天的大氣狀況。

- **Climate is forecast by aggregates of weather statistics over a period of 30 years.** 氣候是根據超過三十年對天氣數據資料收集而做出的預測。

- **Climate change is the process of our planet heating up.** 氣候變遷是地球暖化的一個過程。

- **Burning fossil fuels, farming and deforestation are the main reasons causing climate change.** 燃燒石化燃料、畜牧和大面積的森林砍伐是導致氣候變遷的主因。

- **Our carbon emissions are the main reason for global warming.** 碳排放是地球暖化最主要的原因。

- **The number of climate-related disasters has more than tripled since 1980.** 一九八○至今，氣候變遷造成的災害已翻了三倍。

- **The USA has more tornadoes than any other country in the world, averaging around 1,200 a year.** 美國一年發生的龍捲風約有一千兩百個，是世界上發生最多龍捲風的國家。

- **Cats and dogs have been known to sense when a tornado is approaching.** 貓和狗都能感應龍捲風何時來臨。

文化大不同 Did you know?

　　不受人為破壞的自然環境已愈來愈少，即使如南北極等無人煙的地方亦受到人類無止盡開發的影響，暖化卻將冰塊融化，讓許多動物失去了生存環境，還使得災難愈發頻繁，地球已然發出了警告，因此人們若不付出作為，過往一切美好的自然環境亦將離我們愈來愈遠，即便有多樣的地形、有再豐富的資源也將如同荒漠，所以保護自然環境，也就是在保護人類自己、了解自然中的一切皆如同人類一樣，是平等的、且有相同權利生活在地球上的。

收看新聞與氣象
News and Weather Forecasts

❶ **broadcast** [ˋbrɔd͵kæst] 動 傳播；放送

❷ **news media** 片 新聞媒體　　❸ **weather forecast** 片 氣象預報

❹ **maximum/minimum temperature** 片 最高 / 低氣溫

❺ **breaking news** 片 最新消息　　❻ **rolling news** 片 新聞跑馬燈

 故事記憶 Scenario ～劇情超連結，讓文字活起來！

　　Tim has just returned from his overseas vacation, and he can't wait to turn on the TV to check out the latest local news as well as tomorrow's weather forecast. It was devastating for Tim to learn tonight's headline was five firefighters died in the line of duty. According to the weather forecast, it will be raining the whole day tomorrow, so Tim plans to stay home and relax.

　　提姆才剛從海外度假回來，就迫不及待地打開電視、看看最新的本地新聞以及明天的天氣預報。今晚的頭條新聞是五名消防隊員在執行任務時死亡，這令提姆感到很遺憾；而根據天氣預報，明天一整天都會下雨，所以蒂姆便打算明天都待在家裡、放鬆一下。

單字延伸學 Vocabulary～聯想看看相關單字！

獨家新聞 Breaking News

◎ **exclusive interview** 片 獨家專訪
◎ **headline** [ˋhɛd‚laɪn] 名 頭條新聞
◎ **in-depth coverage** 片 專題報導
◎ **scoop** [skup] 名 獨家新聞
◎ **top story** 片 頭條新聞

天氣術語 Weather Terminology

◎ **monsoon** [mɑnˋsun] 名 季風
◎ **tropical depression** 片 熱帶性低氣壓
◎ **high/low pressure** 片 高 / 低氣壓
◎ **cold/warm front** 片 冷 / 暖鋒
◎ **plum rain season** 片 梅雨季

氣象報導 Weather Forecast

◎ **partly clear / mostly clear** 片 多雲時晴的 / 晴時多雲的
◎ **partly cloudy / mostly cloudy** 片 多雲的 / 多雲時陰的
◎ **foggy** [ˋfɑgɪ] 形 多霧的　　◎ **windy** [ˋwɪndɪ] 形 多風的
◎ **drizzle** [drɪzl] 名 毛毛雨　　◎ **thunder shower** 片 雷陣雨

新聞報導與頭條 Headlines

◎ **anchor** [ˋæŋkɚ] 名 主播
◎ **censorship** [ˋsɛnsɚ‚ʃɪp] 名 審查制度
◎ **interview** [ˋɪntɚ‚vju] 動 採訪
◎ **press conference** 片 記者會
◎ **tabloid** [ˋtæblɔɪd] 名 小報（常為八卦或轟動性新聞）

- Tonight, our headline is five firefighters die in a factory fire. 今晚的頭條新聞是五名消防隊員在搶救工廠大火時不幸殉職。

- Stay tuned, and we will be right back after the commercial break. 別轉台，廣告過後我們馬上回來。

- Welcome to the ABS weather forecast. The chance of rain in northern Taiwan is 90%, so make sure to bring an umbrella when you go out. 歡迎收看 ABS 氣象預報，台灣北部有百分之九十的降雨機率，所以出門時別忘了帶傘。

- There will be a thundershower tomorrow morning. 明天早上會有雷陣雨。

- Today's temperature could reach as high as 34 degree Celsius. 今日最高溫有可能會到攝氏三十四度。

- This just in: a city council member has announced she will run for mayor. 根據剛才收到的最新消息，一位市議員剛剛宣布投入市長選戰。

- This is Richard, reporting live at city hall. 我是理察，現在在市政府為您做現場實況報導。

- Thank you for tuning in to CBS News. 感謝您收看 CBS 新聞。

- She is a brilliant war correspondent. 她是個出色的戰地記者。

66 文化大不同 Did you know?

　　新聞為一種主要型態的大眾媒體，在中國早期即有「新聞」一詞，而在西方，新聞的英文為 News，即為「新事物」之意，原本是用來作為 new 的複數來使用，代表發生的新事物，也有人說是分別代表北（N；north）、東（E；east）、西（W；west）、南（S；south）四方所發生的事之涵義。而其主要的表現形式與流通方式包含印刷媒體、廣播媒體與網路等各種形式。

99

觀摩法庭見證司法
Court of Law

❶ **court** [kort] 名 法院
❷ **judge** [dʒʌdʒ] 名 法官
❸ **sentence** [`sɛntəns] 動 宣判
❹ **bench** [bɛntʃ] 名 法官席
❺ **trial** [`traɪəl] 名 審判
❻ **gallery** [`gælərɪ] 名 法院聽眾席
❼ **lawyer** [`lɔjə] 名 律師
❽ **plea** [pli] 名 【律】抗辯
❾ **bailiff** [`belɪf] 名 法警
❿ **witness stand** 片 證人席
⓫ **behind bars** 片 坐牢

故事記憶 Scenario ～劇情超連結，讓文字活起來！

　　Garry and John are interns in a law firm. Yesterday, they went to a courtroom to sit in and watch a criminal trial at a county courthouse. The defendant was accused of theft, but his lawyer pleaded for leniency due to special circumstances. At the end of the trial, the defendant was sentenced to 60 days in prison.

　　蓋瑞和約翰在法律事務所實習，昨天，他們去了法院，觀摩一場刑事審判。被告被指控竊盜，但他的律師提出被告因為有特殊情況，想請求寬大處理；最後，便以被告被判入獄六十天，結束了這場審判。

單字延伸學 Vocabulary ～聯想看看相關單字！

進行對證 During Trials

◎ **accused** [ə`kjuzd] 形 被控告的
◎ **defendant** [dɪ`fɛndənt] 名 被告
◎ **plaintiff** [`plentɪf] 名 原告
◎ **testimony** [`tɛstə‚monɪ] 名 證詞
◎ **witness** [`wɪtnɪs] 名 證人

公布判決 Sentencing

◎ **appeal** [ə`pil] 動 上訴
◎ **enforcement** [ɪn`forsmənt] 名 執行
◎ **interlocutory appeal** 片 抗告
◎ **probation** [pro`beʃən] 名 緩刑
◎ **verdict** [`vɝdɪkt] 名 判決

其他術語 Must-know Terms

◎ **attorney** [ə`tɝnɪ] 名 律師
◎ **bail** [bel] 名 保釋金
◎ **detention** [dɪ`tɛnʃən] 名 羈押
◎ **jury** [`dʒurɪ] 名 陪審團
◎ **hearing** [`hɪrɪŋ] 名 聽證會（於重罪審判前舉辦）
◎ **party** [`partɪ] 名 當事人
◎ **summon** [`sʌmən] 動 傳喚

其他法院人員 Court Officials

◎ **court clerk** 片 法院書記官
◎ **court reporter** 片 法院紀錄員
◎ **defense attorney** 片 辯護人（被告的辯護律師）
◎ **magistrate** [`mædʒɪs‚tret] 名 地方法官
◎ **prosecutor** [`prasɪ‚kjutɚ] 名 檢察官

✎ **There are two types of court cases, civil and criminal.** 有兩種需要上法院打官司的訴訟，即民事訴訟與刑事訴訟。

✎ **A judge is called "Your Honor" in the courtroom.** 在法院裡，要尊稱法官為「庭上」。

✎ **Acquittal is a legal determination that a person who has been charged with a crime is innocent.** 「罪名不成立」是指刑事案件經審訊後，判定被告無罪，而罪名不成立。

✎ **How long will it take for this case to be resolved?** 解決這個案子需要花多久時間？

✎ **What's your area of specialization?** 你專攻的領域為何？

✎ **The witness may take the stand.** 證人請上前。

✎ **He was sentenced to life.** 他被判無期徒刑。

✎ **The court is now in session.** 本院現在開庭。

✎ **The court is adjourned.** 現在將休庭。

✎ **I got a ticket for running a stop sign. I want to contest it in court.** 我收到了一張沒有在停止標誌前停車的交通罰單，我要上法院抗辯。

✎ **Lawyers must be orally articulate and also be good listeners.** 律師需要用詞精確，還必須是個好聽眾。

文化大不同 *Did you know?*

　　在美國要成為律師，過程可是一點都不輕鬆，首先要先從四年制的大學畢業，拿到學士文憑，接著要進入法律學院就讀三年、拿到法學博士（J.D.），最後，必須接受最大也是最難的挑戰——律師執業考試（bar exam），通過後才能真正成為律師！而跟台灣最主要的不同之處在於，美國並沒有提供法律的學士學位，想修習法律的人，都必須先有大學學士學位並通過 LAST（Law School Admission Test；法學院入學考試），才能順利錄取進入法學院攻讀法律。

Unit 10

犯罪與人為問題
Crime and Punishment

Part

9

周遭環境認識 Getting to Know our Surroundings

❶ **onlooker** [`ɑn,lukə] 名 旁觀者　　❷ **armed police** 片 配槍警察

❸ **petty theft** 片 （案件較小的）偷竊案件

❹ **juvenile delinquent** 片 青少年犯罪者

❺ **loot** [lut] 名 贓物　　　　❻ **arrest** [ə`rɛst] 名 動 逮捕

❼ **rubberneck** [`rʌbə,nɛk] 動 【口】看熱鬧

 故事記憶 Scenario ～劇情超連結，讓文字活起來！

　　A burglary went down last night in Tom's neighborhood. A neighbor called 911 and reported the crime. Later, the police apprehended the burglar. To everyone's surprise, it was a teenager that broke into the house and stole the owner's valuables. Eventually, the teenage burglar was given a verbal warning and a punishment to complete a 40-hour community service.

　　昨晚湯姆家附近發生了一起盜竊案，鄰居及時報了警，後來，這名竊賊便被警方逮捕，但意料之外，這個闖入別人家中、偷了屋主財物的小偷竟然只是青少年；最後，這位青少年除了被口頭警告，還被罰做四十小時的社區服務。

單字延伸學 Vocabulary～聯想看看相關單字！

法律輕罪 Misdemeanor

◎ **disorderly conduct** 片 妨礙治安行為
◎ **misdemeanor** [ˌmɪsdɪˈminɚ] 名 輕罪
◎ **public intoxication** 片 公共場合醉酒
◎ **trespass** [ˈtrɛspəs] 名 非法侵入
◎ **vandalism** [ˈvændlɪzəm] 名 破壞公物

逮捕歸案 Making an Arrest

◎ **bail** [bel] 名 保釋金
◎ **booking** [ˈbʊkɪŋ] 名 （警方）登記立案
◎ **charge** [tʃɑrdʒ] 名 指控
◎ **commit a crime** 片 犯罪
◎ **investigate** [ɪnˈvɛstəˌget] 動 調查

伏罪認罪 Conviction & Punishment

◎ **death penalty** 片 死刑　　◎ **felony** [ˈfɛlənɪ] 名 重罪
◎ **imprisonment** [ɪmˈprɪznmənt] 名 監禁
◎ **inmate** [ˈɪnmet] 名 囚犯　　◎ **parole** [pəˈrol] 名 假釋
◎ **life without parole** 片 無期徒刑不得假釋

重大罪責 Felony

◎ **aggravated assault** 片 重傷害罪
◎ **arson** [ˈɑrsn] 名 縱火罪
◎ **larceny** [ˈlɑrsnɪ] 名 竊盜罪
◎ **manslaughter** [ˈmænˌslɔtɚ] 名 過失殺人罪
◎ **murder** [ˈmɜdɚ] 名 謀殺罪

- **Vandalism is a common juvenile crime.** 破壞公物罪是常見的青少年犯罪。

- **He was convicted of grand larceny and sentenced to 10 years in prison.** 他因犯了重大竊盜罪而被判處十年有期徒刑。

- **The thief was finally arrested and put behind bars.** 這個竊賊終於被抓到並進了監獄。

- **The accused is remanded in custody until the trial starts.** 被告將被警方拘留直到開庭。

- **Once the accused has "posted bail," they are released.** 被告提交保釋金之後，便可被釋放。

- **Government lawyers have to prove beyond a reasonable doubt that the suspect is guilty.** 律師需要提供所有材料證明被告人有罪，並排除一切合理的懷疑或假設。

- **Community service is punishment that involves doing some kind of work in local areas, and it is the lightest and the most lenient punishment.** 社區服務是在當地做一些勞動服務，也是最輕的一種處罰。

- **After an arrest, a criminal suspect is usually taken into police custody and "booked" or "processed".** 嫌犯被逮捕之後，會被帶至警局拘留並立案。

文化大不同 Did you know?

　　犯罪的定義和法律息息相關，例如，在人權尚未發達的時代，蓄奴或販賣人口都不會是罪行，但現今則不同了，只要觸犯法律便構成犯罪；而犯了罪的人便得要接受刑罰的懲戒，如罰鍰（fine）、監禁（custody）、勞務（community service）等，甚至會被判死刑（capital punishment），而雖然現今已有一半以上的國家廢除死刑，有些地方規定在特殊情況（如戰爭、叛國等）時，是能判處死刑的。

國家圖書館出版品預行編目資料

超圖解！破英單的圖像自療法 / 張翔 編著. -- 初
版. -- 新北市：知識工場出版 采舍國際有限公司
發行, 2018.12 面；公分. -- （速充Focus；04）
ISBN 978-986-271-839-1 （平裝）

1.英語 2.詞彙

805.12   107015563

知識工場 · 速充Focus 04

超圖解！破英單的圖像自療法

出 版 者／全球華文聯合出版平台 · 知識工場
作　 者／張翔　　　　　　　　　印 行 者／知識工場
出版總監／王寶玲　　　　　　　　英文編輯／何毓翔、何牧蓉
總 編 輯／歐綾纖　　　　　　　　美術設計／蔡瑪麗

郵撥帳號／50017206 采舍國際有限公司（郵撥購買，請另付一成郵資）
台灣出版中心／新北市中和區中山路2段366巷10號10樓
電話／（02）2248-7896
傳真／（02）2248-7758
ISBN-13／978-986-271-839-1
出版日期／2018年12月初版

全球華文市場總代理／采舍國際
地址／新北市中和區中山路2段366巷10號3樓
電話／（02）8245-8786
傳真／（02）8245-8718

港澳地區總經銷／和平圖書
地址／香港柴灣嘉業街12號百樂門大廈17樓
電話／（852）2804-6687
傳真／（852）2804-6409

全系列書系特約展示
新絲路網路書店
地址／新北市中和區中山路2段366巷10號10樓
電話／（02）8245-9896
傳真／（02）8245-8819
網址／www.silkbook.com